SIGRID HUNOLD-REIME
Liebesinsel am Deich

FREUNDSCHAFTSDIENSTE September und Schietwetter an der Nordseeküste. Tomkes Gefühlslage gleicht dem tristen Regenwetter. In der Stimmung landet sie mit Karl, ihrer Sommerbekanntschaft, im Bett. Ein Fiasko. Nach der Bruchlandung flüchtet Tomke in ihre Pension. Aber der Tag hält weitere Überraschungen für sie bereit. Ihre Jugendfreundin Dörte steht mit gepacktem Koffer vor der Tür und braucht Hilfe. Die beiden Frauen sind vor acht Jahren im Streit auseinandergegangen. Tomke gewährt Dörte widerwillig Asyl. Am nächsten Morgen vervollständigt Dörtes jugendliche, lebenshungrige Mutter das Chaos. Sie hat durch einen harmlosen Freundschaftsdienst ein Karussell aus Missverständnissen, Betrug, viel Geld und Liebe in Bewegung gebracht. Tomke versucht wie immer mit Herz, Verstand und Mut das Schlimmste zu verhindern.

Sigrid Hunold-Reime, geboren 1954 in Hameln, lebt seit vielen Jahren in Hannover. 2000 schrieb sie ihren ersten Ostfriesland-Kurzkrimi. Ihre kriminelle Energie war geweckt. Sie konnte zwischenmenschliche Konflikte beschreiben und dabei Grenzen überschreiten. Es folgten Beiträge in diversen Anthologien. 2008 erschien Frühstückspension, ihr erster Kriminalroman im Gmeiner-Verlag. Die patente Protagonistin Tomke wuchs der Autorin so ans Herz, dass sie in den folgenden Kriminalromanen eine Gastrolle bekam und in dem Roman Die Pension am Deich *schließlich wieder eine Hauptrolle. Nach dem Roman* Hab keine Angst mein Mädchen *zieht es die Autorin wieder an die Nordseeküste in ihr* Wangerland *und zu Tomke Heinrich.*

Bisherige Veröffentlichungen im Gmeiner-Verlag:
Hab keine Angst mein Mädchen (2013)
Die Pension am Deich (2012)
Janssenhaus (2011)
Schattenmorellen (2009)
Frühstückspension (2008)

SIGRID HUNOLD-REIME
Liebesinsel am Deich

Roman

Ausgewählt von
Claudia Senghaas

Die automatisierte Analyse des Werkes, um daraus
Informationen insbesondere über Muster, Trends und
Korrelationen gemäß § 44b UrhG (»Text und Data Mining«)
zu gewinnen, ist untersagt.

Bei Fragen zur Produktsicherheit gemäß der Verordnung
über die allgemeine Produktsicherheit (GPSR) wenden Sie
sich bitte an den Verlag.

Besuchen Sie uns im Internet:
www.gmeiner-verlag.de

© 2014 – Gmeiner-Verlag GmbH
Im Ehnried 5, 88605 Meßkirch
Telefon 07575 / 2095 - 0
info@gmeiner-verlag.de
Alle Rechte vorbehalten

Lektorat: Claudia Senghaas, Kirchardt
Herstellung: Julia Franze
Umschlaggestaltung: U.O.R.G. Lutz Eberle, Stuttgart
unter Verwendung eines Fotos von: © Fotolyse – Fotolia.com
Druck: Libri Plureos GmbH, Friedensallee 273,
22763 Hamburg
Printed in Germany
ISBN 978-3-8392-1568-5

Personen und Handlung sind frei erfunden.
Ähnlichkeiten mit lebenden oder toten Personen
sind rein zufällig und nicht beabsichtigt.

PROLOG

Sie hatte das kleine Boot bereits am Vormittag auf Höhe der Liebesinsel festgemacht. Nun war es dunkel. Dazu diesig und für Anfang September viel zu kalt. Diese unfreundliche Witterung war ein Geschenk des Himmels. Es verlockte kaum zu einem Abendspaziergang. Das war gut so. Zuschauer konnte sie bei ihrem Unternehmen nicht gebrauchen.

Der Außenborder schnarrte leise. Sie setzte das Boot ohne Beleuchtung über. Selbst am Steg verzichtete sie darauf, ihre Taschenlampe einzuschalten. Sie kannte die winzige Naturschutzinsel gut. Wie oft war sie von der Surferbucht aus hier herübergeschwommen. Jung und übermütig und – nie allein.

Die morschen Stegplanken waren glitschig und zwangen sie zur Langsamkeit. Sie durfte auf keinen Fall ausrutschen. Ihr Gepäck könnte dabei ins Wasser fallen und ein paar Tage später ans Ufer getrieben und gefunden werden. Das würde Hilla ihr nie verzeihen.

Der Kater muss anständig begraben werden. Tief genug, um ihn vor den ewig gierigen Schnäbeln der Möwen zu schützen. Und – das war der Grund, aus dem sie diese nächtliche Exkursion unternahm, der Kater sollte einen ganz besonderen Platz für seine letzte Ruhestätte bekommen. Er sollte auf den Wasserskilift sehen können.

Sie schüttelte den Kopf über Hillas ungewöhnliche Bitte. Verrückt. Sicher, der Kater war eine sehr spezielle

Ausgabe seiner Gattung. Das bunte Treiben der Wasserskifahrer hatte ihn mehr begeistert als tanzende Mäuse. Er hatte völlig fasziniert neben seinem Frauchen auf der Terrasse am Wasser gesessen und die mehr oder weniger geschickten Übungen der Wassersportler beobachtet. Jeden Sonntag, wenn sie sich mit Hilla dort zum Frühstück verabredet hatte, war der Kater dabei. Und nun sollte er mit Blick auf den Wasserskilift begraben werden. Als ob das noch wichtig wäre. Aber versprochen war versprochen. Um eine geeignete Stelle mit der gewünschten Aussicht zu finden, musste sie sich zur Spitze der kleinen Insel durchpirschen.

Sie setzte vorsichtig einen Fuß vor den anderen. Den Spaten benutzte sie als Gehstock. Der Sack war zu schwer, um ihn die ganze Zeit über der Schulter zu tragen. Sie zog ihn über das Dickicht neben sich her.

Ihre Augen hatten sich an die Dunkelheit gewöhnt, sie sah die beiden windschiefen Birken. Der Platz war ideal für ihre Zwecke. Von hier aus konnte man bei Tage einen Zipfel vom Wasserskilift erblicken und die Stelle wurde selten überspült.

Als sie den ersten Spatenstich setzte, freute sie sich, wie locker die Erde nachgab. Sie hatte befürchtet, wesentlich mehr Kraft aufbringen zu müssen. Beim nächsten beherzten Zustechen stieß sie mit dem Spaten auf einen Widerstand. Eine Baumwurzel, vermutete sie, und versuchte es ein wenig weiter rechts. Das gleiche Phänomen.

Sie schaltete die Taschenlampe an, beleuchtete den Erdboden und erblickte – einen Koffer. Von einer Sekunde zur anderen brach ihr der Schweiß aus. Warum war hier ein Koffer vergraben? Vor ihrem geistigen Auge erschien das Szenario eines grausamen Mordes. Zersägte Leichenteile! Sie sollte so schnell wie möglich von der Insel verschwinden. Aber sie war ein ungewöhnlich neugieriger Mensch und diese Eigenschaft siegte über ihre Angst. Sie buddelte den Koffer frei und zerrte ihn aus der Erde. Als sie den Inhalt im Scheinwerferlicht ihrer Taschenlampe betrachtete, fällte sie ohne zu zögern eine Entscheidung.

Sie bettete den Kater in das vorbereitete Grab und schaufelte es sorgsam zu. Dann schnappte sie den Koffer, hastete zum Steg und setzte wieder auf die Hookser Landzunge über. Sie zog das Boot so weit wie möglich ins Schilf. Sie würde es irgendwann holen. Es war nicht mehr wichtig. Auf dem Weg zu ihrem Auto begegnete ihr keine Menschenseele. Sie lächelte zufrieden. Manchmal zahlten sich kleine Freundschaftsdienste wirklich aus.

KAPITEL 1

Horumersiel, Anfang September an einem Mittwochabend
Tomke und der Mann mit Hund

Die Tür zum Schlafraum ist einen Spalt breit geöffnet. Der durchfallende Lichtschein der Nachttischlampe beleuchtet den Wohnbereich nur notdürftig. Das muss reichen. Tomke ertastet auf der Kochzeile ihre Hose. Sie scheint ein Knäuel ohne Anfang und Ende zu sein. Ungeduldig heruntergezerrt und achtlos hingeworfen. Nicht nervös werden, befiehlt sich Tomke. Sonst bekommt sie Hose, Slip und Strümpfe niemals auseinandergetüddelt.

Sie horcht nach nebenan. Kein Mucks von ihm zu hören. Sehr gut. Sie will verschwunden sein, bevor er aufwacht und Fragen stellt. Was er mit Sicherheit tun wird. Aber Tomke ist noch viel zu verwirrt, um ihm Rede und Antwort stehen zu können.

Sie konzentriert sich und schafft das Kunststück, geräuschlos in Slip und Hose zu steigen. Als sie behutsam den Reißverschluss hochzieht, merkt sie, dass sie den Slip verkehrt herum anhat. Egal. Sie muss nur noch ihre Bluse finden und dann nichts wie raus hier. Vorsichtig tastet sie die Sitzfläche der Eckbank ab. Dabei streift ihre Hand etwas kühles Feuchtes. Instinktiv fährt sie zurück. Dabei weiß Tomke, was sie gerade berührt hat. Tinas Schnauze. Die Jack-Russell-Hündin springt von der Bank, stellt sich neben Tomke und presst sich gegen ihre Beine.

Tomke zuckt lakonisch mit den Schultern. Brauchst mich nicht so anzuschmusen, denkt sie. Ich fühle mich auch beschissen. Weglaufen ist nicht die feine Art. Aber glaub mir, das ist für alle Beteiligten besser so.

Dabei hatte der Abend so wunderbar begonnen. Hier in der gemütlichen Sitzecke im Wohnwagen. Mit der Entwicklung hätte Tomke im Traum nicht gerechnet. Karl und sie. Eine Bettgeschichte. Niemals! Sie hatte sich freundschaftlich zu ihm hingezogen gefühlt. Rein freundschaftlich. Sie hatte seine Gegenwart genossen und war neben ihm zur Ruhe gekommen. Dieses entspannte Miteinander hatten sie sich nun gründlich verdorben. Durch einen Augenblick der Schwäche und Unachtsamkeit. Sie hatte plötzlich nur aus Sehnsucht bestanden, und dieses Gefühl hatte sie völlig enthemmt. Sie wollte Nähe, war begierig, Karls Haut an ihrer zu spüren. Ihre Erregung war auf ihn übergesprungen. Aber der Sinnesrausch reichte nur bis in die Schlafkabine. Die Ernüchterung war wie ein Schlag ins Gesicht.

Tomke bückt sich und schiebt den Hund sanft zur Seite. Ihre Hand streift dabei den feinen Stoff ihrer Bluse. Der BH ist darin verschlungen. Tomke schnappt beides und richtet sich auf. In dem Augenblick geht die Deckenbeleuchtung an. Karl steht in der geöffneten Schiebetür. Er ist noch immer nackt.

»Das glaube ich jetzt nicht«, stößt er hervor und greift nach einem Handtuch. Ohne Tomke aus den Augen zu lassen, knotet er es sich geschickt um die Hüften.

»Du wolltest einfach so gehen?«

Tomke streift sich hastig die Bluse über und tritt verlegen von einem Fuß zum anderen.

»Ertappt«, gibt sie kleinlaut zu.

Karls Gesichtsmuskulatur bewegt sich in Richtung Lächeln. Es sieht künstlich aus.

»Das machen in den Filmen doch immer nur die miesen Kerle. Hättest du mir wenigstens ein Kärtchen mit ›ich rufe dich an‹ dagelassen?«

Tomke starrt auf das heruntergelassene Rollo am Heckfenster. Auf dem sandfarbenen Untergrund tummeln sich blaue Seesterne und ulkige Tintenfische.

»Was ist los?«, hört sie Karl leise fragen.

Tomke bläst ihre Wangen mit Luft auf und pustet sie heftig wieder aus, sodass ihre nachgewachsenen, rötlich gefärbten Ponyhaare nach oben fliegen.

»Karl, hör zu. Weglaufen ist feige. Bestimmt kein feiner Zug. Aber ich muss erst einmal an die frische Luft. Wir reden, aber – aus uns wird kein Paar.«

»Das weißt du so plötzlich? Wir kennen uns seit einem halben Jahr und haben uns immer besser verstanden. Ich dachte, wir hätten uns ineinander verliebt und nun haben wir – das erste Mal miteinander geschlafen.«

Tomkes grüne Augen verdunkeln sich und sie nickt traurig.

»Genau das ist der Punkt. Unsere Körper passen nicht zueinander.«

Karl stößt ein trockenes Lachen hervor: »Ich glaube, ich habe mich jetzt verhört. Was redest du da für einen Unsinn? Wie willst du das nach dem ersten Mal beurteilen? Schon mal daran gedacht, auch Männer haben Lampenfieber. Wir sind doch keine Teenager mehr, die Punkte für das Liebesspiel vergeben.«

»Richtig! Wir sind erwachsen. Deshalb kenne ich meinen Körper mittlerweile gut – und den Mann, der dazu passt. Du kannst mir glauben, es ist besser, wenn wir hier und jetzt einen Schlussstrich ziehen.«

»Nein, nicht so zwischen Tür und Angel. Lass uns ein Glas Wein trinken.«

Karl hat sich seinen Bademantel hinter der Tür hervorgeholt und angezogen.

»Nee, auf keinen Fall mehr Alkohol. Ich habe Badegäste und muss morgen früh raus.«

»Gut, keinen Alkohol. Vielleicht besser so. Dann koche ich uns einen Tee. Komm, nun setz dich. Bitte. Nur für einen Moment. Lass uns miteinander reden.«

Als Tomke nicht reagiert, dirigiert er sie wie eine Marionette zur Eckbank und zwingt sie mit sanfter Gewalt sich zu setzen. Sie lässt es widerwillig geschehen. Tina springt auf die Sitzbank und setzt sich neben sie. Als müsse sie Tomke bewachen, während Karl sich an der winzigen Küchenzeile zu schaffen macht. Er lässt Wasser in einen Topf laufen, zündet eine Gasflamme an und stellt den Topf darauf.

Tomke unterdrückt einen Seufzer und lehnt ihren Kopf an die Wohnwagenwand. Genau deshalb wollte sie heimlich verschwinden. Miteinander reden. Klasse. In diesem verwirrten Gemütszustand macht man schneller Zugeständnisse, als man denken kann. Nur um ohne Streit mit einem Rest von Harmonie zu entkommen. Und schwups sitzt man in der Falle. Miteinander reden. Was soll sie mit Karl bereden? Okay, sie könnte ihm die Wahrheit sagen und ihre Lebensgeschichte erzählen. Damit er ihre Reaktion nachempfinden kann und sie nicht als exzentrische Zicke in Erinnerung behält. Tomke schüttelt kaum merklich den Kopf. Nein, dieser Versuchung wird sie widerstehen. Dafür bräuchte sie viel Zeit und vor allem klare Gedankengänge. Außerdem hat sie Zweifel, ob dieser Seelenstriptease der Mühe wert ist und das Ziel erreicht: nämlich Karls Verständnis. In Tomkes Vergangenheit gibt es ein paar Brocken, die nicht leicht zu schlucken sind.

Sie sollte aufstehen und verschwinden. Das Gefühlschaos ist heute Abend nicht mehr zu entwirren, wenn überhaupt. Aber Tomke steht nicht auf. Sie stopft ihren BH in die Handtasche und bleibt sitzen. Nur auf einen Tee, spricht sie sich Mut zu. So viel Anstand muss sein. Das hat Karl verdient. Er ist bestechend freundlich geblieben. Obwohl sie seine Fähigkeiten als Liebhaber in Frage gestellt hat. Immerhin hätte sein gekränktes Männerego ein Gegenfeuer eröffnen können. Er hätte zum Beispiel auf die einsetzende Schwerkraft ihrer Brüste hinweisen können. Dass der Anblick ihres nicht mehr makellosen Körpers seine Begierde in Grenzen gehalten hätte und er sonst viel potenter wäre. Nein, Karl geht nicht unter die Gürtellinie. Er will mit ihr reden. Er möchte sie verstehen.

Dabei ist Karl aufgewühlt. Er ist dermaßen konzentriert mit der Teezubereitung beschäftigt, als brühe er zum ersten Mal welchen auf. Seine sonst weich fließenden Bewegungen wirken eckig und erinnern an die eines Roboters. Eindeutig. Es geht ihm beschissen. Am liebsten würde Tomke zu ihm gehen und ihn in den Arm nehmen und sagen: Dumm gelaufen. Lass uns diesen Abend vergessen. Aber für eine freundschaftliche Umarmung ist jetzt der denkbar schlechteste Zeitpunkt.

»Karl. Es tut mir leid. Echt.«

Er wendet ihr weiterhin den Rücken zu.

»Weil – weil ich dich wirklich sehr mag«, stammelt Tomke unbeholfen.

Er dreht sich ruckartig zu ihr um und sieht sie durchdringend an. »Und warum dann dieses Drama? Warum versuchen wir es nicht miteinander?«

Tomke weicht seinem brennenden Blick aus. Schlicht und einfach Erfahrungswerte, hätte sie antworten können. Glaub mir. Es ist besser so. Aber Tomke hält den Mund. Sie hat gerade das Gefühl, jedes weitere Wort der Klärung vergrößert das Missverständnis zwischen ihnen nur.

Karl stellt gefüllte Teepötte auf den Tisch und setzt sich an das andere Ende der Eckbank. Sie trinken den Tee beide ohne Milch und Zucker. Bedächtig, Schluck für Schluck. Ein Augenblick des Verschnaufens.

Tomke betrachtet seine Hände. Sie sind feingliederig und gepflegt. Tomke steht auf schöne Männerhände. Karl ist überhaupt ein gutaussehender Mann. Kräftig, aber nicht dick. Sein Haar noch voll. Ganz kurz geschnitten und fast weiß. Das bildet einen attraktiven Kontrast zu seiner gebräunten Haut. Tomke blickt auf ihre eigenen Hände. Sie sind hell und mit Sommersprossen übersät. Der empfindliche Teint einer Rothaarigen. Für Spaziergänge am Strand braucht sie einen Sonnenblocker.

Der Tee ist getrunken. Was nun? Tomke spürt Karls Blick auf sich gerichtet. Er wartet. Sie ist ihm noch eine Antwort schuldig.

»Was sollten wir versuchen?«, wiederholt Tomke seine letzte Frage, obwohl sie genau verstanden hat, worauf er hinauswill.

»Stell dich nicht dumm. Das passt nicht zu dir«, ist

Karls prompte Reaktion. »Wir verstehen uns prächtig. Den ganzen Sommer über. Und du willst nach dem ersten Mal Sex alles über den Haufen werfen. Einfach abhauen. Nur weil du keinen – keinen Orgasmus hattest. Für die Einstellung fehlen mir die Worte. So hätte ich dich nicht eingeschätzt.«

Tomke spürt, wie die Haut in ihrem Gesicht zu brennen beginnt, als hätte sie es ungeschützt in die Sonne gehalten. Bleib bloß ruhig, beschwört sie sich. Und fang jetzt um Himmels willen nicht an zu heulen. Dabei sitzen die Tränen ganz vorn. Sie bräuchte nur die Schleusen aufzumachen.

Das hier ist für sie ein einziges, schreckliches Déjà-vu. Damals, da war sie jung. Sehr jung. Noch keine zwanzig und völlig unerfahren. Das Gespräch hat auch am Esstisch stattgefunden. In ihrer schönen, neu eingerichteten Küche in der Deichstraße. Sie war gerade ein halbes Jahr verheiratet und hatte versucht, mit Gerold über ihr Eheproblem zu reden. Dabei hatte die *schwarze Erika* ihr längst erklärt: »Mädchen, das liegt nicht an dir. Dein Kerl bekommt keinen hoch, weil er Angst hat oder impotent ist.« Erika hatte ihr ein paar Handgriffe verraten, um Gerolds Lust nachzuhelfen. Das ging nach hinten los. Gerold nahm ihre Annäherungsversuche nicht als Schützenhilfe wahr. Im Gegenteil. Er fühlte sich angegriffen und drehte den Spieß um. Er bezeichnete Tomke als notgeil. Ob sie nur noch die Vögelei im Kopf hätte? Das wäre widerlich. Die harten Vorwürfe verfehlten nicht ihre Wirkung. Tomke schämte sich entsetzlich und hielt den Mund.

Das ist über 30 Jahre her. Aber die Erinnerung macht

sie noch immer wütend. Sie hat damals keinen Grund gehabt, sich zu schämen. Sie hat sich nach einer Umarmung gesehnt. Ein Verlangen, das sie nicht einmal in Worte fassen konnte. Sie hatte keinen blassen Schimmer vom Beischlaf. Sie war jungfräulich in die Ehe gegangen. Und wäre es bis zum heutigen Tag geblieben, wenn sie sich nicht zu helfen gewusst hätte. Das Ende vom Lied war ein toter Ehemann.

Tomke sieht hoch und Karl in die Augen. Er hat schöne graue. Und er hat keine Ahnung, in welches Wespennest er gestochen hat. Wie sollte er auch? Er hat bislang nur die patente Tomke Heinrich kennengelernt. Die ihr Leben im Griff hat. Zwei erwachsene Kinder, eine nette Pension und einen wunderbaren Humor. Und nun sucht genau diese Frau nach dem ersten missglückten Geschlechtsverkehr das Weite. Als würde der Wert einer Beziehung nur von der Harmonie im Bett abhängig sein.

»Nein, natürlich geht es nicht um einen Orgasmus haben oder nicht. Aber mein Bauchgefühl sagt mir, wir beide geben kein Liebespaar ab.«

»Und warum hat dein Bauchgefühl heute Abend versagt? Du hast angefangen mich zu küssen und du wolltest mehr!«

Jetzt glühen seine Augen und man kann in dem sanften Grau grüne Pünktchen erkennen. Karl ist tief gekränkt, auch wenn er sich die größte Mühe gibt, es sich nicht anmerken zu lassen. Tomke zieht ihre Schultern hoch und lässt sie wieder fallen. Sie würde ihm gerne eine Antwort, eine Erklärung geben, die ihm helfen könnte. Sie lässt ihren Blick durch den Innenraum des Wohnwagens wandern. Als könne sie hier eine Lösung finden.

Sie betrachtet die leuchtend gelbe Urkunde, die am Kühlschrank klebt. *Für den besten Briefträger von Hannover-Ricklingen.* Über Tomkes Gesicht huscht der Ansatz eines Lächelns. Das war Karl mit Sicherheit. Noch einer von der Sorte, der auch einmal einen Brief mitnahm, wenn der Versender gerade keine Briefmarke im Haus hatte. Neben dem Kühlschrank hat Karl ein Flaschenregal aus Holz eingebaut. Für seine geliebten schottischen Whiskys. Single Malt. Karl kann beim Verkosten richtig ins Schwärmen kommen. Er hat mehrmals versucht, Tomke das Geschmackserlebnis näherzubringen. Vergebene Liebesmühe. Tomke hat beim sogenannten Abgang nie etwas Blumiges, Fruchtiges oder gar Schokoladiges herausschmecken können. Er brannte ihr in der Kehle und ließ nur torfigen Rauch zurück.

Tomkes Blick wandert weiter und bleibt an dem prächtigen Blumenstrauß in der Waschecke stehen. Den hat Karl ihr heute Abend geschenkt. Tomke starrt auf die Blumen und murmelt: »Ich kann dir sagen, warum mein Bauchgefühl versagt hat: Schuld sind deine Blumen.«

»Die Blumen?«, wiederholt Karl irritiert und folgt Tomkes Blick, als wolle er sich vergewissern, ob dort immer noch die gleichen stehen.

»Ja, genau die! Peperoni und cremefarbene Ranunkeln. Dazu deine Worte: Diese Blumenkombination ist wie du. Du bist scharf und temperamentvoll wie rote Peperoni und sanft und einfühlsam wie diese zartfarbenen Ranunkeln. Das hat mich umgehauen. So etwas hat noch nie jemand zu mir gesagt und ich habe mich komplett verstanden gefühlt. Du warst plötzlich so sinnlich und erotisch. Es hat geprickelt und …«

»Danke für die Vergangenheitsform.«
»Ach Karl, wir hätten Freunde bleiben sollen.«
»Wieso hätten? Dann bleiben wir halt Freunde.«
Tomke sieht ihn zweifelnd an: »Irgendwie habe ich Schiss, dass wir uns das heute versiebt haben.«
»Meine Güte, sei doch nicht so theatralisch.«
»Doch, das bin ich. Weil ich mich gerade so fühle.«
Tomke schlängelt sich hinter der Eckbank hervor und steht auf. Karl bleibt sitzen. Er schüttelt nur den Kopf und starrt auf die Tischplatte. Tina schubst ihn auffordernd an. Die schlaue Hündin hat die ganze Zeit exakt zwischen Tomke und Karl gesessen. Nun soll ihr Herrchen ihrer Meinung nach etwas unternehmen, um Tomke aufzuhalten. Tut er aber nicht.
»Ich rufe dich an«, verspricht Tomke, um überhaupt etwas zum Abschied zu sagen und auch, weil es der Wahrheit entspricht. Sie wird ihn anrufen. Karl zeigt keinerlei Reaktion. Er hebt nicht einmal den Blick. Tomke steht schon draußen vor dem Wohnwagen auf der Fußbank, als Tina von der Bank springt und sich in die Tür stellt. Sie sieht Tomke mit diesem flehenden Hundeblick an, der Gletscher zum Schmelzen bringen könnte. Tomke muss hart schlucken und streichelt Tina über den Nacken. »Wir sehen uns wieder. Fest versprochen!«, flüstert sie rau. Sie schiebt den Hund sanft zurück und drückt die Tür zu.

KAPITEL 2

Tomke und ihr Vorsatz: Nie wieder!

Der Himmel ist bedeckt. Die Luft milchig. Eine Nacht ohne Mond und Sterne. Das hätte ihr zu denken geben sollen. Dazu ist es für Anfang September viel zu kühl.

Der Campingplatz wirkt wie leergefegt. Die Camper haben sich verkrochen und sitzen in ihren mobilen Wohnzimmern. Das gedämpfte Licht hinter den kleinen Fenstern wirkt anheimelnd gemütlich.

Blödsinn, holt Tomke sich von dem Romantiktrip. Das redet man sich schnell ein, wenn man draußen steht. Nun bilde dir bloß nicht ein, dass in jedem Caravan glückliche Menschen sitzen, Händchen halten oder sich in den Armen liegen. Die schauen in die Glotze und schlafen vor Langeweile ein. Immerhin gibt es kein Haus auf Rädern ohne eine korrekt ausgerichtete Satellitenschüssel.

Tomke schließt ihr Fahrradschloss auf. Zeit, um nach Hause zu fahren. Sie wirft einen letzten Blick auf Karls Wohnwagen. Sie wird das hier draußen vermissen. Schon verrückt, dabei steht kaum tausend Meter entfernt ihre schmucke Frühstückspension. Aber so dicht am Meer zwischen Wohnwagen und Zelten kann Tomke ihre Alltagsprobleme weit hinter sich lassen. Das ist wie im Urlaub sein. Eine ganz neue Erfahrung für sie. Vor allem in der Hochsaison bei laufendem Pensionsbetrieb. In der Zeit erinnern sie nur die schwärmerischen Ausflugsberichte ihrer Gäste, wie nah sie am Meer wohnt. In einer traumhaften Umgebung zum Spazierengehen und Radfahren. Wie oft hat Tomke sich vorgenommen, auch einmal wieder vor den Deich zu gehen. Einfach so. Es ist bei dem Vorsatz geblieben. Bis zu diesem Sommer.

Karl fiel ihr von Anfang an auf. Ende April, als sie ihre Pension wieder eröffnet hat. Er spazierte regelmäßig an ihrem Haus vorbei. Immer zu den gleichen Zeiten. Und er ging unten auf der Straße, nicht auf der Deichkrone wie die meisten Touristen. Den Blick hielt er gesenkt. Ein Mann mit Hund, sortierte Tomke ihn ein. Einer, der in Gedanken versunken Gassirunden dreht.

Sie begegnete ihm persönlich, als sie am Briefkasten stand. Vergebens hielt sie nach einem Hund Ausschau. Ihre offensichtliche Neugier löste das erste Gespräch zwischen ihnen aus. Karl erzählte ihr, dass sein Hund vor einigen Wochen gestorben sei. Und für einen neuen wäre er noch nicht bereit. Die Macht der Gewohnheit ließ ihn weiterhin seine Runden drehen. Seine Offenheit hat bei Tomke sofort ein Türchen geöffnet. Sie war auch nicht bereit für einen neuen. Allerdings meinte sie damit keinen Hund.

Von dem Tag an wechselte sie mit Karl immer wieder ein paar Worte. Unverbindliches Geplauder. Angenehm leicht. Tomke fühlte sich in seiner Gegenwart wohl. Sie ertappte sich, ganz bewusst zu Karls Vorbeigeh-Zeiten aus dem Haus zu gehen. Und eines Tages hatte Karl einen Hund dabei. Die Jack-Russell-Hündin Tina. Als Tomke in deren kluge dunkle Augen sah, war das Liebe auf dem ersten Blick. Karl hatte die Hündin kurzfristig in Pflege nehmen müssen, weil sein Sohn beruflich für ein paar

Monate nach Shanghai musste. Erstens hatte Tina Einreiseverbot und zweitens, selbst wenn es ginge, hätte Karls Sohn seinem kleinstadtgewohnten Hund keinen Aufenthalt in der quirligen Millionenmetropole zugemutet.

Tina war mit ihrer Zwangsunterbringung überhaupt nicht einverstanden. Sie trauerte ihrem Herrchen hinterher und machte Karl das Leben schwer. Nur zu Tomke hatte sie sofort einen besonderen Draht. Das war unübersehbar und Karl nutzte das als Begründung, Tomke zu gemeinsamen Spaziergängen einzuladen. Und sie nahm die Einladung an. Immerhin hatte sie dafür eine Rechtfertigung, die völlig unverfänglich und einleuchtend war: Tina. Seitdem holten die beiden Tomke fast jeden Tag für eine Runde ab.

Karl blieb mit seinem Wohnwagen auf dem Campingplatz in Schillig. Den ganzen Sommer über. Dabei hatte er andere Pläne gehabt. Karl war mit 58 Jahren in Pension geschickt worden. Er empfand das als großes Glück. Endlich konnte er reisen. Sein Traumziel waren die Highlands von Schottland. Genauer gesagt die zahlreichen Destillen, um dort seine geliebten Whiskys vor Ort zu verkosten.

Tomke setzt sich auf ihr Rad und radelt entschlossen Richtung Deichtor. Schluss. Sie braucht nicht weiter über das Dreiergespann nachzudenken. Die ausgedehnten Spaziergänge mit Karl und Tina gehören der Vergangenheit an, auch wenn sie ihr noch so fehlen werden. Da macht sie sich keine Illusionen. Die entspannte, warme Stimmung zwischen ihnen ist verdorben. Von nun an würden sie sich belauern. Und alles nur, weil ihre Instinkte versagt haben.

Die hätten sie bereits heute Morgen in Alarmbereitschaft versetzen müssen: Tomke Heinrich! Das wird nicht dein Tag. Pass auf. Bleib am besten allein zu Hause und geh abends früh ins Bett!

Spätestens als sie das *Jeversche Wochenblatt* aufgeschlagen hat, hätte der Alarm klingeln müssen. Wer strahlte ihr da auf Seite zwei entgegen? Paul. Es wurde groß und breit über das hundertjährige Jubiläum des Boßelvereins Carolinensiel berichtet. Pauls Verdienste als allseits beliebter Bahnweiser wurden besonders hervorgehoben. Er hatte auf dem Foto seinen Arm um die Schultern einer blonden Frau gelegt. Seiner Ehefrau. Sie sah sympathisch aus. Tomke hat sie nie gesehen, nie sehen wollen. Obwohl sie zehn Jahre mit Paul zusammen gewesen war. Zusammen. Pah, das mit dem Zusammensein war einzig und allein Wunschdenken, und zwar von ihrer Seite. Dieses Jahr, Anfang April hat Paul ihre Traumblase zerplatzen lassen. Dieser Trennungsschnitt hat Tomke kalt erwischt. Gerade noch hatte sie Hochzeitsglocken läuten gehört. Sie war sogar in die Krummhörn gereist, um den Pilsumer Leuchtturm als Trauungsort zu erkunden. Und Paul hatte sie stillschweigend gewähren lassen. Wie immer. Erst nach ihrer Rückkehr hatte er zum ersten Mal Farbe bekannt.

»Tomke, ich wollte dich nie belügen. Das musst du mir glauben. Aber als die erste Lüge raus war, hat sie immer neue hinter sich hergezogen. Du hast dich so sehr auf unsere gemeinsame Zukunft gefreut. Das wollte ich nicht zerstören. Du warst so glücklich. Ich habe mir vor jedem Treffen vorgenommen, mit dir zu sprechen. Ich habe es immer wieder verschoben. Tomke, ich kann meine Frau nicht verlassen. Verstehst du? Ich kann sie nicht allein lassen. Sie würde ohne mich nicht zurechtkommen. Ich würde mich immer verantwortlich und schuldig fühlen. Aber ich möchte dich nicht verlieren. Können wir nicht weiter wie …«

Mehr konnte er nicht mehr vorbringen. Denn das war der Augenblick, in dem Tomke ihn rausgeschmissen hat. Verantwortlich! Was für ein feiges Gefasel. Verantwortung hatte er ihr gegenüber auch. Zehn Jahre waren kein Pappenstiel. Tomke hat sich tief gedemütigt gefühlt. Wie doof musste man eigentlich sein, eine Hochzeitsfeier vorzubereiten, wenn der Zukünftige anderweitig verheiratet ist und Wochenenden und Feiertage treu und brav bei seiner rechtens Angetrauten verbringt? Tomke hat einmal einen Report *Ich bin die Geliebte Ihres Mannes* gelesen. Darin stand, dass Frauen manchmal ihr Leben lang mit einem verheirateten Mann zusammenbleiben, ihren kompletten Zeitplan auf dieses Schattendasein einstellen. Sie leben nur auf die wenigen Treffen mit »ihrem« Mann hin. Sonntage und Feiertage müssen sie allein verbringen. Ihren eigenen Bekanntenkreis vernachlässigen sie oder geben ihn ganz auf, weil sie nicht über ihre »Ehe« reden dürfen. Irgendwann kann die beste Freundin diese stur gelebte Scheinwelt nicht mehr nachvollziehen. So beginnen sie zu schweigen, und ihre Isolation ist damit besiegelt. Sie machen sich völlig von den Zuwendungshäppchen ihres Geliebten abhängig. Das waren keine Einzelfälle. Es soll sogar ein Club der Geliebten existieren. Dort tauschen sich die Frauen anonym aus und spenden sich gegenseitig Trost. Waren die nun alle nur doof? Ganz bestimmt nicht.

In so eine Falle rutscht man Stück für Stück, ohne sie als solche zu realisieren. Am Anfang spürt man eine scheinbare Überlegenheit. Man setzt sich über spießige Beziehungszwänge hinweg. Einzig der gemeinsam erlebte Augenblick zählt. Alles andere ist bedeutungslos. Bis man mehr will und ganz langsam den Selbstbetrug begreift. Dann ist es meist zu spät. Sie haben sich in der bittersüßen Liebe längst verloren. Mit Sicherheit hat keine der Frauen vorgehabt, in so einer Sackgasse zu enden. Sie hätten es sich vorab nicht einmal vorstellen können und gutgemeinte Warnungen in den Wind geschlagen. Aber: »Schiet passeert«, murmelt Tomke. Sie ist mittlerweile froh, dass sie entgegen aller Vernunft ihre Hochzeit mit Paul vorbereitet hat. Sonst hätte er ihr niemals reinen Wein eingeschenkt und Tomke hätte in diesen *Lebenslang-Geliebten-Club* eintreten können.

Nachdem Tomke wieder allein war, ohne Paul und ihre Zukunftsträumereien, hat sie ihre Pension wieder eröffnet. Und sie hat auf Anhieb eine gute Saison gehabt. Damit war nach drei Jahren Pause nicht unbedingt zu rechnen gewesen. Es geht wieder vorwärts. Sie hat ihr Leben im Griff.

Dachte sie. Aber als sie heute Morgen das Foto sah. Paul erschien neben seiner Frau ehrlich glücklich zu sein. Die beiden wirkten so harmonisch. Das hat höllisch wehgetan. Tomke hätte mal eben in ihren Tee heulen können. Sie hat sich zusammengerissen und es bei feuchten Augen belassen. Sie weiß, wie sie aussieht, wenn sie die Schotten richtig aufmacht. Wie frisch gewürgt. Stundenlang danach. Und auf besorgte Nachfragen ihrer Badegäste konnte sie verzichten. Zumal aktuell einer von ihnen Psychologe ist. Der hätte ihr womöglich eine Gratisstunde auf seiner Yogamatte angeboten.

Nein. Tomke hatte die Zeitung umgedreht und war aufgestanden. Sie hatte sich in ihre vertrauten Handgriffe geflüchtet und wie jeden Morgen das Frühstücksbüfett vorbereitet. Und nachdem ihre Gäste sich in alle Winde verstreut hatten, das Haus leer war, hatte sie Fenster geputzt. Im Erdgeschoss einmal rundherum. Mit jeder blanken Scheibe ging es ihr besser. Diese kreisenden Bewegungen und der schnell sichtbare Erfolg haben sie schon immer beruhigt. Fenster putzen und Kuchenbacken. Das hat sie auch getan. Sie hat ihren ganz speziellen Teekuchen gebacken. Als der Vanilleduft das ganze Haus eroberte und Tomke von dem warmen, wattigen Teig probierte, war die Welt wieder in Ordnung. Eine sehr wackelige Ordnung mit dünner Oberfläche, an der man nicht kratzen durfte. Wie verletzt sie war, hat sie erst in Karls Wohnwagen zu spüren gekriegt.

Warum musste er ihr auch ausgerechnet heute zum ersten Mal Blumen schenken? Und was für welche. Dazu seine einfühlenden Worte. Als hätte er sie durch und durch verstanden. Für sein feines Gespür standen bei Tomke Türen und Fenster weit geöffnet. Es versetzte sie in einen wunderbaren Schwebezustand und ließ sie alle Vorsicht vergessen. Dabei weiß sie genau, dass Karl sich in sie verguckt hat und sie ihn auf der Freundschaftslinie halten muss. Das ergab bislang nie Konflikte. Karl machte keine Anstalten, eine Grenze zu überschreiten, und von Tomkes Seite aus bestand in der Hinsicht keine Gefahr. Obwohl Karl ein gutaussehender Mann ist, hat die Prise Pfeffer gefehlt. Das Quäntchen, um die Luft zwischen ihnen in Erotik zu verwandeln.

Aber heute war sie schwer angeschlagen und Karls liebevoller Aufmerksamkeit ausgeliefert. Als er neben ihr saß, spürte sie seine körperliche Anziehungskraft. Sie konnte nicht anders. Sie hat ihm ihr Gesicht zugewandt, ihn geküsst. Karl hat ihre Annäherung erwidert und sie auch geküsst. Ganz zart und behutsam. Viele kleine Küsse. Jede Berührung von ihm hat sie mehr in Flammen gesetzt und sie wollte einen tiefen Kuss. Als Karl anfing, ihren Nacken zu massieren, waren bei ihr die letzten Sicherungen durchgebrannt. Sie wollte Sex. Jetzt und hier.

Ihre ungezügelte Leidenschaft muss Karl erschreckt, wenn nicht sogar abgestoßen haben. Da braucht er ihr nichts von ein bisschen Lampenfieber zu erzählen. Von wegen miteinander geschlafen. Seine Erektion hat knapp gereicht, um in sie einzudringen. Dieser Quickie hat Tomke schlagartig ernüchtert.

Um die Situation mit Humor und Leichtigkeit zu nehmen, schleppt sie zu viel Altlast mit sich herum. Negative aus ihrer Ehe mit Gerold und wunderbare mit Paul. Genau das ist das Thema. Seine Umarmungen sitzen ihr zu sehr in den Knochen. Das hätte sie spätestens heute Morgen begreifen müssen. Paul ist noch immer das Maß ihrer Sehnsüchte. Sie stellt Vergleiche an. Und solange sie das tut, wird kein anderer Mann eine Chance haben. Das hat Karl wirklich nicht verdient.

Tomke ist am Deichtor angekommen. Sie hält an und steigt vom Rad. Sie kann noch nicht nach Hause. Nicht mit dem Tumult im Kopf.

Sie schließt ihr Rad an und läuft zurück. Quer über die Wiese bis an den Sandstrand der Schillighörn. Es ist Flut. Das Wasser rauscht in seiner vertrauten Melodie an das Ufer. Es ist diesig. Kein blinkendes Seelicht durchdringt die dicke Brühe. Aber auch bei klarer Sicht könnte man nur noch den Leuchtturm vom Wangerooge sehen. Alle anderen Leuchtfeuer sind nach und nach außer Betrieb genommen worden. Tomke vermisst vor allem den vom Minsener Oog. Der leuchtet schon lange nicht mehr. Zu ihm hat sie gern herübergeschaut und an die Sage von der Meerjungfrau gedacht. Ihre Lieblingsgeschichte aus Kindertagen. Vielleicht, weil es das einzige Märchen war, das ihr Vater ihr erzählt hat.

Tomke vergräbt ihre Hände in den Jackentaschen und denkt an Karls Worte. Lass uns Freunde bleiben. Freundschaft. Das ist leicht gesagt und lebt sich verdammt schwer, wenn man Frau und Mann ist und der eine für den anderen mehr empfindet. Dieses Ungleichgewicht ist dünnes Eis, auf das sie im Leben nicht wieder gehen wird. Die Erfahrung hat sie hinter sich. Sie hat damals geglaubt, Freundschaft könnte als Basis für ihre Ehe funktionieren. Ohne eine sexuelle Verbindung und ohne Besitzansprüche. Gerold und sie. Fast drei Jahrzehnte lang. Nun war er seit knapp drei Jahren tot. Nur weil er sich nicht an ihren Pakt gehalten hat. Er wollte alles verraten. Ihre Familie zerstören. Menschen, die ahnungslos waren, den Boden unter den Füßen wegziehen. Nach all den Jahren wollte er sich rächen.

Schritte kommen näher. Aus dem Dunst wird die Silhouette zweier Menschen sichtbar. Ein Paar. Schon älter. Sie haben ein flottes Tempo drauf. Es zeigt, sie sind ausgedehnte Spaziergänge gewohnt. Tomke sieht ihnen hinterher, bis der Meeresnebel sie wieder verschluckt.

In ihrer Jackentasche vibriert es. Tomke schreckt zusammen. So tief in Gedanken versunken, hätte sie um Haaresbreite aufgeschrien. Sie holt ihr Handy hervor.

Auf dem Display steht: Ein Anruf in Abwesenheit. Eine unbekannte Nummer. Tomke zieht ihre Stirn in Falten. Die Pension ist voll belegt. Sie lässt das Handy wieder in der Jackentasche verschwinden. Für einen höflichen Austausch mit einem potentiellen Badegast hat sie keine Nerven.

Erneutes Surren. Tomke ignoriert es. Soll derjenige auf ihre Mailbox quatschen. Einen Augenblick Stille. Dann versucht der Unbekannte ein drittes Mal sein Glück. Oder ist es nicht der Gleiche? Vielleicht ruft eines ihrer Kinder an. Juliane oder Torben? Tomke kramt das Handy erneut hervor. Nein, es war der gleiche unbekannte Anrufer. Tomke seufzt. In Ordnung. So viel Ausdauer muss belohnt werden. Sie ruft zurück.

»Moin. Hier ist Tomke Heinrich.«

»Gott sei Dank, du bist doch da. Ich bin es. Dörte.«

Tomke starrt in den lichterlosen Horizont und dann wieder auf das kleine, leuchtende Teil in ihrer Hand. Zögernd hält sie es wieder ans Ohr.

»Dörte Friedrichs?«, wiederholt sie sicherheitshalber, um keiner Verwechslung aufzusitzen.

»Ja«, haucht die Frau am anderen Ende. »Ist lange her, nicht wahr.«

»Verdammt lange«, bestätigt ihr Tomke. »Genauer gesagt, acht Jahre!«

Das war in Tomkes Küche. Sie hatte mit Dörte dort zusammengesessen. Wie so oft. An dem Tag gab es keinen Tee. Dörte hatte Sekt mitgebracht. Irgendeine bestandene Zusatzausbildung. Auf uns! Dörte war ungewohnt euphorisch. Es war an einem Donnerstag. Tomke war ebenfalls berauscht. Tags zuvor hatte sie sich wie jeden Mittwoch mit Paul getroffen. Sie schwebte und spürte noch seine zärtlichen Umarmungen auf ihrer Haut. Der Alkohol tat das Seinige und machte sie leichtsinnig. Auf uns! Und sie erzählte Dörte von Paul. Aufgeregt und glücklich. Als wären sie arglose Teenager. Da fiel ein Vorhang zwischen den Freundinnen. Von einem Augenblick zum anderen war die leichte Stimmung verflogen. Dörte war fassungslos. Regelrecht empört. Sie hatte Tomke wütend beschimpft. Sie könne nicht alles haben. Die Sicherheit und Geborgenheit einer Ehe und zum Träumen und fürs Bett einen Geliebten. Man müsse sich entscheiden. Tomke müsse sich entscheiden. Solange Tomke an diesen skandalösen Mittwochstreffen festhielt, könnte sie Gerold nicht mehr in die Augen sehen. Sie kündigte Tomke die Freundschaft. Es sei denn, sie beende die Affäre.

Tomke war wie vor den Kopf geschlagen. Wenn Dörte sie verständnislos angesehen oder schnell das Thema gewechselt hätte, ja, das wäre für sie okay gewesen. Sie hätten über etwas anderes gesprochen und so getan, als hätte Tomke ihr nie etwas von Paul erzählt. Aber Dörte hatte sich wie eine Furie aufgeführt. So hatte Tomke sie noch nie erlebt. Die beiden Frauen kannten sich seit ihrer Kindheit und sie hatten sich gern. Sehr sogar. Sie redeten über Gott und die Welt, aber niemals über intime Beziehungen. Niemals über Männer. Das hätte Tomke wissen müssen. Die Einsicht machte es ihr nicht leichter. Sie war tief enttäuscht. Dörte stand wie eine Scharfrichterin in der Tür und hob den moralischen Zeigefinger. Sie stand da und wartete auf Tomkes Entscheidung. Tomke ließ Dörte gehen und blieb mit Paul zusammen. Bis vor einem halben Jahr.

Hat Dörte Wind davon bekommen, dass Paul nicht mehr zu ihrem Leben gehört? Auf jeden Fall muss sie von Gerolds Tod erfahren haben. Immerhin wohnt sie nur einen Ort entfernt im alten Hafen von Hooksiel.

»Acht Jahre, du meine Güte«, stammelt Dörte, als würde sie zum ersten Mal über den Zeitraum ihrer Trennung nachdenken. »So lange. Das tut mir leid, aber du hast dich auch nicht mehr gemeldet. Ich habe immer auf eine Nachricht von dir gehofft.«

Tomke merkt, wie sich ihre Rückenmuskulatur verspannt. Ganz fein, einfach mal eben die Tatsachen verdrehen und ihr den schwarzen Peter zuschieben. Auf diese verlogene Taktik kann sie im Allgemeinen nicht und heute Abend schon gar nicht.

»Hör mal Dörte, ich hatte einen Scheißtag. Ist mit Sicherheit nicht der richtige, um mich anzurufen. Jedenfalls nicht für dich.«

»Tomke! Bitte leg nicht auf. Ich war einfach – dumm. Hör mal, lass uns reden.«

Ihre Stimme zittert verdächtig. Sie unterdrückt anscheinend einen Tränenausbruch, schluckt heftig und schnäuzt verhalten in ein Taschentuch. Als sie sich beruhigt hat, fragt sie: »Kann ich bei dir ein Zimmer mieten?«

Tomke starrt so perplex auf ihr Handy, als hätte sie die direkte Telefonverbindung mit einem Marsmenschen.

»Du willst bitte was? Ist dein Haus abgebrannt?«

»Nein, das nicht. Aber ich habe seit ein paar Tagen einen Marder im Dachstuhl. Weißt du, was der für einen Lärm macht? Besonders nachts. Ich bin total fertig und muss dringend eine Nacht anständig schlafen.«

»Einen Marder!« Tomke schnappt nach Luft. Dörte ruft sie nach einem kinoreifen Abgang, nach acht Jahren Sendepause an, um sich bei ihr auszuschlafen. Weil sie im Dachstuhl einen Marder hat. Das glaubt sie jetzt nicht.

»Bei mir sind alle Zimmer belegt«, bringt Tomke düster hervor. »Probier es woanders.«

»Wo denn?«, fragt Dörte, als wäre sie ortsfremd und Tomke Mitarbeiterin der Kurverwaltung Wangerland.

»Steffis Friesenkarte oder Frühstückspension Lösche zum Beispiel«, schlägt Tomke missmutig vor.

»Die haben beide volles Haus.«

»Dann versuch es woanders. Tue nicht so, als kennst du dich nicht aus!«

»Tomke, mir geht es wirklich schlecht.«

»Mir auch.«

Damit reißt Tomke der Geduldsfaden. Sie drückt ohne einen Abschiedsgruß auf den roten Knopf, stopft das Handy in die Tasche und marschiert mit weit ausholenden Schritten zurück.

KAPITEL 3

Alte Freundschaftsbande

Über den Kamm der Naturdünen schlängeln sich schmale Wege. Rechts und links von ihnen wächst hohes Schilfgras. Dazwischen versteckt sind weiche Sandmulden. Sie laden tagsüber zu einem Sonnenbad ein. Und am Abend kann man geschützt in der Restwärme des Sandes den Sonnenuntergang genießen. Wenn man nicht gerade so ein Schietwetter hat wie heute. Der weiße Sand leuchtet in der Dunkelheit, als bestünde er aus winzigen Reflexionssteinen. Tomke geht zügig. Die Bewegung tut ihr gut nach dem denkwürdigen Anruf.

Gleich hinter den Dünen dehnt sich eine weite Grünfläche aus. Hier lassen tagsüber Kinder und Erwachsene ihre Lenkdrachen durch die Lüfte surren. Nun ist es bis auf ein paar nimmermüde Möwen ruhig und fast windstill.

Was für ein Tag. Tomke schüttelt nachdrücklich den Kopf. Was für ein beschissener Tag! Angefangen vom Morgen bis jetzt am Abend ein einziger Dauer-Schleudergang von Backpfeifen. Eine nach der anderen. Die Krönung ist Dörtes Anruf. Wenn es die Krönung gewesen ist. Aber da gibt es kaum etwas draufzusetzen. Das war einmal wieder typisch Dörte. Die hat wirklich Nerven. Oder auch keine. Wie kann sie nach acht Jahren Funkstille anrufen, als wäre nie was gewesen? Sie hat nicht mal versucht, den Ansatz einer Entschuldigung oder Erklärung vorzubringen. Nein! Wozu einen Umweg machen? Dörte fällt gleich mit der Tür ins Haus und will bei Tomke schlafen. Das ist so dreist, sie kann das immer noch nicht glauben.

Von ihrem Handy ertönt ein »Moin, Moin«. Eine SMS ist gesendet worden. Die Macht der Gewohnheit lässt Tomke nachschauen. Die Nachricht ist von Dörte. »Ich brauche dich Tomke. Bitte! Bitte! Ich warte auf deine Antwort. Deine Dörte.«

»Von wegen: Ich brauche dich! Wer bin ich denn? Ein Gebrauchsgegenstand? Und was heißt: *deine* Dörte?«, schimpft Tomke laut vor sich hin. Ein Mann taucht wie aus dem Nichts auf. Er sieht sie erschrocken an und beschleunigt seine Schritte. Tomke ignoriert ihn und löscht wütend die Nachricht.

Ich habe dich auch gebraucht, meine liebe Dörte, denkt sie. Aber du hast dich einfach in Luft aufgelöst. Nur weil mein Leben nicht in deine Kleinmädchenwelt gepasst hat.

Tomke zögert. Am liebsten würde sie Dörte genau diese Worte schreiben. Sie verkneift sich die Antwort. Das wäre der Anfang eines Endlosdialogs. Dörte würde immer wieder antworten. Tomke kennt ihr Verhalten nur zu gut. Dörte ist immer diejenige, die das letzte Mal »tschüss«, das letzte Mal »gute Nacht« oder »ich hab dich lieb« sagen musste.

Vor der Abzweigung zum Deichtor spürt Tomke den Druck ihrer vollen Blase. Die Pension ist zwar nur einen Katzensprung entfernt, aber Tomke weiß, wie es sich anfühlt, wenn man sich kurz vorm Blasensprung auf einen Fahrradsattel setzt. Muss nicht sein.

Sie steuert das nächstgelegene Sanitärhaus auf dem Campingplatz an. Keine der Kabinentüren ist verriegelt.

Es scheint ganz leer zu sein. Aus den Lautsprecherboxen dudelt ein regionaler Radiosender. Als Tomke auf der Toilette sitzt, hört sie Hildegard Knef singen.

»*Glücklich ist, wer heute genießt und was vorbei ist vergisst. Es kommt, wie es kommen muss. Erst kommt der erste Kuss, dann kommt der letzte Kuss, dann der Schluss!*«

»Genau, dann der Schluss«, murmelt Tomke und denkt dabei an Paul. Sie zieht sich mit klammen Fingern die Hose hoch. Erst jetzt spürt sie, wie durchgefroren sie ist. Sie geht zum Händewaschen in eine der abschließbaren Kabinen. Dort kommt wenigstens warmes Wasser aus dem Hahn. Tomke lässt es über ihre ausgekühlten Hände laufen. Sie ist müde. Höchste Zeit, nach Hause zu kommen und mit einer Wärmflasche auf dem Bauch schlafen zu gehen. Hoffentlich ist dieses angenehm wattig-matte Gefühl bis dahin nicht verflogen und sie liegt womöglich putzmunter im Bett.

Die Waschhaustür wird geöffnet und kracht heftig gegen den Türstopper. Im nächsten Augenblick ruft eine Mädchenstimme erfreut: »Yes! Unsere Kabine ist frei!«

Eilige Schritte trippeln über die Fliesen und kommen näher. Neben Tomke wird die Kabinentür aufgerissen, zugeklappt und sofort verriegelt. Tomke sieht die Spitze eines knallroten Ballerinaschuhs unter der Kabinenabtrennung hervorlugen. Er verschwindet und macht einem nackten Fuß in einem gelben Leinenschuh Platz. Es sind zwei Mädchen in der Kabine. Tomke trocknet sich die Hände mit einem Papiertaschentuch ab.

»Welche Mascarafarbe hast du gekauft?«, hört sie das eine Mädchen fragen.

»Grün und goldbraun«, antwortet das andere.

»Ich habe glitzersilber und blau. Keine Ahnung, welche Farbe steht mir am besten?«

»Grün. Die passt zu deinen Augen. Und du kannst meinen Pickelabdeckstift benutzen. Der ist der totale Burner. Man sieht keinen einzigen Pickel mehr.«

Sie kichern ausgiebig. Man hört sie klimpernd in Täschchen kramen. Sie tauschen ihre Schminksachen aus.

Tomke bleibt mit den Händen in den Taschen in der Kabine stehen. Sie lehnt sich an die Wand. Wie verzaubert hört sie den beiden Mädchen weiter zu.

»Glaubst du, er geht morgen den gleichen Weg?«, fragt das eine.

»Hundertpro. Er hat einen Hund. Mit dem muss er raus. Und zwar an den Hundestrand! Klaro?«

Das andere Mädchen seufzt tief. »Findest du echt, ganz ehrlich, er hat zu mir geguckt?«

»Ja, ganz echt. Die ganze Zeit über.«

Wieder ist nur aufgeregtes Gekicher zu hören.

»Aber wir können doch am Hundestrand, keine Ahnung, nicht einfach so chillen. Wenn er das merkt, das wär so peinlich.«

»Stimmt. Das wäre absolut oberpeinlich.«

Ein kleiner Augenblick der Stille. Anscheinend denken beide ernsthaft nach, wie das Problem zu lösen ist.

»Ich hab's!«, ruft die eine. »Wir leihen uns einen Hund. Dann sind wir total unauffällig. Ich kenne einen Hundecamper. Der ist echt nett und freut sich, wenn wir seinen Hund mal ausführen.«

Jetzt kriegen sie sich vor freudigem Gegacker nicht wieder ein. Tomke lehnt noch immer an der Kabinenwand. Sie muss hart schlucken. Die beiden Mädchen nebenan haben so viel Vertrauen zueinander. Sie hecken gemeinsam einen Flirtplan aus. Gemeinsam und doch ist klar, der Auserwählte ist für eine von ihnen bestimmt. Aber das andere Mädchen ist mit Feuereifer dabei, ihre Freundin ins rechte Licht zu rücken. Ohne eine Spur von Neid.

Wie lange kennen sich die beiden wohl? Wahrscheinlich seit ihrer frühesten Kindheit. Die Eltern fahren immer auf denselben Campingplatz. Sie verbringen hier in Schillig am Meer ihre Ferien und danach noch viele Wochenenden bis zum Ende der Saison. Im Oktober werden die Wohnwagen nach Hause geholt, um sie vor den Herbststürmen zu schützen. Die beiden Mädchen sind Sommerfreundinnen.

Dörte und Tomke waren nicht nur im Sommer befreundet. Sie waren Nachbarskinder. Und seit sie zusammen die Schulbank gedrückt haben, die allerbesten Freundinnen. Unzertrennlich. Die siamesischen Zwillinge von Minsen, so wurden sie genannt. Man sagte: »Süst du de een, is de annere og nich wiet.«

Anfangs hatte Tomkes Eltern diese enge Mädchenfreundschaft ganz und gar nicht gefallen. Ausgerechnet mit Dörte Friedrichs, der Tochter ihrer exzentrischen Nachbarn. Friedrichs hatten in Minsen nicht gerade einen guten Ruf. Jedenfalls nicht mehr, seit Eike Friedrichs ein zweites Mal geheiratet hatte. Eike arbeitete als Oberarzt in Wilhelmshaven und war damals mit Ella, seiner ersten Frau, und seiner Tochter Brigitte nach Minsen gezogen. Man mochte die Familie, auch wenn sie eine zugereiste war. Das war vor allem Ella Friedrichs' Verdienst. Sie war eine sehr offene, freundliche Frau und eine begabte

Gärtnerin. Sie züchtete in einem Gewächshaus besonders schöne Geranien, Gerbera und Männertreu. Die verkaufte sie auf den umliegenden Wochenmärkten. Obwohl sie das sicher nicht nötig gehabt hätte. Dafür zollte man ihr Respekt. Als Brigitte zwölf Jahre alt war, starb Ella Friedrichs. In ihrem Fall stimmten die abgegriffenen Worte wirklich: plötzlich und unerwartet. Eike war schon vorher ein verschlossener Mann gewesen, aber nun bekam man von ihm nur ein knappes »Moin« zu hören. Mit Brigitte war er überfordert und brachte sie in einem Internat unter. Die arme lütte Deern und der arme Mann. Das war die einhellige Meinung. Man hoffte in Minsen, er würde bald eine neue Frau finden, die ihn und seine Tochter wieder anständig versorgte. Immerhin konnte ein attraktiver Mann von knapp 40 nicht auf Dauer allein bleiben. Das war nicht gesund. Da war man sich einig.

Nach zwei Jahren fand Eike eine Frau. Sie war allerdings eine ganz andere, als man sie ihm und Brigitte gewünscht hatte. Eike kam mit einem unreifen, jungen Mädchen daher. Dagmar.

Dagmar war Schwesternschülerin und knapp 18 Jahre alt, als sie mit Dörte schwanger wurde. Es gab im Wilhelmshavener Krankenhaus einen Skandal, als die Affäre des Oberarztes mit der Schwesternschülerin herauskam. Aber nachdem Eike Friedrichs den Fehltritt durch eine ordentliche Heirat legalisiert hatte, beruhigten sich die Gemüter wieder. In Wilhelmshaven, aber nicht in Minsen. Dort lebte Dagmar und blieb über die Jahre ein dankbares Gesprächsthema für etliche Teestunden. Dagmar war nicht nur blutjung. Sie war auch anders. So ganz anders als Ella Friedrichs. Dagmar hatte nichts mit Haus und Garten am Hut. Sie machte auch keinen Versuch, Brigitte die Mutter zu ersetzen. Die blieb weiterhin in dem Internat. Man erzählte sich, das Mädchen hatte nicht wieder nach Hause gewollt. Kein Wunder. Dort gab es keine mütterliche Wärme. Dagmars Liebe, wenn sie zu so einem Gefühl fähig war, gehörte einem edlen Reitpferd. Sie schloss sich nicht den Landfrauen an und war genauso mundfaul wie ihr Mann. Dazu kleidete sie sich unmöglich. Sie lief am liebsten in eigenartigen Flickenjeans und kunterbunten Pullovern durch die Gegend. Die blonden Locken ließ sie ungezügelt und lang über die Schultern fallen. Und – sie beschäftigte sogar eine Putzfrau. Die kam zweimal in der Woche aus Wilhelmshaven. Zweimal! Den weiten Weg. Dabei hätte sie eine Frau aus dem Dorf ansprechen können. Das wäre viel praktischer gewesen, und die hätte den anderen Frauen auch mehr Einblicke in den Haushalt der Friedrichs geben können. So wusste man leider so gut wie gar nichts. Was niemanden hinderte, viele Geschichten über die junge Frau Friedrichs zu erzählen. Die ehrliche Empörung schlug Wellen, als man mitbekam: Dagmar verreiste von Zeit zu Zeit. Allein, ohne ihren Mann. Für ein ganzes Wochenende.

Fünf Jahre nach Dörtes Geburt kam Nils auf die Welt. Aber auch das zweite Kind änderte nichts an Dagmars Lebensstil. Mit den Jahren verebbte die anfängliche Schadenfreude, dass Eike nun die Rechnung für so eine junge Frau bekäme. Sie hatten Mitleid mit ihm. Der arme Mann. Der arbeitete hart im Krankenhaus, und seine Frau gab sein Geld mit vollen Händen aus. Aber Eike hielt ungebrochen zu Dagmar. Und die scherte sich nicht um den Dorftratsch.

Tomkes Mutter fand das Benehmen der jungen Frau Friedrichs ebenfalls skandalös. So sehr, dass sie zu Hause nur mit gedämpfter Stimme über Dagmar sprach. Zu allem Übel wohnte diese Person gleich nebenan. Eine Luftlinie von 400 Metern zwischen den Häusern war da kein Trost. Nachbarhaus war Nachbarhaus.

Tomkes Elternhaus stand weiter außerhalb des Dorfes und näher am Deich. Es war ein richtiges Bauernhaus mit großer Scheune und Stallungen. Ihr Opa war wie alle Männer aus der Familie Faß vor ihm Landwirt gewesen. Für ihn stand fest, dass sein Sohn, Tomkes Vater, auch diesen Weg gehen würde. Aber ihr Vater hatte andere Pläne. Er wollte einen Handwerksberuf erlernen. Maler. Tomkes Opa hatte ihm einen Vogel gezeigt. Brotloses Handwerk wäre das hier auf dem Lande. Niemand würde sich jemanden zum Wändeweißen oder Tapezieren ins Haus holen. Diese Arbeiten erledigte man selbst.

Nun, Tomkes Vater setzte sich durch und fand eine Lehrstelle bei einem guten Meister. Und man holte ihn sehr wohl ins Haus. Denn er leistete ausgezeichnete Arbeit und war talentiert. Er konnte wunderbar mit Farben umgehen. Er war kreativ und konnte mit seinen Vorschlägen die Kundschaft begeistern. Sein Talent sprach sich herum. Er arbeitete in der Woche als selbstständiger Maler und am Wochenende half er seiner Frau in der Landwirtschaft. Die war klein geworden. Der Ertrag, den sie mit Vieh und Ackerland erwirtschafteten, hätte nicht mehr zum Leben gereicht. Nicht für eine große Familie mit vier Kindern. Erst viel später hatte Tomke herausgefunden, ihr Vater strich nicht nur Wände an. Er malte auch Bilder. Heimlich. Das waren kleine Kunstwerke. Wunderschöne Nordseelandschaften. Und immer wieder die Meerjungfrau von Minsen. Die und ihre Geschichte hatten es ihm anscheinend angetan. Seine Meerjungfrauen hatten prachtvolle lange Locken. Genau wie Dagmar. Und sie sahen ihr auch sonst recht ähnlich. Tomke konnte ihren Vater nicht mehr fragen. Als sie beim Aufräumen die Bilder auf dem Dachboden entdeckte, war er bereits tot.

Bis zu Tomkes Einschulung war das *Ärztehaus* für sie ein einziges Mysterium. Die Erwachsenen tuschelten über Haus und Bewohner hinter vorgehaltener Hand. Oder sie unterbrachen sofort ihre Unterhaltung, wenn Tomke oder eines ihrer Geschwister das Zimmer betrat. Vergebliche Liebesmühe etwas zu verbergen. Kinder haben gute Antennen und Tomke war längst klar, bei denen da drüben in dem schönen Haus stimmte etwas nicht. Das schürte ihre Neugier. Sie begann, die Nachbarn regelrecht auszuspionieren. Sie schob immer wieder mit ihrem Puppenwagen am Haus der Friedrichs vorbei, in der Hoffnung, jemandem von ihnen zu begegnen. Das Nachbarmädchen war genauso alt wie Tomke, so viel hatte sie mitbekommen. Und es hieß Dörte. Aber sie spielte nie draußen. Manchmal konnte Tomke einen Blick auf sie erhaschen. Wenn Dörte mit ihrer Mutter zum Auto ging und sie mit ihr wegfuhr. Frau Friedrichs winkte Tomke dann freundlich zu. Bis Tomke sich durchrang zurückzuwinken, waren die Friedrichs mit dem Wagen außer Sicht. Sie war jedes Mal, wenn sie die beiden sah, wie vom Donner gerührt. Sie waren so wunderschön. Wie von einem anderen Stern. Vor allem Dörtes Mutter. Die sah überhaupt nicht aus wie eine Mutter. In engen Jeans und Pullovern. Vor allem die ungewöhnlich bunten Farben der Pullover begeisterten Tomke. Die junge Frau Friedrichs trug das lange lockige Haar offen und es reichte ihr fast bis an den Hintern. Wenn sich Sonnenstrahlen darin verfingen, leuchtete es wie aus Gold. Dörte sah aus wie eine kleine Prinzessin. In schmalgeschnittenen, kurzen Kleidchen. Solche Kleider hatte Tomke noch nie gesehen. Dazu trug Dörte Strumpfhosen mit Mustern aus Rauten und Karos und glänzende Lackschuhe. Dörte hatte das prächtige Haar ihrer Mutter geerbt. Allerdings war ihres meist zu Zöpfen geflochten.

Wirklich kennen lernten sich Tomke Faß und Dörte Friedrichs erst nach ihrer Einschulung. Damals gab es noch eine Dorfschule in Minsen. Dort wurden alle Kinder bis zur fünften Klasse gemeinsam von einer Lehrerin unterrichtet. 1966 war ein letztes Mal der Einschulungstermin nach den Osterferien. Es sollten zwei Kurzschuljahre folgen, um die geburtenstarken Jahrgänge zu bewältigen. Tomkes Vater hatte am Küchentisch über diese Planung gewettert. Seine Kinder sollten lieber ein Schuljahr wiederholen, um nicht Opfer dieser Kürzungsmaßnahme zu werden. Diese Ehrenrunde hatte Tomke dank Dörtes Hilfe nicht nötig gehabt.

Am ersten Schultag wurde Dörte von allen Kindern mit unverhohlener Neugier beglotzt, als wäre sie just einem Zoo entlaufen. In der Klasse standen Schreibpults in zwei Reihen hintereinander aufgestellt. Die Kinder sollten jeweils zu zweit an einem sitzen. Die älteren setzten sich auf ihre Stammplätze und warteten gespannt ab, wie die Neulinge sich zusammentaten. Der Platz neben Dörte blieb leer. Frau Herrlein, ihre Lehrerin, machte nicht viel Federlesens. Sie setzte einen der Erstklässler neben ein älteres Kind und wies Tomke an, sich zu Dörte zu setzen. Immerhin wäre es ihre Nachbarin, war der Kommentar ihrer Lehrerin. Tomke musste sich zusammenreißen, damit niemand bemerkte, wie sehr sie sich über diese Anordnung freute. Bestens. Nun brauchte sie sich nicht mehr den Kopf zu zerbrechen, wie sie möglichst unauffällig Dörte näher kommen konnte. Sie saß neben ihr, und die anderen Kinder konnten ihr das nicht vorwerfen.

Ihre Freude war verfrüht. Denn trotz der günstigen Position war es nicht einfach, mit Dörte warm zu werden. Sie war äußerst schweigsam. Genauer, sie sagte kein Wort. Aber sie lächelte Tomke von Zeit zu Zeit freundlich an. Das wiederum schüchterte Tomke ein und setzte ihre früh angelegte Kontaktfreudigkeit außer Gefecht. Allein Dörtes Augen. Sie waren von einem atemberaubenden Himmelblau und wurden von langen, dichten Wimpern umrahmt. Diese Augen und das feine, wie aus Porzellan geschnittene Gesicht erinnerten Tomke an ihre heißgeliebte Puppe. Die hatte bewegliche Schlafaugen und konnte sogar Mama sagen, wenn man sie hochhob.

Alles an Dörte wirkte so vornehm und edel, als wäre sie versehentlich aus ihrem Märchenschloss in der Dorfschule gelandet. Neben ihr fühlte sich Tomke wie ein plumpes Trampeltier. Dabei hatte sie ihren schönsten Pullover an. Ganz neu war der und quietschend gelb. Dazu trug sie einen schicken Faltenrock in Schottenmuster. Den fand sie so schön, dass sie kaum den Blick davon losbekam und ihn bei jedem Schritt betrachten musste. Aber neben Dörte rutschte ihr Sonntagsstaat in die Kategorie ganz nett und praktisch. Genau wie Tomkes Frisur.

Der gradlinige Prinz-Eisenherz-Schnitt hob ihre Pausbacken hervor und machte ihr Gesicht noch runder. Dabei träumte Tomke von wallenden, langen Haaren. Aber ihre Mutter hatte bei vier Kindern und dem landwirtschaftlichen Betrieb keine Zeit zum Haare bürsten und einflechten. So gab es für alle im Hause Faß einen Einheitsschnitt. Nicht vom Friseur. Dafür hätte man nach Horumersiel fahren müssen. Außerdem kostete ein Haarschnitt vom Friseur viel zu viel Geld. Das erledigte Tomkes Mutter selbst mit dem Haarschneidegerät. Die Brüder bekamen einen Bürstenschnitt und Tomke und ihre ein Jahr ältere Schwester Sina den Pottdeckelschnitt.

Tomke und Dörte hatten den gleichen Heimweg. Das wussten beide, aber sie taten so, als wäre ihnen diese Tatsache nicht bekannt und eine große Überraschung. Dörte ging ein paar Meter vor Tomke. Keine von ihnen sagte ein Wort. So ging das vier Tage lang. Am Fünften drehte sich Dörte unvermittelt um und blieb stehen, bis Tomke auf ihrer Höhe war. Sie lächelte sie mit ihrem Puppengesicht an und fragte: »Wollen wir zusammengehen?«

Tomke konnte nur begeistert nicken. Von dem Tag an wurden die Schulwege für die Mädchen zu kleinen Kostbarkeiten. Nicht selten verlängerten sie diese Möglichkeit des Zusammenseins und trödelten. Sie pflückten Löwenzahn und banden sich einen Haarkranz davon. Oder sie suchten nach einem vierblättrigen Kleeblatt, um sich das Glück zu sichern. Dabei unterhielten sie sich kaum und verabredeten sich nie für den Nachmittag. Dabei sehnten sich beide danach, mehr Zeit miteinander zu verbringen.

In dem folgenden Sommer wurde Tomke krank. Sehr lange. Sie hatte Keuchhusten. Als dieser quälende Husten endlich abklang, musste sie weiterhin zu Hause bleiben. Man befürchtete Ansteckungsgefahr. Tomke hätte mit Sicherheit das Kurzschuljahr und vielleicht noch das nächste wiederholen müssen, wenn es Dörte nicht gegeben hätte. Sie hatte schon vor zwei Jahren Keuchhusten gehabt und war immun. Eike Friedrichs ermutigte seine Tochter, Tomke zu besuchen, ihr die Schulaufgaben zu bringen und mit ihr zu üben. Beim Antrittsbesuch begleitete er Dörte in das Nachbarhaus.

Tomkes Mutter ließ sie herein. Selbstverständlich. Immerhin war es in ihrem Interesse, dass ihre Tochter in der Schule mitkam. Aber was den Kontakt darüber hinaus anging, war sie äußerst skeptisch und beobachtete das Treiben der Mädchen mit Misstrauen.

Bis zu dem Mittag, als Tomkes Mutter Reibekuchen backte. Das ganze Haus roch nach diesem appetitanregenden Aroma von gebratenen Kartoffeln. Dörte stand in der Küchentür und wollte sich verabschieden. Dabei hing ihr Blick so begehrlich an den Kartoffelpuffern, dass sie zum Essen eingeladen wurde. Dörte zierte sich nicht. Sie setzte sich mit an den geräumigen Küchentisch und wurde die Puffersiegerin des Tages. Sie schaffte zehn Stück! Eine Meisterleistung. Selbst die beiden Faßbrüder zollten ihr dafür Respekt. Obwohl sie betonten, sonst würden sie wesentlich mehr schaffen. Aber heute hätte sie Lina Harms auf dem Heimweg reingewinkt und ihnen ein dickes Stück Buttercremetorte angeboten.

Dörte strich sich über ihren Bauch und strahlte Tomkes Mutter an. So etwas Leckeres hätte sie in ihrem Leben noch nicht gegessen. Und Frau Faß schmolz unter ihrem Lob regelrecht dahin. Seitdem war Dörte immer herzlich willkommen. Das arme Kind kann ja nichts dafür, entschuldigte Tomkes Mutter ihre neu gewonnene Geisteshaltung.

Wofür das arme Kind nichts konnte, verstand Tomke immer noch nicht. Es musste damit zusammenhängen, dass Dörtes Mutter ungewöhnlich jung war und wunderschön. Die Sache mit der Putzfrau aus Wilhelmshaven wurde ihr besonders übel genommen. Tomkes Mutter konnte sich bei dem Gedanken daran regelrecht in Rage reden. Wie konnte man fürs Saubermachen Geld ausgeben? Die feine Frau Friedrichs sollte lieber selbst ihren Hintern bewegen. Dann bräuchte sie nicht zum Sport zu gehen oder zu reiten. Das käme dabei heraus, wenn man ein halbes Kind heiratet. Und wo die immer allein hinfährt, wolle niemand wirklich wissen.

Tomke hörte längst nicht mehr hin. Ihr war das Gerede schnuppe. Sie und Dörte waren nun endlich Freundinnen und hingen so oft wie möglich zusammen. Damit Dörte die Hürde der Kurzschuljahre ohne Defizite überspringen konnte, hatte Eike Friedrichs eine Privatlehrerin engagiert. Fräulein Moormann. Eine sehr alte, dünne, überaus freundliche Dame mit Hut, den sie niemals absetzte. Tomke durfte bei dem zusätzlichen Unterricht dabei sein und brauchte deshalb auch keine Klasse wiederholen.

Nach den Grundschuljahren stand für die Mädchen eine Trennung an. Tomke wechselte auf die Realschule nach Hohenkirchen und Dörte besuchte das Gymnasium in Jever. Sie konnten sich nur noch am Nachmittag nach den Schulaufgaben treffen. In der Zeit begann Tomke Volleyball zu spielen und lernte in der Mannschaft Thomas kennen. Er war zwei Jahre älter als sie und wurde ihr einziger, bester Freund. Nach einem Jahr wechselte Dörte vom Gymnasium auf die Realschule. Sie saß wieder neben Tomke. Die Mädchen sprachen nicht darüber, aus welchem Grund Dörte zurückgekommen war. Ob es mangelnde Leistungen waren oder ihr Wunsch, wieder bei Tomke zu sein.

Dörte war mächtig eifersüchtig auf Tomkes Sportsfreund. Zweimal Training in der Woche und an manchen Wochenenden ein Spiel. Tomke liebte aber mittlerweile ihren Sport und Dörte biss in den sauren Apfel und spielte mit. Aber Volleyball war für Dörte nicht gemacht oder umgekehrt. Sie lernte das Baggern nicht, geschweige denn das Schmettern oder Pritschen. Davon taten ihr die Hände und Arme weh. Es gab keine Position im Team, in der man sie gebrauchen konnte. Das sah Dörte letztendlich ein und ließ Tomke allein trainieren. Sie reiste nur zu den Spielen an den Wochenenden mit und feuerte Tomke und ihre Mannschaft an.

Thomas begann eine Ausbildung zum Koch in Hamburg. Er sollte die Gastwirtschaft seiner Großeltern in Carolinensiel übernehmen. Tomke blieb in der Volleyballmannschaft und mit Thomas in Briefkontakt.

Dörte und Tomke waren mittlerweile Teenager. In der Woche trennten sich ihre Wege wieder. Tomke ging nach der mittleren Reife von der Schule. Sie hatte einen Ausbildungsplatz bei der Kurverwaltung bekommen. Sie wurde Bürokauffrau. Dörte machte in Wilhelmshaven ihr Fachabitur.

Der Samstag jedoch gehörte weiterhin ihnen. Eike Friedrichs fuhr die Mädchen nach Carolinensiel in die *Harle River Ranch*, die absolut angesagteste Disco zu der Zeit. Dort lernten sie Gerold kennen. Er war vier Jahre älter und hatte schon einen Führerschein. Nachdem er von Tomkes Eltern und Dörtes Vater unter die Lupe genommen worden war und als solide und zuverlässig eingestuft wurde, durfte er die Mädchen allein ausführen. Das war eine schöne Zeit. Sie unternahmen alles zu dritt, wie Geschwister. Auf Gerold war Dörte auch nie eifersüchtig. Sie wäre nie auf die Idee gekommen, dass aus Tomke und Gerold ein Ehepaar werden würde.

»Ich auch nicht«, murmelt Tomke. »Aber hinterher ist man meistens schlauer.«

Sie hört verwundert den Klang ihrer eigenen Stimme und begreift, wo sie ist. Sie steht immer noch in der Waschkabine. Die Mädchen sind längst gegangen. Tomke schüttelt den Kopf. So weit in der Vergangenheit hat sie lange nicht gewühlt. Bringt auch nichts. Fröstelnd zieht sie ihre Jacke fester zu und verlässt das Waschhaus.

Der Horizont zeigt einen Wetterumschwung an. Der milchige Dunst hat sich Richtung Osten verzogen. Im Westen hat es aufgeklart, und man kann wieder die Sterne sehen. Der Himmel erscheint wie geteilt, als hätte jemand einen Vorhang zur Seite gezogen.

Tomke geht zügig. Zeit, ins Bett zu kommen. Dieser Tag reicht für drei und sollte schleunigst beendet werden. Am Deichtor angekommen, schließt sie ihr Fahrrad auf und radelt los. Die katholische Kirche am Deichweg ist hell erleuchtet. Sie feiern einen Gottesdienst. Um diese Uhrzeit? Tomke kennt sich damit nicht aus. Sie ist wie die meisten im Wangerland Protestantin. Aber die neue Kirche am Meer hat es ihr angetan. Die geschwungene Form des Baustils erinnert an einen riesigen Wal. Oder an Wellen und Dünen und an die Tide. An das Auf und Ab im Leben. Und vor allem, dass es immer weitergeht.

Tomke radelt nachdenklich weiter. Auf und ab. Und immer weiter. Dörtes Stimme nach so langer Zeit hat etwas in ihr bewegt. Da macht sie sich nichts vor. Was für ein komischer Anruf. Sie braucht Hilfe, weil sie einen Marder im Dachstuhl hat. Anscheinend lebt Dörte immer noch allein. Von diesem ungebetenen Untermieter abgesehen. Aber deshalb hat sie nicht angerufen. Da steckt unter Garantie mehr dahinter. Schlafstörungen durch Marderlärm. Blödsinn! Kann Dörte nicht einfach sagen: Ich vermisse dich, Tomke. Und jetzt halte ich es nicht mehr aus. Lass uns endlich wieder zusammen sein. Nein, das kann sie nicht. Sie bettelt nur um eine Schlafgelegenheit. Tomke schüttelt den Kopf. Wieso verwundert sie das überhaupt? So war Dörte schon immer. Bloß kein Problem direkt ansprechen. Nur lieb lächeln, Tomke in den Arm nehmen und hoffen, dass sie alles ohne Worte versteht. Sie zieht das Handy aus der Tasche. Bevor sie länger darüber nachdenken kann, schreibt sie an Dörte: *Komm vorbei. Ich bin zu Hause.*

KAPITEL 4

Dörte in der Pension am Deich

Tomke schiebt ihr Fahrrad in die Garage und geht durch die Verbindungstür ins Wohnhaus. Im Flur brennt die schmale, orangefarbene Stehlampe. Sie verbreitet ein angenehm warmes Licht. Tomke empfindet das wie einen freundlichen Willkommensgruß. Deshalb lässt sie die Lampe die ganze Nacht über brennen. Vor allem für ihre Gäste. Ohne Beleuchtung tappen sie manchmal hilflos herum und finden den Lichtschalter für das Treppenhaus nicht. Entweder sie sind zu dun oder sie haben von Natur aus keinen Orientierungssinn.

Es ist ungewöhnlich still im Haus. Tomke bleibt einen Augenblick stehen und horcht nach oben. Nichts zu hören. Nicht einmal Hintergrundmusik oder Dialogfetzen aus den Flimmerkisten wabern nach unten. Vielleicht liegen ihre Gäste schon in ihren Betten und schlafen. Das wäre bei dem trüben Wetter gut nachfühlbar. Tomke nickt unwillkürlich. Besser so, dass alle in ihren Kojen sind. Wenn zu dieser Uhrzeit ein Gast im Erdgeschoss herumschwirrt, will er selten nur auf die Terrasse und frische Luft schnappen. Nein, der hat dann meistens Redebedarf. Er geht in der Hoffnung nach unten, der patenten Pensionswirtin über den Weg zu laufen. Manchmal haben ihre Gäste ein handfestes Problem, das sie nicht schlafen lässt. Für diese Signale hat Tomke einen feinen Instinkt.

Sie interessiert sich für das Leben der Menschen, die es in ihre Pension verschlagen hat. Und ihre Gäste erzählen Tomke intimer und ehrlicher ihre Geschichte, als sie oft der jeweilige Partner von ihnen weiß. Das Vertrauen der Menschen verwundert Tomke immer wieder. Sie fühlen sich von ihr verstanden, ohne dass sie etwas Großartiges gesagt hat. Sie gehen erleichtert und dankbar wieder nach oben. Das ist für Tomke ein sehr schönes Gefühl.

Aber heute ist sie mit sich selbst nicht im Reinen und wäre keine gute Zuhörerin. Sie wird sich in ihrem Schlafzimmer verschanzen und … Tomke erstarrt mitten in ihrer Bewegung. Dörte! Die hat sie wirklich für einen Augenblick vergessen. Was für eine absolut hirnrissige Schnapsidee von ihr, Dörte grünes Licht zum Kommen zu geben! Schuld ist das blöde Handy. Das verleitet zum Allzeit-bereit-Sein. Die Quakbox sollte sie öfter zu Hause lassen. Immerhin hat sie einen Anrufbeantworter im Haus.

Tomke seufzt. Was soll's. Da hilft kein nachträgliches Gejaule. Nicht mehr zu ändern. Dörte ist wahrscheinlich schon auf dem Weg zu ihr. Da muss sie jetzt durch. Tomke neigt nicht zum Nachträglichen: Hätte ich bloß. Aber heute wäre es wirklich klüger gewesen, sie wäre zu Hause geblieben. Das Handy ausgeschaltet. *Pretty Woman* in den DVD-Player. Einen Teller mit frischgebackenem Teekuchen und ein Heißgetränk mit Schuss auf den Beistelltisch. Die Sofadecke bis ans Kinn gezogen.

Dieser Tagesverlauf wäre ihr mit Sicherheit besser bekommen. Karl, dem armen Kerl, auch. Und Dörte hätte keine Chance gehabt, sie zu erreichen. Jedenfalls nicht heute. Der vertraute Klang ihrer Stimme hat Tomke melancholisch gestimmt und alte Sehnsucht geweckt. Ob sie sich das nun eingestehen will oder nicht. Und in dem Gemütszustand müssen ihr die beiden Mädchen im Waschhaus über den Weg laufen. Deren bedingungsloses Vertrauen zueinander hat Tomke komplett gefühlsduselig gemacht. Aber Kindheit und Jugend liegen lange zurück. Echte Nähe zwischen ihr und Dörte noch länger. Das Treffen mit ihr heute Abend wird so was von in die Hose gehen.

Tomke wendet sich resigniert von der Schlafzimmertür ab und geht in die Küche. Ohne die Deckenbeleuchtung anzuschalten, greift sie nach den Streichhölzern und zündet Teelichter auf der Fensterbank an. Das sanfte Licht der Kerzen beruhigt ihre aufgewühlten Sinne. Sie lässt sich auf den Stuhl fallen und lehnt den Kopf gegen die Wand. Ein herzhaftes Gähnen lässt ihr Tränen in die Augen steigen. Dörte hat am Telefon behauptet, auch hundemüde zu sein. Sie will sich nur einmal richtig ausschlafen. Hoffen wir es, denkt Tomke. Von ihr aus kann sie nebenan in der kleinen Stube übernachten. Für eine Nacht ist das Sofa ein bequemes Lager.

Scheinwerfer streichen wie lange Fangarme über die Deichkrone. Sie verweilen auf Höhe der Frühstückspension. Tomke steht auf und späht aus dem Fenster. Vor der Pension hält ein Taxi. Das geht nicht an. Dörte würde sich niemals mit einem Taxi bringen lassen. Sie war immer eine ebenso begeisterte Autofahrerin, wie sie eine übellaunige Beifahrerin war.

Aber es ist eindeutig Dörte, die aus dem Taxi steigt. Der Anblick ihrer vertrauten Silhouette lässt Tomkes Herz schneller schlagen. Gleich wird sie ihrer alten Freundin gegenüberstehen. Wie soll sie sich verhalten? So tun, als wäre nichts geschehen? Als wäre es völlig normal, dass Dörte hier nach der langen Zeit aufkreuzt und bei ihr schlafen will? Das würde Dörte mit Sicherheit in den Kram passen. Einfach ihre hysterische Abschiedsvorstellung und acht Jahre Funkstille unter den Teppich kehren.

»Nicht mit mir, meine Liebe!«, schimpft Tomke laut und rauscht, ohne auf das Klingeln zu warten, zur Haustür. Die reißt sie dermaßen schwungvoll auf, dass Dörte erschrocken einen Schritt zurückweicht. Die Frauen starren sich beide an, als ständen sie einem Gespenst gegenüber.

Tomke bleibt im Türrahmen stehen. Es ist nicht zu erkennen, ob sie den Eingang versperren oder ihren späten Gast hereinbitten will. Und das entspricht schlicht der Wahrheit. Tomke weiß es für einen Augenblick selbst nicht. Ihr Blick wandert von der karierten Reisetasche zu Dörtes Füßen langsam an ihr hoch. Dörte sieht aus, als wäre die Zeit spurlos an ihr vorübergegangen. Das blonde Haar ist wie eh und je superlang und zu einem seitlichen Zopf geflochten. Das Gesicht schmal mit vollendeten Konturen. Geprägt von ihren hypnotisch wirkenden Augen. Immer ein wenig staunend. Mit beneidenswert schön geschwungenen Brauen. Dörte trägt einen weinroten Poncho aus Wolle. Er unterstreicht ihre mädchenhafte Ausstrahlung. Sie ist noch immer ein Rotkäppchen. Fehlt nur noch das rote Käppchen.

»Moin«, grüßt Dörte zaghaft und versucht zu lächeln. Dabei zittern ihre Lippen. Ihre offensichtliche Nervosität löst Tomke aus ihrer Starre. Sie tritt zur Seite und brummelt: »Moin. Dann komm mal rein.«

Aber Dörte bleibt auf der Stelle stehen und verbirgt ihre Arme schützend unter dem Poncho. Sie zögert, als müsse sie um die Entscheidung ringen, der Einladung ins Haus zu folgen.

Tomke spürt, wie erneuter Groll in ihr hochsteigt. Warum ziert sich Dörte, als stände sie rein zufällig vor ihrer Tür? Immerhin war sie es, die auf die Mitleidsdrüse gedrückt hat und sich mit ihrer penetranten Bettelei selbst eingeladen hat.

»Was ist? Willst du auf dem Fußabtreter Wurzeln schlagen?«

»Nein. Es ist nur – du bist doch allein, oder?«, fragt Dörte unsicher.

Tomke zieht ihre Augenbrauen zusammen. Was soll das nun wieder?

»Wegen der Schummerbeleuchtung. Und der Uhrzeit. Ich will nicht stören«, fügt Dörte leise hinzu.

Tomke atmet tief durch. »Das fällt dir reichlich früh ein. Wäre eine angebrachte Frage am Telefon gewesen. Aber zu deiner Beruhigung: Ich bin allein, wenn du meine Badegäste nicht mitzählst. Was ist nun? Reinkommen oder draußen stehen bleiben?«

Dörte gibt sich einen sichtlichen Ruck und betritt den Flur. Als sie die Haustür hinter sich schließt, schaltet Tomke demonstrativ die Deckenbeleuchtung an. Das grelle Licht zeigt schonungslos, die Jahre sind auch an Dörte nicht spurlos vorübergegangen. Durch die goldblonde Haarpracht ziehen sich hier und da ein paar Silberfäden. Die vorwitzigen Stirnlöckchen sind fast weiß. Augenscheinlich tönt Dörte nicht nach. Um die Augenpartien haben sich feine Fältchen gebildet. Ja, selbst Dörte ist älter geworden. Diese schlichte Feststellung löst in Tomke keine Schadenfreude aus. Es beruhigt sie und macht Dörte zu einer lebendigen Frau.

Wie ich wohl für sie aussehe, schießt es Tomke durch den Kopf. Sehr viel älter? Dicker? Doppelkinn? Sie würde sich nicht die Blöße geben, Dörte danach zu fragen. Und selbst hat man kein Gefühl dafür. Immerhin sieht man sich tagtäglich im Spiegel und kann den schleichenden Altersprozess gut verdrängen.

»Du hast dich kaum verändert«, hört sie Dörte sagen, als könnte sie ihre Gedanken lesen.

»Das heißt, dein Kleidungsstil. Irgendwie ist der konventioneller geworden. Schwärmst du nicht mehr für Hollywoods Sechziger?«

Tomke antwortet nicht. Obwohl ihr Dörtes unbeholfener Versuch, die Stimmung aufzulockern, durchaus gefällt.

»Na ja, Geschmack kann sich ändern«, lacht Dörte hilflos und beginnt, sich den Poncho über den Kopf zu ziehen. Sie bleibt in ihm stecken und strampelt hilflos mit den Armen. Sie war schon immer ungeschickt, denkt Tomke. Dabei sollte Dörte es nicht sein. Immerhin braucht sie ihre Hände. Sie ist Krankengymnastin. Bevor sie durch ihr Gezappel in die Flurgarderobe fällt, hilft Tomke ihr lieber aus dem Kleidungsstück. Jetzt erst fällt ihr auf, dass Dörtes rechte Hand bandagiert ist.

Tomke hängt den Poncho an einen Kleiderhaken. Sie sieht in den Spiegel und antwortet: »Mein Geschmack ist noch immer der gleiche. Aber ich …«, Tomke zögert, »der größte Teil meiner Garderobe ist in diesem Frühjahr im Altkleidercontainer gelandet.«

Dörte sieht sie ernsthaft an und sagt ganz ruhig: »Ich weiß.« Sie hält sich erschrocken die verbundene Hand vor den Mund. Zu spät. Rausgerutscht ist rausgerutscht.

»Was heißt: Ich weiß?«, hakt Tomke misstrauisch nach.

Dörte windet sich. Bevor sie sich eine Antwort abringen kann, hören sie Schritte auf den Treppenstufen. Bergmann, der Psychologe. Stilsicher gekleidet. Gelber Friesennerz, die gleichfarbigen Gummistiefel in der Hand. Auf dem Kopf eine blaue Seemannswollmütze. Als er im Erdgeschoss angekommen ist, bleibt er stehen und deutet eine leichte Verbeugung an. »Guten Abend, die Damen.«

Tomke und Dörte grüßen mit fahriger Freundlichkeit zurück. Sie wechseln einen ertappten Blick miteinander. Ein verbindendes Gefühl. Es erinnert an die Zeit, als sie ihre ausgetauschten Geheimnisse vor ihren Geschwistern hüten mussten.

Über Bergmanns hageres Gesicht huscht ein verstehendes Lächeln. »Ich will nicht stören. Bin schon weg. Mein Gutenachtspaziergang am Meer wartet auf mich.«

Er nickt ihnen noch einmal zu und ist aus der Haustür verschwunden. Seine Stiefel zieht er erst draußen an.

»Und nun?«, fragt Dörte und zeigt auf ihre Reisetasche.

Tomke zieht die Schultern hoch. »Ich habe wirklich kein Zimmer frei, aber du kannst in der kleinen Stube schlafen. Für eine Nacht.«

Dörtes Gesicht verklärt sich zu einem gerührten Lächeln. »Das ist so lieb von dir. Den Schlafplatz nehme ich gerne. In der Stube hat Gerold immer im Fernsehsessel gesessen, nicht wahr.«

Das hätte sie besser nicht sagen sollen. Tomkes Gesichtszüge verdüstern sich von einer Sekunde auf die andere. Der kleine Moment der Vertrautheit ist verflogen.

»Gleich eins vorweg, meine Liebe«, herrscht Tomke Dörte barsch an. »Gerold ist tot. Das hast du sicher mitgekriegt. Liest ja Zeitung. Dann weißt du auch, ich bin seit fast drei Jahren Witwe. Das war nicht immer leicht, aber mein Leben ist weitergegangen. Wie – das hat dich nicht interessiert, und ich werde heute Abend ganz sicher keine Gedenkstunde für Gerold einlegen. Da hättest du dich früher für anmelden müssen.«

Dörte ist blass geworden. »Nein, ist ja gut. Hatte ich gar nicht vor. Ich dachte nur.«

Sie bricht ihr Gestotter ab, schnappt ihre Tasche und bringt sie in die kleine Stube.

Tomke hat Gerolds ehemals überfülltes, plüschig wirkendes Fernsehzimmer gründlich verändert. Rechts ein deckenhohes Holzregal mit Büchern. Geradeaus ein schlichtes, zimtfarbenes Sofa. Links unter dem Fenster steht ein zierlicher Schreibtisch. In der Zimmermitte ein Couchtisch und ein Sitzkissen, ebenfalls zimtfarben. Gardinenstores und Tapeten haben einen zarten Orangeton.

»Das Zimmer hat sich aber sehr zum Vorteil verändert«, kommentiert Dörte behutsam ihren Eindruck. Tomke antwortet nicht. Sie lässt sie stehen und geht in die Küche.

Dörte folgt ihr. »Wollen wir nicht in der Stube bleiben? Da sind wir ungestörter.«

Statt darauf zu antworten, schaut Tomke sie finster an und fragt: »Tee oder Bier?«

»Bier. Ich möchte endlich eine Nacht schlafen.«

»Gut, und wir bleiben in der Küche, die Tür kann man auch schließen.«

Dörte nickt hastig. »Ist mir recht. Du weißt doch, ich sitze im Grunde am liebsten in der Küche. Genau wie du.«

Tomke stellt die zwei Bierflaschen mit Nachdruck auf den Tisch und beugt sich zu Dörte herunter. So dicht, dass deren von Natur aus schon große Augen vor Schreck tellergroß werden.

»Hör auf, mir nach dem Mund zu reden. Und fang nicht an mit diesen Beschwörungsformeln von wegen: genau wie du! Und du weißt doch! Woher willst du wissen, wo ich gerne sitze? Menschen verändern sich. Tu nicht so, als hätten wir uns gestern das letzte Mal getroffen.«

Dörte hält Tomkes Blick nicht länger stand und starrt betroffen auf ihre Hände. Die hat sie wie ein braves Schulmädchen nebeneinander auf den Tisch gelegt.

Tomke winkt ab, als wollte sie sich selbst zur Ordnung rufen. Warum regt sie sich auf? Dörte hat es nie ausgehalten, wenn Dinge direkt angesprochen wurden. Sie öffnet die Flaschen und stellt ihnen Gläser dazu. Sie werden ihr Bierchen trinken und dann schlafen gehen.

»Nun trink schon. Prost. Zum Streiten sind wir beide zu müde.«

Dörte nickt dankbar über den angebotenen Waffenstillstand. Sie trinken schweigend. Als sie ihre Gläser halb leergetrunken haben, fragt Tomke: »Weshalb bist du eigentlich mit einem Taxi gekommen? Du bist doch sonst sogar zum Briefkasten mit dem Auto gefahren?«

Dörte errötet. Um diese Art von Erröten hat Tomke sie ihr Leben lang beneidet. Das ist kein vom Hals aufsteigendes krebsrotes Anlaufen. Keine dunkelleuchtenden Hektikflecken. Nein, bei Dörte wirkt Erröten wie ein Hauch von Rouge und sieht verdammt gut aus.

»Ich – ich«, stottert sie. »Mein Führerschein. Sie haben ihn mir für – für kurze Zeit abgenommen.«

»Aha, bist mal wieder gerast, was. Irgendwann mussten sie dich ja schnappen.« Das ist Tomkes trockener Kommentar. Sie wendet sich wieder ihrem Bier zu. Dörte hat immer gern auf die Tube gedrückt. Tomke ist neben Dörte mehr als einmal der Angstschweiß ausgebrochen. Vor allem, wenn Dörte sie von Hooksiel nach Hause gefahren hat. Dann ist sie in halsbrecherischem Tempo über die schmale Küstenstraße auf dem Deich gerast. Tomke hat sich dann schon im Schlick zwischen den Buhnen landen sehen.

»Nein, das war nicht der Grund«, hört sie Dörte bedächtig widersprechen. »Ich bin wohl eher zu langsam gefahren und deshalb aufgefallen.«

Tomke sieht Dörte skeptisch an. »Langsam fahren ist ja nicht verboten. Es sei denn, du warst auf der Autobahn.«

»Nein, war ich nicht.« Dörte windet sich, bis sie hinzufügt: »Ich hatte zu viel Alkohol im Blut.«

»Du hast mit Saufen angefangen?«, fragt Tomke und trinkt fassungslos ihr Glas leer.

»Nein, habe ich nicht«, wehrt sich Dörte empört. »Und was heißt überhaupt saufen! Ich hatte ein bisschen mehr als 0,5 Promille. Das geht schneller, als man denkt.«

»Das stimmt schon«, gibt Tomke zu. Sie würde sich gern noch ein Bier aus dem Kühlschrank holen. Aber bei dem aktuellen Gesprächsthema ist ihr das zu peinlich.

»Ja genau, und außerdem hatte ich an dem Tag Probleme, das Lenkrad zu halten. Ich bin ab und zu geschlingert.«

»Geschlingert? Ich dachte, so dun bist du nicht gewesen.«

»War ich auch nicht.« Dörte zieht sich eine kleine Locke aus ihrem Zopf und wickelt sie nervös um ihren Finger. »Das ist eine lange und wirklich unangenehme Geschichte.«

»Unangenehm!« Tomke holt tief Luft. »Weißt du, was unangenehm ist? Dein Herumgeeiere. Aber von mir aus. Mach ruhig die Schotten zu. Darin warst du schon immer Meisterin. Ist mir ehrlich gesagt auch egal, wie viel du im Kahn hattest.«

Dörte sieht sie betroffen an. »Nun sei doch nicht gleich eingeschnappt. Ich will dir ja alles erzählen. Deshalb bin ich zu dir gekommen. Ich weiß nur nicht, ob ich das alles heute Abend noch zusammenkriege.«

Tomke wirft ihr einen schrägen Blick zu, aber hält den Mund.

»Ich fange mal an«, sagt Dörte und nickt sich selbst ermutigend zu.

»Heute Mittag habe ich Steffi im Getränkemarkt geholfen. Nur für eine Stunde. Sie musste weg. Dringend. Ich habe ihr gesagt, das geht nicht gut. Ich habe keine Ahnung von ihrer Arbeit, und die anderen merken das doch. Steffi sagte, sie wäre heute hinter dem Band eingesetzt. Sie würde das regeln. Sie hat so lange auf mich eingeredet, bis ich zugesagt habe. Irgendwie hatte das auch etwas Abenteuerliches. Aber nur so lange, bis ich wirklich hinter dem Band stand und die Flaschen annehmen musste. Da wird man von dem Gestank schon dun. In manchen Flaschen ist auch Schimmel. Ich habe mich zusammengerissen und versucht, so schnell wie möglich die Flaschen zu sortieren. Und da ist es passiert. Mich hat eine Wespe gestochen. Genau in den Mittelfinger.«

Dörte blickt zur Bestätigung ihrer Worte auf ihre bandagierte Hand.

»Das hat höllisch wehgetan. Aber ich konnte ja nicht weglaufen. Ich musste auf Steffi warten. Als sie kam, war meine ganze Hand dick angeschwollen und ich konnte kaum noch die Kupplung bedienen.«

Tomke fährt sich durchs Haar und massiert vorsichtig ihre Kopfhaut.

»Aber du hast gesagt, du hattest Alkohol im Blut. Erzähl mir nicht, du hast ihn beim Flaschensortieren inhaliert. Oder hast du schnell einen Söpke gekippt, weil der Wespenstich so wehgetan hat?«

Dörtes himmelblaue Augen füllen sich mit Tränen. Auch das sieht bei ihr filmreif aus. Ihre Augen schwellen weder an, noch werden sie von roten Äderchen entstellt und ähneln denen eines Albinos. Nein, die Tränenflüssigkeit überzieht Dörtes Augen und lässt sie schimmern. Dadurch erscheinen sie noch größer.

»Der Wespenstich hat wehgetan, aber das ist nichts gegen den Schmerz, den Dagmar mir zugefügt hat.«

Dörte schluckt mehrfach, bis sie weitersprechen kann.

»Ich habe sie mit – mit ihm zusammen gesehen. Und sie schämt sich nicht einmal. Sie nimmt sich, was sie haben will. Ohne jede Rücksicht. So war sie schon immer. Ich bin wie in Trance weitergefahren, aber nur bis um die nächste Ecke. Da habe ich angehalten. Im Auto lag eine

Flasche Sanddornschnaps. Die hat mir heute Morgen ein Patient geschenkt. Ich brauchte etwas zum Herunterspülen, sonst hätte ich mich übergeben. Dann bin ich weitergefahren. Bescheuert, ich weiß. Aber ich brauchte ja nur noch in die Nee Straat abbiegen. Und genau da hat mich ein Polizeiwagen angehalten.«

Dörte schweigt erschöpft. Sie ist regelrecht in sich zusammengefallen.

»Ich bin so entsetzlich müde«, sagt sie leise.

Tomke sieht sie an und in ihr regt sich Mitgefühl. Sie hat zwar von Dörtes Geschichte nur die Hälfte verstanden, aber sie begreift: Dörte geht es wirklich beschissen.

»Leg dich aufs Ohr und schlaf. Morgen ist auch noch ein Tag.«

Dörte zieht sich so schwerfällig vom Stuhl hoch, als wäre sie auf dem Sitz festgeklebt.

»Du kannst dir gar nicht vorstellen, wie froh ich bin, dass ich zu dir kommen durfte. Danke.«

Sie bleibt für einen Augenblick unentschlossen stehen und hebt wie ein fluglahmer Vogel ihre Arme. Tomke übersieht diese Geste. Für eine Umarmung ist es zu früh.

»Ist schon gut«, murmelt sie nur verlegen. »Du weißt, wo das Badezimmer ist. Bettzeug liegt auf dem Sofa. Bis morgen. Schlaf gut.«

Tomke nimmt sich noch ein Bier aus dem Kühlschrank. Egal, ob das nun gut ist oder nicht. Sie braucht das zum Absacken.

Nebenan hört sie Dörte im Badezimmer hantieren. Der Wasserhahn rauscht. Die Toilettenspülung geht. Das sind für Tomke ungewohnte Geräusche. Hier im Erdgeschoss quartiert sie nie Gäste ein. Das ist ihr Reich, seit sie Witwe ist. Selbst Paul hat sie nicht mit nach Hause genommen. Die einzige Ausnahme ist ihre Enkeltochter Vanessa. Aber sie bleibt so gut wie nie über Nacht.

Als Dörte aus dem Badezimmer kommt, geht sie nicht gleich in die kleine Stube. Tomke kann jeden ihrer Schritte an dem vorsichtig aufgesetzten Klack-Klack-Geräusch erkennen. Sie trägt wie eh und je ihre heißgeliebten Holzpantoletten. Lass es gut sein und geh ins Bett, denkt Tomke. Es reicht für heute. Auf halber Höhe des Flurs bleibt Dörte stehen und kommt anscheinend zu der gleichen Erkenntnis. Sie kehrt um und zieht sich in ihr angebotenes Schlafquartier zurück.

Besser ist das, denkt Tomke und zieht sich den zweiten Stuhl heran, um die Beine hochzulegen.

Sie lehnt sich mit dem Glas Bier in der Hand an die Küchenwand. Was für ein Kuddelmuddel! Dörte ist völlig durch den Wind. Während Tomke langsam ihr Bier trinkt, versucht sie das Gefasel in ein zusammenhängendes Bild zu fügen. Dörte hat heute für Steffi eine Vertretung im Getränkemarkt übernommen. Nicht ganz rechtens. Und ausgerechnet Dörte lässt sich darauf ein. Die immer auf dem Pfad der Tugend wandelt. Das war ein echter Freundschaftsdienst für Steffi. Dörte ist von einer Wespe gestochen worden und konnte sich nicht verarzten. Klar, sie durfte nicht auffallen. Und mit einer geschwollenen, rechten Hand kann man sicher nicht gut kuppeln. Aber was hat sie dermaßen aus der Spur gebracht, sich auf den letzten Metern mit Schnaps aufzufüllen? Das passt absolut nicht zu Dörte. Sie ist immer die Vernünftige gewesen.

Sie hat Dagmar mit *ihm* gesehen. Wer das auch immer ist. Er scheint Dörte viel zu bedeuten. Dagmar hat sie dadurch tief verletzt. Dörte hatte zeit ihres Lebens Probleme mit ihrer Mutter. Mehr noch. Sie hat ihre Mutter abgelehnt, wenn nicht sogar gehasst. So hat Tomke das jedenfalls empfunden. Das ist nichts Neues. Aber sich im Auto Hochprozentiges reinziehen, für so eine unvernünftige Reaktion ist Dörte viel zu diszipliniert. Und sie war nie so huschig wie heute Abend. Auch wenn ihre verträumt wirkenden Augen zu der Annahme verleiten. Ihre Wirkung auf Männer ist dementsprechend. War sie jedenfalls zu der Zeit, als Tomke und Dörte noch gemeinsam unterwegs waren. Männer sahen in Dörte eine verwunschene Prinzessin, die sie beschützen wollten. Die Jungs hatten sich reihenweise in sie verliebt. Und Dörte hatte alle abblitzen lassen. Ihr Püppchen-rühr-mich-nicht-an-Status hatte ihr gefallen. Sie hat gern geflirtet. Gern und durchaus heftig. Manchmal wurde Tomke angst und bange, wenn die Jungs begriffen, außer einem holden Lächeln und einem tiefen Blick aus himmelblauen Augen war nichts zu holen. In ihrer ersten Enttäuschung wurden sie manchmal wütend. Jedoch nie lange. Als würden sie einsehen, eine Prinzessin war eben nur zum Angucken und nicht zum Anfassen. Sie verziehen ihr und gaben ihr weiterhin die Getränke aus.

Das war Dörte, solange Tomke sie kannte. Die von heute Abend wirkt befremdend anders. Eines ist klar, es muss etwas Außergewöhnliches passiert sein. Dörte hat nach acht Jahren ihren Stolz überwunden und sich bei ihr gemeldet. Was heißt gemeldet? Sie ist bei ihr zu Kreuze gekrochen, um sich Unterschlupf für eine Nacht zu erbetteln. Tomke trinkt den letzten Schluck Bier. Ist schon gut so. War die richtige Entscheidung, Dörte hier schlafen zu lassen. Jedenfalls für eine Nacht.

KAPITEL 5

Donnerstagmorgen

Der Wecker klingelt. Tomkes Arm fährt mit schlafwandlerischer Sicherheit zur Seite und drückt den Alarmknopf aus. Für einen Augenblick bleibt sie regungslos liegen. Dann rollt sie sich auf die Seite und lässt die Beine aus dem Bett baumeln. Das ist ihre morgendliche Strategie, um nach dem Weckerklingeln nicht wieder einzuschlafen.

Erste Gedanken erreichen ihr Bewusstsein. Erinnerungen an den vergangenen Tag. Paul mit seiner Frau in der Zeitung. Das trifft Tomke wieder mitten ins Herz. Sie denkt an Karl. Meine Güte, Karl. Wie konnte sie dermaßen die Kontrolle über ihre Gefühle verlieren? Sein verletztes Gesicht. Und seine verzweifelte Anstrengung, sich nichts anmerken zu lassen. Freundlich zu bleiben. Ach Scheiße, Karl, es tut mir leid. Der nächste Gedanke macht Tomke sogar ohne die übliche Koffeindröhnung von schwarzem Tee hellwach. Dörte! Dörte ist hier und sie schläft nebenan in der kleinen Stube.

Tomke steht auf und lässt die Außenrollos hochfahren. In der Morgendämmerung erahnt man am Horizont, der Himmel könnte wolkenlos werden. Anscheinend wird endlich einmal wieder die Sonne scheinen. Das Deichgras hebt sich schon in einem kräftigen Grün aus den verwaschenen Farben des Morgens hervor. Der vertraute Anblick des Deiches stimmt Tomke friedlich.

Ihm gilt seit über 30 Jahren ihr erster Blick, wenn sie aus dem Fenster schaut. Dahinter weiß sie das Meer. Manche Gäste mögen den Deich nicht. Nicht vor ihrem Fenster. Er erscheint ihnen wie eine Sichtsperre, als ein Wall aus Gras, der sie vom Meer trennt. Für Tomke ist er ein sicheres Zeichen, zu Hause zu sein.

Sie ist in seiner Nähe aufgewachsen. Ihr Elternhaus stand außerhalb von Minsen, nahe am Deich. Schon damals hat sie diesen begrünten Schutzdamm nie als langweilig empfunden. Er sieht durch die wechselnden Farben des Himmels immer wieder anders aus. Ende April mit dem frischen Grün und gelben Punkten, dem Löwenzahn. Solange, bis die Schafe mit ihren Lämmern dort weiden. Die wirken von Weitem wie verteilte, große Schneeflocken. Im Sommer, wenn eine schwarze Gewitterfront von Westen übers Meer aufzieht und der Deich unter den letzten Sonnenstrahlen unwirklich ausgeleuchtet wird. Wie eine Studioaufnahme. Oder im Winter, wenn sich der verschneite Deich mit den frostigen Farben des Himmels zu verbinden scheint. Tomke könnte sich nicht entscheiden, wann er ihr am besten gefällt. Der Deich gehört zu ihr. Schon immer. Genau wie – Dörte.

Tomke wendet sich vom Fenster ab und sucht sich frische Wäsche aus dem Schrank. Wie sie zu ihr gehört hat, korrigiert sie sich. Dörte und sie waren auf eine natürliche Art und Weise miteinander verbunden, als wären sie Schwestern. Ja, Schwestern und nicht Freundinnen. Ihre Zuneigung brauchte keine Begründung. Seit ihrer Einschulung haben sie wie die Kletten aneinandergehangen. Samstag auf Sonntag durften sie sogar die Nacht zusammenbleiben. Einmal schliefen die Mädchen bei Friedrichs im Haus und einmal bei Faß. Wenn es nach Tomkes Nase gegangen wäre, sie hätte liebend gern nur bei Dörte übernachtet. Die hatte ein eigenes Zimmer und sogar einen Plattenspieler. Nur für sich. Tomke musste sich ihr Zimmer mit ihrer Schwester Sina teilen. Die war nur ein Jahr älter und wusste alles besser. Sie behandelte Tomke und Dörte wie Kindergartenkinder und verlangte, wenn sie zu dritt übernachteten, ihren Anteil. Dörte brachte Brausepulver, Nippons, Pfefferminzbruch und Sunkist mit. Diese dreieckigen Dinger mit Orangensaft. Den konnte man mit einem Strohhalm saugen. Das war Luxus pur, und so etwas gab es bei Familie Faß nicht. Und Sina hatte auch ihre Ohren ständig auf Empfang, wenn das Licht aus ging und Tomke und Dörte noch tuschelten. Sie trauten sich nicht, die Arme um die andere zu schlingen und eng aneinandergekuschelt einzuschlafen. So wie sie es bei Dörte drüben taten. Es half kein Betteln. Tomkes Mutter bestand auf diesen Wechsel. Das war ihre Bedingung, um die Schlafbesuche abzusegnen. Dafür hatte sie über ihren Schatten springen müssen. Die Gerüchte, die um das Ärztehaus kursierten, ermutigten sie nicht gerade, ihrer Tochter diese Freundschaft zu erlauben. Und Tomkes Mutter wäre sicher stur bei ihrer Meinung geblieben, wenn Dörte nicht ihr Herz erobert hätte. Im Grunde vom ersten Augenblick an. Als Dörte mit ihrem Vater vor ihrer Haustür stand und Tomke besuchten wollte. So ein freundliches, höfliches Mädchen. Und so was von hübsch! Weizenblonde, wunderschöne Locken, ein feines Puppengesicht und diese blauen Augen. Und überhaupt nicht eingebildet. Doch es dauerte, bis sich Tomkes Mutter ihre Zuneigung für Dörte eingestand. Schlüsselerlebnis dafür war das legendäre Kartoffelpufferessen gewesen. Seitdem kam Dörte immer wieder gern zu Tomkes Mutter in die Küche. Sie hockte sich auf einen Stuhl und hätte ihr stundenlang beim Kochen zuschauen können. Ihre flinken, geschickten Bewegungen faszinierten Dörte. Irgendwann durfte sie Tomkes Mutter mit zur Hand gehen. Sie erlaubte ihr, im Garten Unkraut zu jäten und Gemüse zu ernten. Sie schnippelte Bohnen und pulte Erbsen aus und wurde, egal wie unbeholfen sie sich dabei anstellte, gelobt. In der Hitze des Sommers fuhr sie mit auf die Wiesen und schichtete das Heu zum Trocknen um. Im Herbst sammelte sie Seite an Seite mit Tomke Kartoffeln aus den gerodeten Erdfurchen. Alles Arbeiten, vor denen sich die vier Faßgeschwister gerne gedrückt hätten. Ohne Erfolg, denn die Mutter brauchte unter der Woche ihre Mithilfe. Dörte machten die Arbeiten Spaß, wie sie jemanden Spaß macht, der sich freiwillig für etwas entscheidet und jederzeit weggehen kann.

Tomke war nicht eifersüchtig auf Dörte. Im Gegenteil. In ihrer Gegenwart verhielt sich ihre Mutter ungewohnt weich und lachte mehr als sonst. Und Dörte missbrauchte ihre Position nie. Sie war Tomkes Freundin und sie gehörte zur Familie. Sie war auch bei fast allen Feierlichkeiten dabei. Vor allem bei denen, die die Jahreszeit mit sich brachten. Nach dem Kartoffelstoppeln wurde von den längst verwelkten Pflanzen ein Feuer am Feldrand gemacht. In den Flammen durften sie Stockbrot rösten und in der Glut garten Kartoffeln. Oder spontane kleine Feste. Zum Beispiel, wenn sie eine Wagenladung Heu knapp vor einem Gewitterguss trocken in die Scheune gebracht hatten. Dann war die Stimmung wunderbar leicht und sie saßen erhitzt, das Haar feucht vom Schweiß und ersten Regentropfen, beieinander in der Küche und aßen frischen Teekuchen.

Dann saß Dörte gern dicht neben Tomkes Mutter. Die genoss es, von Dörte angehimmelt zu werden. Aber auch sie nutzte dieses kindliche Vertrauen nie aus, um Dörte auszuhorchen. Dabei hätte sie sicher liebend gerne mehr Details aus dem Ärztehaus erfahren.

Nun sind sie schon beide tot, Tomkes Eltern. Erst ihre Mutter und ein halbes Jahr danach ist ihr Vater gefolgt. Er hatte keine Lust mehr, ohne sie weiterzuleben. Diese innige Verbundenheit zwischen den beiden hatte Tomke nicht erwartet und tief berührt.

Verbundenheit. Die hätten sie allerdings auch von ihr erwartet. Nur gut, dass sie Gerolds Tod nicht mehr mitbekommen haben. Wer weiß, mit welchen Fragen sie Tomke gelöchert hätten. Sie hätte ihnen eine Lüge nach der anderen als Antwort auftischen müssen. Immerhin hat sie in den Augen ihrer Eltern eine ganz normale Ehe geführt. Und sie hätte eine tief trauernde Witwe mimen müssen.

Tomke wirft sich einen Blick im Schlafzimmerschrankspiegel zu. Ihr Haar ist nachgewachsen. Noch nicht wieder die gewohnt üppige Bobfrisur auf Kinnlänge. Aber die Ohren sind bedeckt, was Tomke wirklich besser zu Gesicht steht. Im April hat sie sich einen raspelkurzen Bürstenschnitt verpassen lassen. Der stand ihr nicht, und genau aus dem Grund wollte sie ihn haben. Er sollte ein Zeichen sein. Die Trennung vom Haar sollte die Trennung von Paul sichtbar machen und sie vor einem Rückfall bewahren.

Wenn das so einfach ginge. Paul hat sich nicht in ihrem Haar eingenistet. Er ist nicht mit den abgeschnittenen

Strähnen auf den Fußboden gesegelt, zusammengekehrt und verbrannt worden. Ist er nicht. Das hat sie gestern zu spüren bekommen. Und solange Paul immer wieder durch ihre Träume geistert und sie beim Aufwachen Herzschmerzen vor Sehnsucht hat, muss sie allein bleiben. Da hat jeder andere Mann verloren.

Tomke schnappt sich die frischen Kleidungsstücke. Nun aber Schluss mit der Trödelei. Waschen, anziehen und ab in den Tag.

Wie gewohnt führt sie ihr erster Weg in die Küche. Tee aufsetzen, damit er fertig ziehen kann, bis sie aus dem Badezimmer kommt. Auf dem Flur verlangsamt sie ihren forschen Schritt. Etwas ist anders. Riecht anders. Der würzige Geruch von Teeblättern und der schwefelige von gebrauchten Zündhölzern hängen in der Luft. Richtig. Dörte! Sie sitzt bereits in der Küche und wartet. Der Tee ist frisch aufgebrüht und wird auf dem Stövchen warmgehalten. Das *Jeversche Wochenblatt* liegt auf dem Tisch und auf der Ablage die Brötchentüte für die Gäste.

Alles an seinem Platz. Ganz genauso macht Tomke es morgens. Aber sie kann sich über die Vorbereitungen nicht freuen. Sie bleibt steif in der Tür stehen und hat das verdammt unangenehme Gefühl, in ihrer eigenen Küche ein Gast zu sein.

»Moin, da bist du ja!«, begrüßt Dörte sie dermaßen begeistert, als wäre Tomkes Anwesenheit hier die größte Überraschung. Tomke verschränkt ihre Arme vor der Brust, als Dörte aufsteht und auf sie zukommt. Sie soll nicht auf die Idee kommen, sie zu umarmen.

»Ich muss erst mal ins Bad«, grummelt Tomke, dreht sich um und lässt Dörte stehen. Das ist zu viel am Morgen.

Das muss Tomke erst verdauen. Und wie Dörte schon wieder aussieht. Wie aus dem Ei gepellt. Das Haar ordentlich eingeflochten. Und was hat sie da an? Ein Kostüm? Oder ein Wollkleid? Jedenfalls von oben bis unten hellblau. Ist auch egal, denkt Tomke und pfeffert ihre frischen Klamotten auf den Stuhl im Badezimmer.

Sie wollte sich nur husch husch duschen ohne Haarewaschen. Aber jetzt braucht sie den Wasserstrahl über den Kopf. Das tut gut und lässt ihren Unmut verdampfen. Worüber ärgert sie sich? Dörte hat ihr ein paar Handgriffe abgenommen. Na und? Das hat sie schon immer gerne getan. Sie liebt es, in anderen Haushalten zu helfen. Nur in ihrem eigenen ist sie eine kleine Schlampe. Also warum wurmt Tomke das heute Morgen? Weil es nun mal nicht wie immer ist! Tomke dreht den Hahn auf Kalt und unterdrückt einen Aufschrei, als das Wasser auf ihre Haut trifft. Aber der Temperatursturz lässt sie klarer denken. Sie nimmt sich keine Zeit, das Haar zu föhnen. Sie rubbelt es ab und zieht sich in Windeseile an.

Als sie in die Küche kommt, steht Dörte auf und weist einladend auf Tomkes Stuhl. Auf dem Tisch stehen die beiden Porzellanbecher mit dem Rosenmuster. Die haben sich Tomke und Dörte vor Jahren auf den Heringstagen im Hooksieler Hafen gekauft. Die stehen ganz hinten im Schrank. Was wühlt sie da herum? Als Dörte die Kanne nimmt und ihr Tee einschenken will, schnappt Tomke die Tasse im letzten Augenblick weg. »Ich trinke aus *meiner* Tasse!«

Sie holt sich einen schmucklosen weißen Becher aus dem Schrank und stellt ihn mit einer heftigen Bewegung auf den Tisch. Sie hat keine Lust mit Dörte auf *Schnee-*

weißchen und Rosenrot zu machen und aus ihren Freundschaftsbechern zu trinken. Abgesehen davon hat Tomke eine Tassenmacke, wie ihre Tochter das nennt. Ein Becher ist immer ihr aktueller Favorit, und Tomke bildet sich steif und fest ein, aus dem würde der Tee am leckersten schmecken.

Dörte schenkt ihr ein und setzt sich wieder hin. Ihr aufgesetzter Gastgeberinnen-Enthusiasmus scheint verpufft zu sein. Das gefällt Tomke schon besser und sie trinkt ihren Tee, ohne Dörte weiter zu beachten.

»Bist du böse auf mich?«, fragt Dörte, die das Schweigen nicht länger ertragen kann.

»Böse auf dich«, wiederholt Tomke stirnrunzelnd. »Was für eine Kinderscheiße. Ich bin nicht böse, ich bin genervt von deinem Theater.«

Sie sieht Dörte kopfschüttelnd an. »Hör mal, ich habe dich hier schlafen lassen. Das ist so weit okay. Aber das heißt noch lange nicht, dass wir zur Tagesordnung übergehen. Du kannst hier nicht das Frühstück vorbereiten und in meiner Küche werkeln, als ... als gehörst du zur Familie. Zu mir. Du tust so, als wäre überhaupt nichts gewesen. Die Taktik hast du schon immer drauf gehabt. Zwischen uns ist es nicht mehr so wie früher. Du hast sozusagen mit mir Schluss gemacht. Schon vergessen?«

»Habe ich nicht.« Dörtes Stimme klingt kraftlos.

»Hast du nicht? Und warum hast du dich nie wieder gemeldet und so getan, als wäre ich gestorben? Hab ich da irgendwas verpasst?«

Dörtes Wangen bekommen diesen bezaubernden Hauch von Rouge. Sie holt tief Luft, zieht die Schultern hoch und ringt, als suche sie nach den richtigen Worten. Aber sie bekommt kein einziges heraus. Ihre blauen Augen blicken Tomke hilfesuchend an.

»Nee, nee«, schüttelt die den Kopf. »So nicht. Du guckst mich nur an und ich verstehe dich. Das funktioniert nicht mehr. Ich verstehe dein Verhalten nicht! Du hast mich acht Jahre lang allein gelassen. Weshalb? War das eine Bestrafung, weil ich mich schlecht betragen habe? Na los, versuch mal zu erklären, warum du dich unsichtbar gemacht hast!«

»Habe ich gar nicht«, widerspricht Dörte zaghaft. »Ich habe oft hier am Deich gestanden.«

Tomke sieht sie verblüfft an. »Hier, bei mir?«

»Ja! Das ist wirklich wahr«, sagt Dörte nachdrücklich. »Schon komisch, dass du mich nie gesehen hast. Dabei ... irgendwie ... ich hatte Angst davor, aber ich habe es gleichzeitig auch gehofft. Ich habe nicht gewusst, wie ich den Anfang machen sollte.«

Tomke schenkt sich Tee nach. »Wie wäre es mit Klingeln gewesen und einer Entschuldigung wie: Tut mir leid, Tomke. Ich hatte da einen ganz schlechten Tag.«

»Tut mir leid«, sagt Dörte leise. Sie starrt auf ihre Hände. Ihre rechte ist heute Morgen ohne Verband, aber immer noch deutlich dicker als die linke. »Ja, das hätte ich tun sollen.«

Sie zögert. »Seit Gerold ... gestorben ist, bin ich allerdings nicht mehr hier gewesen.«

Tomke stellt ihren Teepott ab. »Wie ist das zu verstehen?«

Dörte wackelt mit dem Kopf hin und her, als müsse sie das Gleichgewicht auspendeln.

»Du verstehst das schon.«

Tomke beugt sich über den Tisch und sieht Dörte angriffslustig an.

»Rede mit mir nicht in Rätseln! Was sollen diese Andeutungen? Von wegen ich verstehe das schon. Ich verstehe es nicht. Erklär's mir!«

Dörte biegt ihren Oberkörper durch und setzt sich kerzengerade hin. Ihr Rollkragenpullover, der aussieht wie ein geschickt geschlungener Schal, kommt durch die Haltung eindrucksvoll zur Geltung.

»Vor drei Jahren, Anfang November, war ich das letzte Mal hier. Es war ein ungewöhnlich milder Abend.«

»Und?«, hakt Tomke ungeduldig nach, als langweile sie Dörtes umständliche Beschreibung. Dabei geht ihr gerade die Muffe eins zu hunderttausend. Ausgerechnet im November vor drei Jahren. Was hat Dörte damals mitgekriegt?

»Da habe ich dich und die fremde Frau gesehen. Zuerst war ich – ich war eifersüchtig. Du hast dich so liebevoll um sie gekümmert. Sie kam aus Hannover, jedenfalls hatte ihr Wagen das Kennzeichen. Dann habe ich im Auto einen Mann gesehen. Er hat anscheinend geschlafen. Auf jeden Fall hat er sich nicht gerührt. Du hast das Garagentor geöffnet und die Frau hat den Wagen in die Garage gefahren. Eigenartig, habe ich gedacht. Warum fährt sie das Auto mit dem Mann in die Garage und überhaupt: Wo ist Tomkes Wagen? Mir fiel ein, dass es einen Durchgang von der Garage zum Haus gibt. Ich habe gewartet und richtig. In der kleinen Stube ging Licht an. Ich konnte Gerold sehen. Er saß wie immer im Fernsehsessel. Du hast gleich die Gardinen zugezogen. Da bin ich gegangen. Ich habe mir überlegt, diese Frau ist sicher ein Badegast und ihr Mann hat zu viel getrunken. Du hast ihr geholfen. Aber als ich zwei Tage später Gerolds Todesanzeige in der Zeitung gelesen habe, da habe ich ...«

Dörte bricht mitten in ihren Mutmaßungen ab. In der Küche ist es still. Sie können den Zeiger der roten Küchenwanduhr ticken hören. Sie hat uns beobachtet, denkt Tomke. Sie hat uns die ganze Zeit beobachtet. In ihrem Kopf rauscht es. Sie atmet flach gegen die aufkommende Hysterie in ihr an. Dörte hat sie und Teresa beobachtet. Ihre Atemtechnik hilft nicht. Tomke hat das Gefühl, innerlich zu verkochen. Sie springt auf, schiebt die Teelichter hastig zur Seite und reißt das Fenster auf.

»Die Wechseljahre«, stammelt sie. »Hitzewellen. Hast du keine Malessen damit?«

Dörte schüttelt geistesabwesend den Kopf. »Nein, ich mache Hormonyoga.«

»Ach, und das hilft?«

Dörte räuspert sich. »Ich war auf Gerolds Beerdigung. Du hast mich nicht gesehen. Seitdem bin ich nicht mehr hierher an den Deich gekommen.«

Tomke atmet gierig die frische Luft ein. Reg dich ab, Tomke Heinrich. Reg dich bloß ab. Dörte hat was beobachtet und reimt sich etwas zusammen. Aber sie weiß nichts. Absolut gar nichts. Ich werde mich jetzt beruhigen und Dörte später eine Version der Novembernacht auftischen, die so plausibel klingt, dass Dörte keine kriminellen Geschichten mehr durchs Hirn geistern.

»Pass auf Dörte, ich habe erst nach dem Frühstück richtig Zeit. Das ist eine längere Geschichte und ...«

»Die will ich gar nicht hören«, unterbricht Dörte sie mit fester Stimme.

Tomke sackt ein wenig in sich zusammen. Der Satz passt zu Dörte. Bloß nicht der Wahrheit zu nahe kommen. Könnte wehtun. Lieber in ihrer Kleinmädchenwelt bleiben, in der man alles mit einem Lächeln wieder gutmachen kann. In diesem Moment ist Tomke für diese Lebenseinstellung dankbar. Sehr sogar.

Das Fenster ist von der kühlen Morgenluft beschlagen. Tomke lehnt die heiße Stirn an die Scheibe. Das tut gut. Das Rauschen in ihrem Kopf lässt nach.

»Nee Dörte, die willst du wohl eher nicht wissen«, sagt sie sanft.

Sie dreht sich um und setzt sich wieder an den Küchentisch. Dörte hält den Blick gesenkt. Tomke nimmt ihren Teepott und starrt auf Dörtes Stirn. Was spielt sich hinter der glatten Fassade in ihrem Köpfchen ab? Jedenfalls mehr, als Tomke angenommen hat. Sie kennt sie nun schon ein Leben lang, aber was weiß sie wirklich von Dörte?

»Du hättest einen guten Privatdetektiv abgegeben«, sagt Tomke aus ihren Gedanken heraus.

Dörte hält den Blick gesenkt und schweigt.

»Du hast mich jahrelang beobachtet, ohne dass ich das gemerkt habe. Das ist unglaublich. Kann ich nicht in den Kopf kriegen. Stehst da oben auf den Deich und kommst nicht rein.«

Dörte reagiert nicht.

»Und plötzlich schaffst du es, mich anzurufen. Und willst gleich bei mir schlafen.«

Dörtes Schweigen reizt Tomke erneut. Sie spürt, wie der Schreck, Dörte könnte ihr Geheimnis wissen, alles beobachtet haben, sich in Wut verwandelt. Was will Dörte wirklich von ihr? Warum ist sie gekommen?

»Nach dem Frühstück haben wir Zeit. Heute habe ich keinen Zimmerwechsel. Und dann erzählst du mir, was los ist. Denn stell dir vor, *ich will* deine Geschichte ganz hören.«

KAPITEL 6

Nach dem Frühstück

Dörte wollte ihr beim Frühstück vorbereiten helfen. Aber Tomke hat sie abgewimmelt. »Lass mal gut sein. Die Küche ist viel zu klein für zwei. Bei mir sitzt jeder Handgriff. Ich bin es gewohnt.«

Das hat Dörte eingesehen und sich für einen Spaziergang entschieden.

Gut, denkt Tomke, als die Haustür ins Schloss fällt. Gut. Von der räumlichen Enge abgesehen, sehnt sie sich danach, einen Augenblick allein zu sein. Der vertraute Ablauf wirkt bei ihr wie eine Meditation. Er gibt ihr Halt und Sicherheit. Gerade heute Morgen hat sie das nötig. Sie muss vor Dörtes Rückkehr ihren Ruhepol wieder finden. Sie wird sich mit ihr unterhalten und danach – Tomke weiß es nicht. Sie weiß nur eins: Sie werden über Dörtes Probleme reden. Nur über ihre. Tomkes sind gelöst. Schon lange. Wie sie das bewerkstelligt hat, braucht Dörte nicht zu wissen. Und das will sie auch nicht wissen. Sie würde es nicht verkraften. Sicher, man sollte Menschen und was sie wegstecken können, nicht unterschätzen, aber Dörte? Nein, die hat schon einen Riesenaufstand gemacht, als sie von Paul erfahren hat. Da war Tomke ehrlich zu ihr und hatte Vertrauen. Hatte gehofft, ihre Freundin könnte sie verstehen. Und wenn nicht, ihr Verhalten wenigstens tolerieren und zu ihr halten. Von wegen! Dörte hat Tomke im Stich gelassen. Sitzen gelassen mit der ganzen Empörung ihrer kleinkarierten Ansichten vom Leben. Hat sich nicht mehr gemeldet, und sich dafür auf den Deich gestellt und Tomke heimlich beobachtet. Wie eine Stalkerin.

Nein, sie würde Dörte nicht erzählen, wie Gerold zu Tode gekommen ist. Vollkommen überflüssig, in alten Wunden zu stochern. Und Dörte würde womöglich auf dem direkten Weg zur Polizei rennen.

Tomke drapiert Schnittkäse, Camembert und Tomaten auf einen Plattenteller. Ob man so einer Anzeige nachgehen würde? Gerold Heinrich ist nicht an einem natürlichen Zuckerschock gestorben. Da wurde wahrscheinlich nachgeholfen. Wer hat denn überhaupt den Totenschein ausgestellt? Das war gar nicht der Hausarzt, sondern seine Vertretung. Unsinn. Völlig aus der Luft gegriffen. Man würde Dörte abwimmeln. Aber sie kann sehr überzeugend sein. Und wenn schon. Mal eben auf Verdacht eine Grabstelle öffnen, nein. Dafür braucht man mehr als einen treuen Augenaufschlag. Dafür braucht man eine amtliche Genehmigung und für die wiederum handfeste Begründungen. Die hat Dörte nicht und wird sie auch nicht bekommen.

Tomke trägt den Käseteller in das Frühstückszimmer. Ihr Blick geht prüfend über das aufgestellte Büffet. Alles da. Es kann losgehen. Die Eier kocht sie immer erst, wenn ihre Gäste runterkommen. Den Kaffee und Tee auch. Heute Morgen hat sie zwei Gäste weniger zu versorgen. Die beiden Männer aus dem Krabben-Zimmer sind schon seit fünf Uhr morgens unterwegs. Sie machen Bildungsurlaub, haben sie Tomke erzählt. Erkundung des

Wattenmeers. Heute ist die Tide günstig für eine Wattwanderung in der ersten Tagesdämmerung. Die Führung ist inklusive Frühstück. Deshalb brauchte Tomke keine Lunchpakete vorbereiten.

Tomke setzt sich in die Küche und schmiert sich ein Brötchen mit Butter. Die Zeitung schiebt sie zur Seite. Zum Lesen ist sie zu kribbelig. Dabei könnte sie sich seelenruhig entspannen. Dörtes Beobachtungen liegen drei Jahre zurück, und seitdem hat sie anscheinend mit niemandem darüber gesprochen. Das hörte sich jedenfalls so an. Also Schluss. Sie sollte sich nicht unnötig verrückt machen.

Zurzeit hat sie sehr pflegeleichte Gäste. Sie erwarten morgens von ihr nichts außer einem ordentlichen Frühstück. Im Wassernixen-Zimmer sind der Psychologe Bergmann und seine Frau einquartiert. Er bleibt am Morgen immer allein auf dem Zimmer. Tomke braucht nur diesen komischen geruchlosen Tee für ihn aufzubrühen. Den bringt ihm seine Frau hoch. Ihr Mann meditiere, um seine Sinne für den neuen Tag zu öffnen. Selbst wenn das in Tomkes Ohren ein wenig affig klingt, die Einstellung findet sie nicht dumm. Sie hat auch ihre Rituale, um in den Tag zu gehen. Nur auf dieses Gesöff kann sie dabei verzichten. Tomke öffnet sich lieber bei schwarzem Tee und ihrer morgendlichen Routine. Frau Bergmann frühstückt unten, aber sie sucht kein Gespräch. Sie vertieft sich, kaum dass sie zu sitzen kommt, in eine dicke Schwarte.

Das andere Pärchen ist jung und beneidenswert frisch verliebt. Es ist im Seestern-Zimmer untergebracht. Bei ihnen liegt immer eine Landkarte auf dem Frühstückstisch ausgebreitet. Während sie sich das Müsli reinlöffeln, überlegen sie, welche Strecke sie an dem Tag abradeln wollen.

»Heute bekommen wir Sonne«, verspricht Tomke, als sie ihre Runde im Frühstückszimmer dreht, um zu schauen, ob ihre Gäste gut versorgt sind. Sie erntet hoffnungsvolle lächelnde Gesichter. Keine unberechtigte Hoffnung, die sie da streut. Die Bewölkung lockert sich zusehends auf. Außerdem steht die Wettervorhersage dick auf der Titelseite. An der Nordsee soll es milder und sonniger werden. Gut, für das herbstliche Schmuddelwetter ist es noch zu früh in der Jahreszeit. Laut Kalender haben sie Sommer.

Nach dem Frühstück schüttelt Tomke die Brötchenkrumen von den Tischdecken auf die Terrasse. Sofort landet eine muntere Bande Spatzen und macht sich über die Vesper her. Tomke beobachtet sie einen Augenblick. Unwillkürlich wandert ihr Blick weiter nach links. Dort liegt der Campingplatz in Schillig. Wie Karl die Nacht wohl verbracht hat? Dörtes unvorhergesehenes Auftauchen hat den Abend mit Karl in den Hintergrund gedrängt.

»Heißt aber nicht, ich habe euch vergessen«, murmelt Tomke und geht wieder ins Haus. Sie sortiert gerade Teller und Besteck in den Geschirrspüler, als die Haustür aufgeschlossen wird.

»Ich bin's!«, ruft Dörte. Wer sollte es sonst sein, denkt Tomke und muss doch lächeln. Ich bin's ist eine der Zauberformeln ihrer gemeinsamen Vergangenheit. Das hat Dörte immer lauthals gerufen, wenn sie bei Familie Faß ins Haus kam.

Im nächsten Augenblick steht sie in der Küchentür. Sie bringt eine frische Brise mit. Tomke kann das Meer riechen. Am liebsten würde sie auch gleich nach draußen gehen und einen ausgedehnten Spaziergang machen. Diesen Luxus hat sie sich den Sommer über angewöhnt.

»Ich soll dich von Karl Heinsen grüßen«, sagt Dörte. Sie kämpft erneut mit ihrem Poncho. Dieses Mal hilft Tomke ihr nicht. Sie ist zu verblüfft.

»Woher kennst du denn Karl?«

»Den kenne ich gar nicht«, antwortet Dörte atemlos, als sie sich endlich den Poncho über den Kopf gezerrt hat. »Wir sind uns zufällig am Deichtor in Schillig begegnet. Ja, und dann ist er den gleichen Weg gegangen wie ich. Unten auf der Deichstraße entlang. Ich fand seinen Hund so niedlich. Hier vor der Pension hat er plötzlich wie verrückt an der Leine gezogen und gejault. Hast du das gar nicht gehört? Als ich in deine Einfahrt gegangen bin, wäre der am liebsten mit. Ich habe ihn gestreichelt und gesagt, das geht nicht. Ich gehe hier zu meiner Freundin. Da hat der Mann gesagt, grüßen sie Ihre Freundin von Karl Heinsen.«

Tomke schluckt, dann reckt sie trotzig das Kinn vor und sagt: »Danke. Karl und ich ... wir ... wir haben uns auch durch den Hund kennengelernt. Die Tina. Sie ist wirklich ein Schatz. Wir drei sind viel spazieren gegangen ... in den letzten Wochen.«

Dörtes himmelblaue Augen schauen sie aufmerksam an.

»Was?«, knurrt Tomke. Sie ärgert sich über ihre Entschuldigungsarie. Warum macht sie das? Und wenn sie mit Karl zusammen wäre. Na und? Sie ist schließlich

Witwe. Sie wendet sich ab und sortiert weiter das Geschirr ein. »Ende der Geschichte. Geh schon mal auf die Terrasse. Ich komme gleich nach. Dann habe ich auch was von der Sonne.«

Dörte bleibt zaudernd stehen. »Ja, nur für einen kleinen Moment. Ich muss dringend in die Praxis. Ich habe gestern in dem Durcheinander nicht alle Termine für heute abgesagt.«

»Hast du immer noch keine Hilfe in der Praxis?«, fragt Tomke.

Dörtes Gesichtszüge verdüstern sich: »Dagmar hat mir geholfen. Sie hat darum gebettelt, weil ihr sonst die Decke auf den Kopf fallen würde. Ich habe gleich geahnt, das war keine gute Idee, ihr das zu erlauben.«

»Früher waren die Patienten von Dagmars Anwendungen immer ganz begeistert.«

»Pah!« Dörte schnaubt wie ein aufgebrachtes Pferd. »Begeistert! Dagmar kann die Leute vor allem besoffen reden. Im Grunde hat sie gar keine Ausbildung. Das wäre ihr viel zu anstrengend gewesen. Sie hat nur ein paar Kurse belegt. Mein Vater hat ihr beim Start geholfen und ihr Patienten zugeschustert. Wahrscheinlich war er froh, dass sie überhaupt was Vernünftiges machte. Dabei hat sie mich nur nachgeäfft. Dagmar bildet sich natürlich ein, sie wäre eine ebenbürtige Physiotherapeutin und ich ein Korinthenkacker.«

Tomke stellt die Spülmaschine an und nickt Dörte beruhigend zu. Der Ausbruch und die Wahl ihrer Worte sind für Dörtes Verhältnisse zwar heftig, aber die Wut auf ihre Mutter ist nichts Neues. Sie hatte schon immer Probleme mit ihr. Früher konnte Tomke das nicht verstehen. Sie wäre in Teenagerzeiten mit einem Müttertausch einverstanden gewesen.

Dagmar war anders – und damals war anders sein nicht spießig sein. Das Ungewöhnliche an Dagmar war nicht nur ihre Jugend. Mit 18 Jahren ein Kind zu bekommen war durchaus normal. Tomke war kaum älter, als Torben auf die Welt kam. Aber Dörtes Vater, Eike Friedrichs, war über 20 Jahre älter. Selbst das hätte man vergessen, wenn Dagmar sich in das von ihr erwartete Bild eingefügt hätte. Tat sie aber nicht. Sie lebte wie ein junges Mädchen und nicht wie eine Ehefrau und Mutter. Dörte und Nils sagten zu ihr nicht Mama, sondern Dagmar. Das fand Tomke als junges Mädchen echt stark. Eine Mutter, die sich wie eine Freundin verhielt. Die sogar spätabends in der *Harle-River-Disco* auftauchte und auf der Tanzfläche mit abzappelte. Die sich modern kleidete und kaum älter aussah als der Freundeskreis ihrer Tochter. Sie war beliebt. Nicht nur, weil sie so manche Runde schmiss. Die jungen Leute mochten ihre unbekümmerte Lebensart. Ihr Anderssein. Dörte hatte es gehasst. Vor allem, wenn sie mit zum Tanzen kam. Sie hatte sich für das Verhalten ihrer Mutter geschämt.

Was Tomke heutzutage verstehen kann. Sie braucht sich bloß vorzustellen, wie ihre Kinder reagiert hätten, wenn sie ihnen in die Disco gefolgt wäre. Wenn sie sich neben ihnen auf einen Barhocker gesetzt und für Unterhaltung gesorgt hätte. Sie hätten ihre Mutter für verrückt erklärt und versucht, sie möglichst schnell wieder nach Hause zu dirigieren.

Tomke hat ihre Einstellung geändert. Aber Dörte und Dagmar scheinen sich keinen Schritt näher gekommen zu sein. Sie liegen sich einmal wieder in den Haaren.

»Hat Dagmar bei einem Patienten Bockmist gebaut, und du musst das jetzt ausbaden?«

»Warum?«, fragt Dörte irritiert.

»Was heißt warum? Du hast doch gesagt, Dagmar hätte alles kaputtgemacht.«

Dörtes Augen glänzen verdächtig. Sie presst die Lippen zusammen, um nicht loszuheulen. Sie schluckt, würgt und sagt endlich: »Das kann ich jetzt nicht erklären. Ich muss los.«

Tomke stützt ihre Hände in die Hüften und baut sich vor Dörte auf.

»Was heißt: Ich muss los? Eben hattest du noch genug Zeit für einen ausgedehnten Morgenspaziergang – und nun brennt's plötzlich? Weißt du was: Das ist genau unser Schlamassel. Wir reden nicht über Probleme. Haben wir noch nie.«

Dörte wirft Tomke einen verletzten Blick zu. Sie wagt es aber nicht, sich an ihr vorbeizudrücken.

»Warum sagst du so was?«, protestiert sie schwach. »Das ist gemein von dir. Wir haben uns immer alles erzählt.«

»Das glaubst du jetzt selbst nicht, oder?«

Dörte wendet sich von ihr ab und setzt sich. Sie gießt sich ein Glas Wasser ein. Dabei zittert ihre Hand bedenklich. Als sie trinken will, schwappt Flüssigkeit über. Sie stellt das Glas wieder ab.

»Was willst du denn von mir hören?«, fragt sie wie ein bockiges Kind.

»Wie wäre es mit einer Erklärung, warum du gestern so fertig warst? Warum du bei mir untergekrochen bist? Eine Erklärung, die ich glauben kann. Kein Mardergruselmärchen. Ich finde, das habe ich verdient. Und im Gegensatz zu dir vertrage ich die Wahrheit.«

Dörte hat sich einen Lappen geschnappt und wischt hingebungsvoll die kleine Wasserpfütze auf.

»Ich habe wirklich einen Marder unterm Dach«, sagt sie leise.

Tomke stöhnt. »Hör auf mit dem Marder! Ich will wissen, was Dagmar angestellt hat. Das hast du genau verstanden. Und hör auf mit dem Herumgefuddel und komm auf die Terrasse!«

Tomke lässt sie stehen und geht nach draußen. Dörte folgt ihr zögerlich. Sie setzt sich steif auf einen Gartenstuhl und starrt in den Himmel.

»Gut, ich werde dir erzählen, wie ich gleich von zwei Menschen betrogen und hintergangen worden bin. Das ist keine schöne Geschichte. Aber wenn du unbedingt willst.«

Dörte sieht jetzt Tomke an. »Es gibt niemanden, mit dem ich darüber reden könnte. Genau aus dem Grund bin ich zu dir gekommen.«

Tomke streckt ihre Schultern durch, als müsste sie sich auf das kalte Grauen vorbereiten.

»Dann fang mal an«, ermutigt sie Dörte.

»Ich habe dir ja schon von Steffi erzählt. Sie arbeitet im Supermarkt in Hooksiel. Vorgestern war sie für die Getränkeabteilung eingeteilt. Eine Kollegin hat sich kurzfristig krankgemeldet. Deshalb konnte Steffi nicht wie geplant freinehmen. Aber ausgerechnet gestern Nachmittag hatte sie ein wichtiges Vorstellungsgespräch. Das wollte sie ihrer Chefin natürlich nicht auf die Nase binden. Sie wusste ja nicht, ob das Gespräch erfolgreich verlaufen würde. Sie hat mich angerufen. Völlig aufgelöst. Ob ich sie eine Stunde lang vertreten könnte. Das würde ihr reichen. Das habe ich natürlich erst abgelehnt. Erstens weiß ich überhaupt nicht, was ich da machen soll und zweitens würde das mit Sicherheit auffliegen. Steffi hat gebettelt und mir erklärt, dass ihre Kolleginnen an der Kasse sie nicht verraten würden. Denen hatte sie irgendeine Geschichte von Schlüssel vergessen und Tochter mit Baby vor der Tür aufgetischt. Und ihre Chefin säße zu der Uhrzeit vor ihrem Rechner und ließe sich nicht im Getränkemarkt blicken. Hat sie auch nicht. Ich brauchte halt nur die Flaschen vom Band einzusortieren und die Kisten zu stapeln. Und da bin ich von der Wespe gestochen worden. Zum Glück kam Steffi pünktlich zurück. Ganz beseelt, weil das Gespräch gut gelaufen ist. Sie hat mir eine Zwiebel besorgt und die Stichstelle eingerieben. Zu spät. Meine Hand ist immer dicker geworden. Wer weiß, wo die Wespe vorher dran gewesen ist.«

Dörte macht eine Atempause. Tomke bemüht sich, ihre Ungeduld im Zaun zu halten. Bislang hat sie nichts Neues gehört. Dörte hat nur ihre Supermarkt-Steffi-Wespen-Story in Lang erzählt. Aber anscheinend braucht sie den Anlauf, um auf den Punkt zu kommen.

»Ist schon super, dass du das für Steffi getan hast. Ihr seid doch sonst nie so dick miteinander gewesen«, sagt Tomke, um die Pause zu überbrücken.

Über Dörtes Gesicht huscht ein zartes Lächeln.

»Bist du eifersüchtig?«

»Quatsch! Ich wundere mich nur. Erzähl mal weiter. Du hattest eine dicke Hand. Und wann hast du den

Schnaps getrunken und warum? Zwischen dem Supermarkt und deiner Wohnung liegen keine zwei Kilometer.«

Über Dörtes Gesicht zieht ein dunkler Schatten, als hätte jemand eine Markise vor das Sonnenfenster gezogen.

»Vor *Da Rocco* habe ich Dagmar gesehen. Sie hat Eis gegessen.«

»Nicht ganz so ungewöhnlich. Ist ja eine Eisdiele.«

»Sie war nicht allein. Sie hat da mit *ihm* zusammengesessen. Sie haben sich gegenseitig gefüttert. Das sah ... echt obszön aus.«

»Wie alt ist Dagmar noch mal?«

»69!«

»In dem Alter in aller Öffentlichkeit – also ein bisschen albern ist das schon«, pflichtet ihr Tomke bei. Sie hat natürlich das Bedeutungsschwangere »mit ihm« registriert, aber sie will Dörte Zeit lassen.

»Das ist nicht albern. Das hat mir ... das hat mir komplett den Boden unter den Füßen weggerissen«, sagt Dörte aufgebracht.

»Na, nun übertreib mal nicht.«

»Ich übertreibe nicht! Es geht hier nicht nur um die Art und Weise, wie man Eis isst. Das Problem ist, mit wem sie es gegessen hat!«

Dörte holt tief Luft, schweigt und starrt ins Leere.

»Um wen geht es denn?«, fragt Tomke sanft und beugt sich so weit wie möglich zu Dörte über den Tisch.

»Enrico. Er ... wir ...«

»Du redest von diesem Italo-Troubadour?«, unterbricht sie Tomke und setzt sich wieder gerade hin.

Dörte kann nur traurig nicken.

»Mit dem warst du zusammen?« Tomke bemüht sich vergeblich, ihre Fassungslosigkeit zu verbergen. Heinfried Pirschel aus Förrien. Alias Enrico, der Schnulzensänger. Er hat vor 20 Jahren zwei oder drei Schlager gelandet. Der größte Hit war *Amaretto*. Seitdem ist er der Schlagerstar aus dem Wangerland. Aber viel weiter ist er nie gekommen. Er tingelt durch die Kurhäuser an der Küste. Die Plakate mit seinem Schmalzlächeln und dem sehnsüchtigen Glutblick tauchen immer wieder mal auf. Und auf den Typen ist Dörte abgefahren. Das ist kaum zu glauben.

Dörte rutscht auf ihrem Stuhl hin und her. »Das war etwas besonders zwischen Enrico und mir.«

»Du weißt schon, dass Enrico schlicht und einfach Heinfried Pirschel heißt, oder?«

»Ja, selbstverständlich. Aber das vergisst man, wenn man mit ihm zusammen ist. Er hat so eine warme, melodische Stimme, die ist praktisch für die italienische Sprache geschaffen. Er ist so sinnlich, wenn er …«

Dörte spürt Tomkes prüfenden Blick und stockt.

»Nicht so, wie du denkst«, sagt sie übergangslos kühl.

»Ach, wie denke ich denn?«

»Ich habe nicht mit Enrico geschlafen.«

»Aha.«

»Nicht aha. Zwischen ihm und mir – das war mehr.«

»Anscheinend nicht genug.«

»Die Bemerkung ist unnötig. Ich muss nicht noch mehr gekränkt werden.«

»Tut mir leid«, entschuldigt sich Tomke. »Und du glaubst, Dagmar und Heinfried Pirschel haben was miteinander?«

Dörte nickt kaum merklich.

»Und wieso bist du dir da so sicher?«

»Weil ich es weiß. Ich bin ausgestiegen und habe die beiden zur Rede gestellt. An Ort und Stelle!«

»Hut ab. Du hast ihnen in aller Öffentlichkeit eine Szene gemacht?«

»Das kann man so sagen. Enrico war sehr betroffen. Er ist sofort aufgesprungen und wollte mich umarmen. »Bella, komm, lass dich umarmen. Al cuore non si commanda, cara amica verzeih mir.«"

»Meine Güte, der redet auch so, wenn er kein Geld dafür bekommt?«

Ohne auf die Bemerkung einzugehen, erzählt Dörte weiter.

»Dagmar hat sich eingemischt. Sie hat mich mit Gewalt zur Seite gezogen und mir vorgesülzt, man wäre machtlos, wenn einem die große Liebe begegnet. Und warum ich mich so aufrege, hat sie mich gefragt. Enrico hätte ihr versichert, wir wären nur Freunde.«

Dörte holt tief Luft. »Große Liebe«, wiederholt sie böse. »Von wegen. Wenn Dagmar von Liebe redet, meint sie – dann meint sie ... vögeln. Ich habe sie stehen lassen und bin zurück zu meinem Auto und losgefahren. Mir war schwindelig und richtig übel. Ich habe Dagmar viel zugetraut, aber nicht das. Enrico ist über 20 Jahre jünger als sie. Das ist so beschämend. So erniedrigend. Ich habe nach der nächsten Häuserecke angehalten und geheult. Da habe ich diesen Sanddornschnaps gesehen. Leider. Aber in dem Augenblick war es die Rettung. Ich habe ein paar kräftige Schlucke getrunken. Danach bin ich weitergefahren – und prompt kommt mir die Polizei entgegen.«

»Und die haben dich gleich angehalten?«, fragt Tomke ungläubig.

»Ja. Keine Ahnung, warum sie es gleich gemerkt haben. Vielleicht haben sie mein verheultes Gesicht gesehen. Und ich bin wohl Schlangenlinien gefahren. Haben sie gesagt. Meine rechte Hand war ja kaum einsatzfähig. Jedenfalls haben die gewendet, mich überholt und angehalten. Da haben sie meine Fahne gerochen, und alles Weitere kannst du dir denken. Aussteigen. Pusten. Zum Blutabnehmen mit nach Hohenkirchen. Mir war das alles egal. Aber ich habe immer noch geweint, weshalb sie mich nach Hause gefahren haben.«

»Das ist wirklich – also auf so einen Schreck hätte ich auch einen Schnaps gebraucht«, sagt Tomke mitfühlend. »Wenn ich mir vorstelle, meine Mutter hätte meinen Freund abgeschleppt, also ich ...«

»Deine Mutter hätte so was nie getan«, unterbricht Dörte sie leidenschaftlich. »Sie war ... sie war eine ... eine richtige Mutter. Und sehr anständig.«

»Ja, das war sie. Aber ohne ihre Anständigkeit hätte ich Gerold nicht so früh geheiratet. Nein, ich hätte ihn überhaupt nicht geheiratet.«

Bevor Dörte darauf etwas erwidern kann, klingelt auf dem Flur das Telefon. Tomke zögert, dann steht sie auf. Immerhin hat sie eine Pension. »Warte einen Moment. Ich bin gleich zurück.«

KAPITEL 7

Zwei Notfälle auf einmal

Tomke geht nicht nur aus Pflichtbewusstsein an das Telefon. Sie braucht dringend einen Augenblick Abstand. In ihrem Kopf rauscht es. Dagmar hat mit 69 Jahren ihrer Tochter den Freund ausgespannt. Wahnsinn. Dörte war immer wie ein jüngeres Abziehbild ihrer Mutter. Was hat Enrico in Dagmars Arme getrieben? Ausstrahlung? Erfahrung?

Sie ist kaum von der Terrasse, als auch Dörtes Handy zu dudeln anfängt. Mit einem altvertrauten Lied, das sie sehr lange nicht mehr gehört hat. Alexandra singt mit ihrer rauchigen Stimme: »Zigeunerjunge, Zigeunerjunge, er spielte am Feuer Gitarre ...«. Tomke und Dörte waren neun oder zehn, als das Lied herauskam. Dörte hatte die Schallplatte, und sie haben sie rauf und runtergehört und textsicher mitgesungen. Sie waren beide fest davon überzeugt, sie wären bei diesem schönen Zigeunerjungen am Lagerfeuer geblieben. Sie hätten nicht gezögert.

Der Gesang wird abrupt unterbrochen. Dörte hat das Gespräch angenommen. Das Flurtelefon klingelt noch immer. Tomke beeilt sich und nimmt, ohne auf das Display zu schauen, hastig den Hörer ab. »Moin, Frühstückspension Heinrich!«

»Du bist ja doch da!«, ruft Tomkes Tochter vorwurfsvoll. Bevor Tomke antworten kann, schleudert Juliane ihr den nächsten Satz entgegen.

»Nur, dass du Bescheid weißt. Ich werde mich scheiden lassen!«

Tomke starrt den Hörer an. Hat sie richtig gehört? Sie verkneift sich, die Frage auszusprechen. Stattdessen sagt sie betont ruhig und langsam, als hätte Juliane ein Hörproblem: »Bleib zu Hause und unternimm nichts! Ich komme so schnell wie möglich zu dir.«

Keine Antwort.

»Hast du mich verstanden?«

»Ja.«

»Versprochen?«

»Ja.«

Tomke legt auf und bleibt neben dem Telefon stehen. Sie sieht sich im Flurspiegel in die Augen. Sie strahlen Ratlosigkeit aus und – Sorge. Juliane und Malte. Scheidung? Niemals! Was ist da passiert? Ohne Zweifel. Julianes Androhung ist keine heiße Luft. Sie hat sich entschlossen angehört. Entschlossen und ungewohnt wortkarg. Genau das macht Tomke Angst. Normalerweise redet Juliane wie ein Wasserfall. Tomke muss sich sonst höllisch konzentrieren, um den Worten ihrer Tochter hinterherzukommen. Dazu wird Juliane im Rederausch ständig lauter. Nicht selten hält Tomke den Hörer auf Abstand, weil sonst ihr Ohr schmerzt. Juliane klönt gerne und sie findet immer ein Thema, über das sie sich auslassen kann. Ihre Ehe ist auch manchmal an der Reihe. Sicher. Beschwerden über Maltes fehlenden Sinn für Ordnung. Jede Tischfläche, die Juliane freiräumt, müllt Malte in kürzester Zeit wieder zu. Saubermachen bedeutet für ihn Staubsaugen. Andere Dinge im Haushalt will er nicht sehen. Oder sie schimpft über Maltes fehlendes Feingefühl. Taktlose Bemerkungen, die Juliane auf die Palme bringen. Er kann wie die Axt im Walde sein. Juliane lässt gerne Dampf ab. Das findet Tomke wichtig und lässt sie deshalb reden. Die angestauten Gefühle müssen bei Juliane gleich raus. Aber bislang hat sich Tomke nie Sorgen gemacht. Sie weiß, egal wie viel sie wettert, Juliane liebt ihren Malte. Umgekehrt dürfte Tomke kein schlechtes Wort über ihn verlieren. Juliane würde ihn sofort in Schutz nehmen. Und nun will sie sich scheiden lassen? Damit macht man keine Späße, und Juliane hat sich auch nicht angehört, als würde sie zum Scherzen aufgelegt sein.

Tomke sieht auf die offene Terrassentür. Dörte wartet auf sie. Aber Tomke kann es nicht ändern. Sie hat keine Zeit mehr. Sie schnappt ihre Tasche von der Garderobe und eilt zu Dörte.

»Tut mir leid. Ich muss ganz schnell los.« Tomke fährt sich durchs Haar. Eine typische Handbewegung von ihr, wenn sie nervös ist. Die Ponyhaare bleiben kreuz und quer hoch stehen.

»Macht nichts. Ich auch«, sagt Dörte und steht auf.

»Na denn.«

Sie gehen gemeinsam auf den Flur. Dort stehen sie sich einen Augenblick gegenüber. Tomke bemerkt nicht, wie blass Dörte aussieht.

»Wo musst du denn hin?«, fragt Dörte.

»Carolinensiel.«

»Schade, ich dachte, du könntest mich mitnehmen.«

Tomke hat ihre Jacke schon angezogen, die Handtasche unter den Arm geklemmt. Sie ringt mit sich. Hooksiel ist keine Entfernung, aber ... »Tut mir leid. Wär sonst kein Thema. Aber ich muss ganz dringend zu Juliane. Ein Notfall.«

»Ist jemandem was passiert?«

»Kann man so sagen. Sie will sich scheiden lassen.«

»Oh.«

»Und das kommt völlig aus dem Kalten. Scheint wirklich ernst zu sein. Also ...«

Tomke sieht Dörte auffordernd an. Aber anstatt mit ihr das Haus zu verlassen, lässt sich Dörte neben der Flurgarderobe auf einen Hocker fallen. Sie sieht aus wie ein Häufchen Elend.

»Was ist denn mit dir los? Keine Sorge, ich wasche Juliane gleich den Kopf. So schnell lässt man sich nicht scheiden.«

Dörte antwortet nicht. Sie stützt sich mit den Armen auf die Knie und weint. Richtig, mit dicken Tränen, die ihr auf die Hände tropfen. Sie macht keinen Versuch sie wegzuwischen.

Tomke tritt von einem Bein auf das andere. Sie hat längst begriffen, dass Dörte nicht um Juliane weint. Das muss mit dem Anruf zusammenhängen. Tomke fragt nicht nach. Sie will und muss zu ihrer Tochter, bevor die mit ihrem Wütekopf zu viel Porzellan zerschlägt.

»Kommt manchmal alles auf einmal«, murmelt sie entschuldigend. »Soll ich dir ein Taxi rufen?« Dörte heult ungehemmt weiter.

»Wenn du willst, kannst du nächste Nacht hier noch einmal schlafen«, verspricht Tomke hilflos. Dörte soll sich beruhigen. Verdammt. Sie hat keine Zeit mehr, sie zu trösten.

»Ich habe kein Geld«, schluchzt Dörte.

»Leih ich dir«, sagt Tomke bereitwillig. Sie ist froh, etwas tun zu können. Eifrig kramt sie in ihrer Handtasche nach ihrem Portemonnaie.

»So viel kannst du mir nicht leihen.«

»Ich denke, eine Taxifahrt nach Hooksiel habe ich noch flüssig.«

»Ach, Tomke. Ich muss nach Wilhelmshaven. Ganz dringend.«

»Wilhelmshaven? Das ist teuer. Stimmt. Hast du niemanden, der dich fahren kann?«

Dörte schüttelt wild den Kopf.

»Steffi arbeitet und Dagmar frage ich schon gar nicht. Die ist für mich jetzt endgültig gestorben.«

Tomke verzichtet auf einen Kommentar. Aber so einfach kann man Vater oder Mutter nicht aus seinem Leben werfen.

»Kann das Problem in Wilhelmshaven nicht bis heute Nachmittag warten? Dann fahre ich dich.«

»Nein, kann es nicht. Es ist höchste Eisenbahn. Ich muss mit ihnen reden, wenn ich meine Eigentumswohnung nicht verlieren will. Die pfänden mir mein Zuhause weg. Mein Zuhause und meinen Arbeitsplatz.«

»Wie jetzt? Du bist richtig pleite?«

Dörte lacht bitter auf. »Ich bin nicht nur pleite. Ich bin im Soll und das nicht zu knapp.«

»Du hast Schulden«, stellt Tomke fassungslos fest. Sie drückt die Haustür zu. Sie zieht Dörte entschlossen an den Schultern hoch. Für einen Augenblick ist die Sorge um ihre Tochter in den Hintergrund gerückt.

»Dörte Friedrichs! Jetzt guck mich richtig an! Ist das der wahre Grund, weshalb du zu mir gekommen bist?«

»Nein, es geht nicht um Geld. Jedenfalls noch nicht gestern. Da war ich nur todtraurig und allein. Aber die Bank hat mich eben gerade angerufen und mir die rote

Karte gezeigt. Ich kann dir das nicht auf die Schnelle erklären. Nun schüttel nicht den Kopf. Ich darf keine Zeit verlieren. Ich muss so schnell wie möglich zur Bank nach Wilhelmshaven, wenn ich noch einen Aufschub raushandeln will.«

»Ich gebe dir das Geld für ein Taxi, auch nach Wilhelmshaven. Zurück kannst du ja den Bus nehmen.«

Sie lässt Dörte los. Die taumelt und muss sich an die Flurgarderobe lehnen.

»Das schaffst du doch allein, oder?«, fragt Tomke und hofft auf ein festes Ja. Aber Dörte sagt: »Ich weiß nicht, so wie ich mich fühle. Hat Torben nicht vielleicht Zeit?«

Torben und Dörte haben sich immer prächtig verstanden. Er würde ihr sicher beiseitestehen, wenn er es möglich machen könnte. Aber Tomkes Sohn ist mit seiner Britta für drei Tage im Allgäu.

»Der ist nicht zu Hause«, sagt Tomke. Sie schaut in Dörtes verquollenes Gesicht. Der Anblick ist genauso ungewohnt wie Julianes knapper Anruf. Juliane! Sie muss Dörte loswerden, und zwar schnell. Wen kann sie um Hilfe bitten? Karl. Das ist eine verwegene Idee. Egal. Sie braucht einen vernünftigen Menschen für Dörte. Die ist durch den Wind und läuft ihr womöglich vor das nächste Auto. Tomke wischt die moralischen Bedenken beiseite. Das hier ist ein Notfall. Sie schnappt sich das Telefon und eilt auf die Terrasse. Zum Glück nimmt Karl gleich ab.

»Heinsen.«

»Tomke hier, Moin.« Sie schluckt. Ihr wird die Dreistigkeit ihrer Bitte deutlich und bekommt kein Wort heraus.

»Na, was ist denn?«, fragt Karl. Seine Stimme klingt

väterlich. Das treibt ihr nun fast die Tränen in die Augen.

»Ich brauche deine Hilfe. Ganz dringend. Ich weiß, das ist jetzt ein richtig mieser Überfall. Du bist vorhin doch meiner Freundin begegnet.«

»Ja, bin ich«, sagt Karl. Nun hört man seine Irritation. Tomke verdrängt sie und bringt im Stakkatostil ihr Anliegen vor.

»Hier brennt es. Juliane will sich scheiden lassen. Ich muss zu ihr, bevor sie Dummheiten macht. Und meine Freundin, die muss nach Wilhelmshaven, hat aber kein Auto und ist mit den Nerven gerade zu Fuß.«

»Ihr braucht einen Chauffeur«, stellt Karl in seiner ruhigen Art fest.

»Nicht nur einen Chauffeur, sondern eine Begleitung. Ich kann sie in dem Zustand nicht allein lassen und ich weiß mir keine andere Hilfe. Bitte.«

Karl überlegt kurz, dann sagt er: »Wir kommen.«

»Danke. Wir sehen uns.«

Tomke ist zu erleichtert, um ein schlechtes Gewissen zu haben. Karl wird kommen und sie kann losfahren. Nur das zählt.

Sie geht zurück zu Dörte. »Karl kommt gleich und fährt dich nach Wilhelmshaven. Also Herr Heinsen, dem du vorhin begegnet bist.«

Dörte hebt ihr Gesicht. »Das macht der einfach so? Das ist aber ein Netter.«

»Ja, das ist er.«

Tomkes Befürchtung, es könnte Dörte unangenehm sein, einen fremden Begleiter an die Seite gestellt zu kriegen, ist unbegründet. Im Gegenteil. Es scheint ihr durchaus angenehm zu sein.

»Danke, Tomke. Ich kaufe nachher ein und – ich koche heute Abend für uns.«

»Einkaufen? Du hast doch gerade gesagt, in deiner Kasse ist Ebbe. Lass mal gut sein. Ich habe vorgekochte Vorräte, du kennst mich doch. Ich muss jetzt los.«

Tomkes Einspruch kommt von Herzen. Nicht nur aus Sparsamkeitsgründen. Tomke hat Dörte nicht gerade als begnadete Köchin in Erinnerung.

KAPITEL 8

Mutter-Tochter-Gespräche

Endlich sitzt Tomke im Auto. Sie schaut hektisch auf die Uhr. Aber seit Julianes Anruf ist keine halbe Stunde vergangen. Also los.

Tomke nimmt den Schleichweg am Norderaltendeich entlang. Sie fährt auf der schmalen Straße eindeutig zu schnell. Hoffentlich hat Juliane noch nichts in Gang gesetzt. gehört. Malte muss echten Bockmist gebaut haben. Was kann er angestellt haben, um Juliane derart in Rage zu bringen? Eine andere Frau? Nein, das kann sie sich beim besten Willen nicht vorstellen. Nicht Malte. Tomke hat ihn wie einen Sohn ins Herz geschlossen. Sicher, er ist oft sehr betulich in seiner Art und kann einen damit gut auf die Palme bringen. Aber er ist das richtige Pendant zu der impulsiven Juliane. Malte liebt seine Frau und Vanessa ist seine kleine Prinzessin, von der er sich viel zu sehr auf der Nase herumtanzen lässt. Seine kleine Familie würde er nicht aufs Spiel setzen. Aber was kann über Nacht passiert sein, dass Juliane von Scheidung redet?

Tomke stöhnt laut auf, als sich vor ihr ein Traktor auf die schmale Straße drängelt. Keine Chance zum Überholen. Nur nicht aufregen. Ist nicht zu ändern. Tomke lässt das Fenster auf ihrer Seite herunter, um mehr Luft zu bekommen.

Sie ist vor Minsen. Er biegt immer noch nicht ab. Tomke schaut flehend zu der Meerjungfrau, als könnte sie ihr helfen, den lästigen Vordermann loszuwerden. Die Bronzefigur steht hier seit fast 20 Jahren. Das Meer im Rücken, den Blick auf den Ort gerichtet. Sie hält den Kopf in den Nacken zurückgelegt. Sie wirkt verletzlich und sehr stolz. Und sie sieht Dagmar ähnlich. Genau wie die Meerjungfrauen auf den Bildern, die Tomkes Vater gemalt hat. Warum hat er sie so oft als Motiv genommen? Die Frage hat sich Tomke nach seinem Tod manches Mal gestellt und den Gedanken nie zu Ende gedacht. Und das wird sie auch heute nicht tun.

Dörte ist Dagmar wie aus dem Gesicht geschnitten, aber sie hat von ihrem Vater dieses gewinnende schüchterne Lächeln geerbt. Das verleiht ihr einen Lady-Diana-Charme. Von dieser Ähnlichkeit abgesehen, ist Dörte 18 Jahre jünger. Und doch hat Dagmar ihr diesen Möchtegern Enrico ausgespannt.

Der Traktor biegt Richtung Deich ab. Tomke sieht ihm hinterher und blickt auf ihr Elternhaus. Das Anwesen hat ihr Bruder Jan übernommen. Er ist fünf Jahre jünger als Tomke und hat sie als Kind oft verpetzt. Nun ist er selbst Vater von drei Kindern und ein wirklich netter Kerl. Sie sehen sich nur selten. Irgendwie fehlt ihnen der Gesprächsstoff. Ihre Leben sind zu weit voneinander entfernt, obwohl sie nah beieinander wohnen.

Das ehemalige *Ärztehaus* taucht hinter einer mächtigen Kastanie auf. Dort wohnen nun Zugereiste aus Nordrhein-Westfalen. Sie haben sich in das Stückchen Erde verliebt und das Haus gekauft. Dörtes Bruder Nils ist nach Süddeutschland gezogen. Er arbeitet dort als Lehrer.

Dagmar ist nach dem Tod ihres Mannes zurück nach Wilhelmshaven gezogen. Und Dörte hat die Eigentumswohnung in Hooksiel gekriegt. Wieso hat sie Schulden? Dörte hatte nie einen ungewöhnlich luxuriösen Lebensstil.

Tomke biegt auf die Bundesstraße ab und gibt Gas. Juliane und Malte haben in Carolinensiel ein Haus gekauft. Ganz nah am Siel. Um siebzehnhundert-Dickemilch war Carolinensiel durch seine geschützte Lage einer der wichtigsten Häfen hier im Norden. Er ist verbunden mit Harlesiel und dem Außenhafen. Von dort fahren die Fähren rüber nach Wangerooge.

Tomke parkt auf der Straße. Der Deichstraße. Über diese Namensgleichheit haben sie gelacht und gleichzeitig gehofft, sie würde den jungen Leuten Glück bringen. In der Einfahrt steht Julianes Motorrad. Malte ist anscheinend nicht zu Hause. Der Jeep ist nicht da.

Es ist ein schönes Zweifamilienhaus, das die beiden sich renoviert haben. Den Garten hat Juliane unfriesisch angelegt. Weder Buchsbaumhecke noch Rhododendron wachsen hier, sondern prächtige Oleander in Tontöpfen. Die transportiert Malte immer zum Überwintern in die Garagen seiner Firma. Statt Buschrosen wuchern Melisse, Salbei, Petersilie, Schnittlauch, Pfefferminze und andere Kräuter. Juliane hat sich auf Biokost und Vegetarier eingestellt. Der Erfolg gibt ihr Recht. Vor der Gartenpforte hängt das Schild *Zimmer belegt*.

Als Juliane die Tür öffnet, fällt Tomke kein Wort ihrer zurechtgelegten Kopfwäsche mehr ein. Ihre Tochter sieht um Jahre gealtert aus. Die Augen vom Heulen geschwollen. Der Anblick bricht Tomke fast das Herz. Juliane ist anstrengend und schimpft schnell, aber sie weint so gut wie nie. Am liebsten würde Tomke die Bettdecke hochheben und Juliane bei sich unterschlüpfen lassen. So wie Juliane es als kleines Mädchen getan hat, wenn sie nachts durch einen schlechten Traum geweckt bei ihr vor dem Bett stand.

Tomke nimmt sie wortlos in den Arm. Juliane ist einen Kopf größer. Sie legt ihn in Tomkes Schulterkuhle. Sie weint nicht mehr. So wie sie aussieht, hat sie das aber die ganze Nacht über getan. Tomkes Beschützerinstinkte richten allen Groll gegen Malte. Sie wird Juliane anbieten, zu ihr in die Pension zu ziehen. Mit Vanessa. »Komm«, sagt Tomke und sie gehen ins Haus. Sie versucht, ihre aufgebrachten Gefühle unter Kontrolle zu halten. Sie kann Juliane sonst keine Stütze sein. Erst einmal anhören, was Juliane zu berichten hat.

Sie zwingt Juliane mit sanfter Gewalt, sich auf die Eckbank in ihrer Wohnküche zu setzen.

»Hast du schon was getrunken?«, fragt Tomke.

Juliane schüttelt stumm den Kopf. Tomke geht an die Kochzeile und setzt Wasser auf. Sie wird Tee kochen. Der hilft immer. Und ihr helfen die Handgriffe der Zubereitung, um das mulmige Gefühl in der Magengegend zu bekämpfen.

Juliane lässt sich ihre Hilfe ohne Widerspruch gefallen. Kein gutes Zeichen. Ihre Tochter kann es sonst überhaupt nicht leiden, wenn ihre Mutter in ihrem Reich zu werkeln beginnt. Das hat sie von mir, denkt Tomke dann immer. Ich kann das auch nicht gut ab. Sie würde immer ihre eigene Kochecke haben wollen. Auch auf dem Alterssitz.

Als Tomke Tee und ihren mitgebrachten Teekuchen auf den Tisch gestellt hat, setzt sie sich zu Juliane. Die rührt den Kandis in ihrer Tasse viel zu lange und schweigt.

»Ist Malte auf der Arbeit?«, beginnt Tomke sich heranzutasten.

Juliane sieht sie mit wildem Trotz an. »Keine Ahnung. Vielleicht auf der Arbeit, vielleicht bei seiner Tussi.«

»Tussi?«

»Ja, seine – seine, ach was weiß ich. Sie hat sich bei mir nicht mit Namen vorgestellt.«

Tomke setzt sich gerade hin. So kommen sie nicht weiter. Sie muss verstehen, was los ist.

»Hör mal, willst du mir nicht erzählen, was passiert ist?«

Statt zu antworten, nimmt sich Juliane ein Stück Teekuchen, drückt den wattigen Teig zusammen und stopft ihn in den Mund. Sie kaut mit dicken Wangen.

Tomke verkneift sich ein Stöhnen. Sie muss Geduld haben. Nicht unbedingt ihr zweiter Vorname. Aber wenn Juliane erst mal blockiert, ist nichts mehr zu machen. Die sitzt das aus, und Tomke ist hinterher genauso schlau wie vorher.

Juliane spült ihren Mund sorgfältig mit Tee frei und sieht ihre Mutter angriffslustig an.

»Was passiert ist, soll ich erzählen? Das würde ich selbst gerne wissen.«

»Na ja, du wirst schon eine Ahnung haben. Du kommst doch nicht ohne Grund auf die Idee, Malte hat eine andere Frau. Das passt überhaupt nicht zu ihm«, sagt Tomke behutsam.

»Klar! Das war ja mal klar. Nimm ihn man gleich in Schutz, den lieben Jungen!«

Tomke fährt sich übers Haar und bläst ihre Wangen mit Luft auf.

»So geht das nicht, Juliane. Ich nehme Malte nicht in Schutz. Ich bin wegen dir hier. Du bist meine Tochter.«

Julianes Augen füllen sich mit Tränen.

»Ich habe ihm das auch nicht zugetraut. Nie im Leben. Das ist das Schlimmste daran. Malte ist … war für mich – es ist unvorstellbar. Wie kann man sich so irren?«

Juliane schnäuzt sich kräftig die Nase. Dann streicht sie ihr schulterlanges blondes Haar hinter die Ohren.

»Gestern Abend bin ich zu Nolte gefahren, um Malte von der Arbeit abzuholen.«

»Du bist zu seinem Chef gefahren? Also hast du doch einen Verdacht gehabt?«

»Nein, hatte ich nicht. Obwohl Malte in den letzten Wochen, eigentlich seit Juni, immer spät nach Hause gekommen ist. Er war auch öfter an einem Samstag draußen bei Nolte. Überstunden, hat Malte zu mir gesagt. Die will er sich von Nolte auszahlen lassen. Und zwar anständig. Das habe ich eingesehen. Der Abtrag für unser Haus ist nicht niedrig. Und meine Gästezimmer allein bringen es nicht. Malte war den ganzen Sommer über schlagkaputt, wenn er nach Hause kam. Das konnte nicht so weitergehen. Ich habe gegrübelt, wie ich helfen könnte, den Karren zu ziehen. Und ich habe einen Glücksgriff gemacht. Lürsen suchte eine Bürokauffrau. Nur für ein paar Stunden. Das schaffe ich mit Vanessa. Sie kann über Mittag im Hort bleiben. Und gestern hat mir Anke Lürsen die Zusage gegeben. Ich habe mich so gefreut.«

Julianes Gesicht verzieht sich, als würde sie gerade gezwungen, puren Zitronensaft zu trinken. Sie schlägt mit der flachen Hand auf die Tischplatte. Das Geschirr vibriert.

»Ich doofe Kuh! Ich doofe, doofe Kuh! Ich konnte es nicht abwarten, Malte von meiner Stelle zu erzählen. Er ist nicht ans Handy gegangen, und da habe ich Vanessa ins Auto gesetzt und bin mit ihr zum Betrieb rausgefahren. Kein Malte da. Auch sonst niemand. Nur Frau Nolte. Die hat mich vielleicht angeguckt, als ich Malte sprechen wollte. Malte hätte schon Feierabend gemacht. Sie wüsste nicht, wo der ist. Ich kam mir so was von dämlich vor. Aber wo hätte ich Malte suchen sollen? Und Vanessa hat im Wagen gewartet. Ich musste mich zusammenreißen und bin wieder nach Hause fahren.

Ich habe immer wieder Malte angerufen. Jedes Mal nur die Mailbox. Dann habe ich es bei seinen Kumpels versucht. Kalle und Werner. Die hatten auch keine Ahnung, wo Malte steckt. Das war so schlimm und peinlich. Die ganze Zeit über war ich abwechselnd wütend oder hatte Angst um ihn. Ich bin von der Ungewissheit fast verrückt geworden. Nach geschlagenen zwei Stunden hat Malte zurückgerufen. Und weißt du, was er mir gesagt hat? Sie hätten mit Nolte weiter weg einen dicken Auftrag. Ein privates Schwimmbad, das sie fliesen. Und sie würden dort übernachten, um morgens gleich weiterzuarbeiten. Eine Ausnahme. Die super bezahlt wird. Wir machen es uns bald schön. Bis morgen, Schnute, hat er gesagt. Schnute, sagt der zu mir Mama! Ruft mich dreist von seiner Tussi aus an, liegt vielleicht neben ihr und sagt: bis morgen, Schnute. Ich war so platt, mir ist nichts eingefallen. Als ich in der richtigen Stimmung war, ihn fertigzumachen, ist er nicht mehr ans Handy gegangen. Dieser Scheißkerl! Dieser miese Scheißkerl!«

Juliane schnaubt noch einmal kräftig in ihr Taschentuch.

»So jetzt weißt du, warum ich die Scheidung will. Ich habe immer gesagt, ich kann viel verzeihen, aber nicht so was. Weißt du, wenn ihm mal ein Ausrutscher passiert wäre, im völlig dunen Kopf. Das hätte Theater gegeben. Klar. Aber das hier! Einen Sommer lang nur Lügen. Und ich mache mir Sorgen um ihn, weil er so kaputt ist. Lasse ihn in Ruhe. Der arme Mann. Bloß nicht belasten. Und jetzt verbringt der eine ganze Nacht mit der anderen. Nee, Mama. So was wird nicht wieder gut. Das geht nicht. Das geht gar nicht!«

In Tomkes Ohren rauscht das Blut. Sie weicht Julianes brennendem Blick aus und starrt auf ihre Teetasse. Sie fühlt sich wie ertappt. Dabei weiß Juliane nichts von Paul. Sie hat nur die Gefühle einer Ehefrau beschrieben. Einer betrogenen Ehefrau. Vor allem verletzt es sie, dass Malte über Nacht bei einer anderen geblieben ist. Genauso hätte das Pauls Frau empfunden, wenn sie dahintergekommen wäre. Und Tomke? Sie hatte nie moralische Bedenken. Sie hat sich sogar im Recht gefühlt. Das Recht der Liebenden. Gerechtigkeit kann man sich leicht schönreden.

Bis zum Morgen ist Tomke mit Paul zusammengeblieben, nachdem Gerold tot war. Das Gefühl gemeinsam aufzuwachen war das Schönste. Und das Gefährlichste. Sie sieht ihre verzweifelte Tochter und weiß, es ist ein schlimmer Betrug. Im Namen der Liebe.

Aber Malte. Er ist so ein gerader Charakter. Das passt nicht. Vielleicht ist alles ein Irrtum.

»Sag mal, hast du mit Malte überhaupt schon gesprochen?«

»Was gibt es da zu besprechen? Frau Nolte wird ja

wohl wissen, wenn in der Firma auswärts gearbeitet wird. Aber sie sagte: Malte ist zu Hause.«

»Trotzdem, Juliane. Manchmal gibt es verrückte Zufälle. Kann doch sein, es klärt sich als harmlos auf. Ganz anders, als du denkst. Ihr müsst reden. Juliane, so schnell lässt man sich nicht scheiden.«

»Man vielleicht nicht. Ich schon!« Sie blitzt ihre Mutter wütend an. »Ich will nicht so enden wie du.«

Tomke wird blass. Dann glühend rot.

»Was soll das denn heißen?«, stammelt sie. Tomke würde gerne einen Schluck Tee trinken. Aber ihre Hände zittern zu stark. Sie könnten die Tasse nicht halten.

»Was das wohl heißen soll. Du und Papa. Wann habt ihr aufgehört, euch zu lieben?«

Tomke hüstelt. »Was heißt lieben?«

»Lieben heißt lieben. Du weißt genau, was ich meine. Papa und du, ihr habt beide euer eigenes Leben geführt. Unter einem Dach, aber jeder für sich. Glaubst du wirklich, Kinder merken so was nicht?«

Ja, habe ich gedacht, denkt Tomke. Ich habe wirklich geglaubt, euch ein gutes Elternhaus geboten zu haben.

»War das so schlimm für dich?«, fragt Tomke heiser.

»Nee, war es nicht«, antwortet Juliane verhaltener. »Ihr habt es ja nicht auf unseren Rücken ausgetragen. Aber eins weiß ich: So eine Ehe will ich nicht. Dann lieber richtig allein sein.«

Tomke spürt ein Kribbeln in den Augen. Nein, bloß nicht. Es geht nicht um ihre Vergangenheit. Nicht um ihre vertane Chance zu gehen, als sie es noch konnte. Jetzt geht es um die Zukunft ihrer Tochter. Sie sieht Juliane so ruhig wie möglich an.

»Aber aussprechen sollte man sich schon, bevor man die Pferde scheu macht.«

Juliane schiebt ihre Unterlippe vor. »Vielleicht, aber was sollen wir reden? Außerdem habe ich schon Redder angerufen.«

»Den Scheidungsanwalt Redder?«, fragt Tomke alarmiert.

»Jep.«

KAPITEL 9

Tomke knöpft sich ihren Schwiegersohn vor

Tomke setzt sich in den Wagen und fährt los. Juliane war nicht davon zu überzeugen, den Termin bei Redder wieder abzublasen. Schon heute Nachmittag will sie hingehen. Damit sie das am Abend Malte unter die Nase reiben kann. Sie will ihn kalt erwischen, so wie er sie erwischt hat. Von der Vorstellung ist sie ganz besessen. Da ist nichts zu machen, hat Juliane gesagt. Das Vertrauen ist hin. Tomke hat versucht sie umzustimmen. „Warte wenigstens noch einen Tag. Wenn du Malte so überrumpelst und er vielleicht unschuldig ist, wird ihn das sehr verletzen."

Juliane ist immer wütender geworden. Sie hat Tomke entgegengeschleudert: „Ich kann dir zuliebe nicht einen auf heile Welt machen. Du bekommst bald eine neue Ramafamilie. Torben und Britta wollen heiraten." Tomke starrt auf die Straße. Ist sie eine Heile-Welt-Mutter? Sicher hat sie sich gefreut, dass Juliane eine glückliche Ehe führt und ihr Leben mag, so wie es ist. Das ist doch normal. Aber Tomke war nie eine Mutter, der man schlechte Nachrichten verheimlichen musste, um sie zu schonen. Das ist ungerecht von Juliane. Lass gut sein, denkt Tomke. Werd jetzt nicht auch noch störrisch. Ist der falsche Zeitpunkt für verletzte Muttergefühle. Juliane ist heute nicht zurechnungsfähig. Sie ist verletzt und beißt um sich.

Immerhin hat sie in ihrer Not ihre Mutter angerufen. Es kann zwischen ihnen nicht alles falsch gelaufen sein.

Malte und eine andere Frau. Das geht Tomke nicht in den Kopf. Kein Wunder, dass in Juliane ein Sturm tobt. Den Mann, mit dem sie zusammenlebt, nicht wirklich zu kennen. Schon einen ganzen Sommer lang. Wahrscheinlich hat sie mit ihm geschlafen und keinen Unterschied gespürt. Es war wie immer. An was soll sie sich danach festhalten? Sie kann ihren Empfindungen nicht mehr über den Weg trauen.

Das konnte Gerold ihr jedenfalls nicht vorwerfen. Nachdem die Fronten zwischen ihnen geklärt waren, hatte Tomke ihm reinen Wein eingeschenkt. Und zwar vorher. Juliane und Torben sind keine Kuckuckseier. Sie tragen Gerolds Namen. Nur seinen Namen und er hat zugestimmt. Er hätte sich trennen können. Aber Gerold hat den Status eines verheirateten Mannes und Vaters durchaus genossen.

Ich will nicht so eine Ehe führen wie du, hat Juliane gesagt. Tomke hält den Wagen an. Sie ist schon wieder in den Norderaltendeich abgebogen. Ohne eine Ahnung, wie sie hierhergekommen ist. Sie steigt aus und atmet tief durch. Die Nähe des Deiches wird sie ruhiger denken lassen. Sicher geht das den Menschen, die in den Bergen aufgewachsen sind, so, wenn sie auf dem Gipfel stehen und diesen wunderbaren Weitblick haben. Oder vom Tal aus die Skyline der Gebirgszüge betrachten. Das ist wie ein Versprechen. Sie wissen, dass sie angekommen sind. Zu Hause. Und ein wenig näher bei Gott.

Nicht so eine Ehe wie ihre, hallt in Tomke noch immer nach, und am liebsten hätte sie losgeheult. Aber sie braucht gar nicht gekränkt zu sein. Juliane hat recht. Das war sicher keine Ehe zum Vorzeigen oder Nachleben. Nur Tomkes Eltern sind auf das Theater, das Gerold und sie bei Familienfeiern inszeniert haben, hereingefallen. Wer weiß. Vielleicht wollten sie es auch nur nicht bemerken. Diese Möglichkeit räumt Tomke zum ersten Mal ein. Tomkes Mutter hätte sie jedenfalls nicht mit den Kindern wieder bei sich aufgenommen. Schon gar nicht, wenn sie gewusst hätte, dass Juliane und Torben nicht von Gerold gezeugt worden sind. Herrje, ihre Mutter wäre in Ohnmacht gefallen. Danach hätte sie Tomke wüst beschimpft und gezwungen, zu ihrem Mann zurückzugehen. Selbst ihrem Vater traut Tomke nicht zu, dass er seiner Tochter unter diesen Umständen verziehen hätte. Obwohl Tomke schlecht beurteilen kann, was sich im Kopf ihres Vaters abgespielt hat. Er war ein freundlicher Mann. Freundlich, verschlossen und selten greifbar.

Letztendlich müßig darüber nachzudenken. Tomkes Eltern waren nur anfangs der Grund, aus dem sie bei Gerold geblieben ist. Später ist sie wegen ihrer Kinder geblieben und hat versucht, ihnen ein normales Familienleben zu bieten. Zwischen ihr und Gerold gab es eine Abmachung. Tomke konnte tun und lassen, was sie wollte, wenn Gerold in Ruhe gelassen wurde. Und Tomkes Treiben durfte nicht an die Öffentlichkeit gelangen. An diesen Deal hatte sie sich gehalten. Gerold war der, der sein Versprechen gebrochen hat. Nach fast 30 Jahren! Plötzlich wollte er den Kindern die Wahrheit sagen. Eine Wahrheit, die nicht nur Juliane und Torben erschüttert hätte, sondern auch ihren Erzeuger. Thomas. Der in Carolinensiel mit seiner Frau und zwei Kindern lebt und eine große Gastwirtschaft betreibt. Gerolds Androhung, allen reinen Wein einzuschenken, hätte so vielen Menschen den Boden unter den Füßen weggerissen. Deshalb musste Gerold früher sterben, als es für ihn von oben vorgesehen war.

Das ist Vergangenheit. Die kann sie nicht mehr ändern. Aber Julianes Ehe hat mit Sicherheit noch eine Chance. Tomke weiß, was sie zu tun hat. Sie hat nicht vor, ihrer Tochter in den Rücken zu fallen, aber sie muss sich Malte vorknöpfen. Sie schnappt sich ihr Handy und ruft ihn an. Sie hat Glück. Malte geht tatsächlich an sein Handy.

»Moin, hier ist Tomke«, grüßt sie unterkühlt.

»Tomke?«, fragt Malte verwundert nach, als hätte er sich verhört.

»Ja, Tomke. Hast du es an den Ohren oder schlechten Empfang?«, blafft sie ihn unfreundlich an.

Bleib sachlich, denkt sie. Sonst legt er gleich auf und du hast mehr kaputtgemacht, als du flicken konntest.

»Nee, ich hör dich gut. Was ist los? Du hörst dich so verknattert an.«

Tomke hat ihn wirklich noch nie auf der Arbeit angerufen. Das ist tabu und für absolute Notfälle reserviert.

»Das ist ein Notfall«, sagt Tomke aus den Gedanken heraus. »Ich muss dich sprechen. So von Angesicht zu Angesicht.«

»Das ist ganz schlecht. Ich bin auch nur zufällig draußen. Habe grad eine gequarzt. Wir müssen gleich weiter.«

»Wo seid ihr jetzt?«

»In der Firma. Wir mussten die gelieferten Fliesen abholen.«

»In Bohnenburg also.«

»Genau, aber wir müssen gleich wieder los.«

»*Du* musst nicht los! Sag das deinem Chef.«

Malte lacht verunsichert. »Sag mal. Wie bist du denn drauf, Tomke? Alles klar bei dir?«

»Bei mir schon. Aber bei dir zu Haus ist auf gut Deutsch die Kacke am Dampfen.«

»Ist was mit Vanessa?«, fragt Malte atemlos.

»Nein, das würde ich dir sicher anders sagen. Pass auf Malte, sag Nolte, du musst dich mit deiner Schwiegermutter treffen.«

»Was soll ich ihm sagen?«, fragt Malte ungläubig.

»Genau das. Kannst auch sagen: Deine Ehe steht gerade auf sehr wackeligen Beinen. Was sage ich? Juliane will die Scheidung! Sag das Nolte. Sonst sage ich es.«

»Meine Ehe?«, echot Malte fassungslos.

»Bis gleich«, sagt Tomke, ohne weiter auf ihn einzugehen. »Ich hole dich in einer Viertelstunde ab. Steh draußen!«

Tomke drückt den roten Knopf und legt ihr Handy beiseite. Entweder ist Malte im Lügen wesentlich talentierter, als sie angenommen hat oder er hat keinen blassen Schimmer. Wie sind die Fakten? Definitiv wahr ist, er war letzte Nacht nicht zu Hause. Überstunden waren es auch nicht, hat Juliane gesagt. Sonst würde Frau Nolte das wissen.

Tomke startet den Motor und fährt los. Wieder zu schnell. Das Handy vibriert auf dem Beifahrersitz. Eine SMS. Tomke verlangsamt ihr Tempo und sieht nach. Malte.

Nicht in der Firma. Treffpunkt Außenhafen Hooksiel am Fischstand. Malte.

Die Sonne scheint. Am Himmel stehen nur ein paar Schönwetterwolken. Wie hingemalt, um den strahlend blauen Hintergrund besser zur Geltung zu bringen. Tomke ärgert sich, dass sie nicht ab Schillig die Bundesstraße genommen hat. Die paar Kilometer Abkürzung über die Küstenstraße lohnen sich nicht. Sie muss ständig für Radfahrer abbremsen. Vor allem zwischen Horumersiel und Hooksiel. Da ist die schmale Deichstraße streckenweise Einbahnstraße.

Während der letzten Regentage hätte man meinen können, das Wangerland befinde sich schon im Winterschlaf. Es waren nur wenige Gäste unterwegs. Halt nur die Wackeren im Ganzkörperkondom. Nun wimmelt es wieder von Radlern.

Warum will sich Malte nicht an seinem Arbeitsplatz mit ihr treffen? Ist es ihm unangenehm vor seinen Kollegen, wenn die Schwiegermutter auftaucht? Das wäre nachvollziehbar. Oder hat er wirklich etwas zu verbergen? Tomke hört auf zu spekulieren. Vor ihr radelt eine übermütige Truppe und sie muss sich konzentrieren. Als sie auf den weiträumigen Parkplatz zum Außenhafen runterfährt, beginnt sich ihr Pulsschlag zu erhöhen. Sie ist aufgeregt, als hätte sie ein Rendezvous. Was sie auch hat. Allerdings ist es nicht romantisch, sondern könnte richtig Ärger bringen. Vor allem, wenn Juliane dahinterkommt.

Tomke erkennt Maltes schwarzen Jeep zwischen den anderen Wagen. Sie ergattert einen Parkplatz in seiner Nähe. Aber von Malte ist nichts zu sehen. Tomke steigt aus. Sie geht um den Wagen herum. Da sieht sie Malte mit ausholenden Schritten auf sie zukommen. Er sieht blass aus. Und müde.

»Was ist bei uns los?«, überfällt er Tomke, kaum bei ihr angekommen.

Sie sieht ihn prüfend an. »Wenn du das nicht weißt.«

»Weiß ich nicht«, knurrt er gereizt. Den Tonfall kennt Tomke von ihm nicht. Entweder ist er überarbeitet oder hat ein schlechtes Gewissen.

»Setzen wir uns in deinen Wagen«, kommandiert sie.

Er entriegelt die Türen, setzt sich hinter das Lenkrad und verschränkt seine Arme hinter dem Hals. Dabei sieht er aus, als hätte er Nackenschmerzen. Tomke setzt sich neben ihn.

Sie hat weder Geduld noch Lust, lange um das Thema herumzureden. »Gehst du fremd?«, fragt sie geradeheraus.

Malte zuckt zusammen. Er lässt seine langen Arme nach unten sinken und dreht sich zu Tomke herum. »Bitte was gehe ich? Denkt das Juliane?«

»Ja, tut sie.«

Malte haut mit beiden Händen auf das Lenkrad.

»Ist sie verrückt geworden? Wie kommt sie darauf?«

»Dann denk mal nach! Zum Beispiel: Wo warst du letzte Nacht?«

»Letzte Nacht?«, echot Malte.

»Ja, letzte Nacht und einige Sommerabende, die Juliane allein auf der Terrasse verbracht hat.«

»Ich fasse es nicht.« Malte schüttelt den Kopf. »Echt. Da kloppe ich Überstunden und Juliane denkt, ich gehe fremd. Für eine andere Frau hätte ich gar keine Zeit und ehrlich, auch keine Kraft.«

»Sag das Juliane.«

Malte lehnt sich nach hinten. Er sieht plötzlich bockig aus.

»Wenn Juliane so wenig Vertrauen hat, sage ich gar nichts.«

»Man zu«, wettert Tomke los. »Dann sprecht ihr beide nicht miteinander. Meine Herren, Malte, du musst schon mal den Mund aufmachen. Und überhaupt, was heißt Überstunden kloppen? Wo denn? Jedenfalls nicht bei Nolte, hat seine Frau selbst gesagt.«

Malte dreht sich zu Tomke und sieht sie verblüfft an.

»Juliane hat mit der Chefin gesprochen?«

»Ja, hat sie. Deine Frau wollte dich gestern überraschen. Sie hatte eine gute Neuigkeit. Aber du hättest längst Feierabend, sagte Frau Nolte. Feierabend, Malte. Und am Telefon hast du dich wegen Mehrarbeit die ganze Nacht abgemeldet. Da würde jede Frau misstrauisch.«

Malte sinkt in sich zusammen und schweigt.

»Ich höre«, erinnert Tomke ihn, dass sie auf eine Antwort wartet.

»Das kann ich dir nicht sagen.«

»Kannst du nicht. Okay, dann erzählst du es vielleicht Redder.«

Malte richtet sich wieder auf. »Dem Scheidungsheini?«

»Genau dem. Den hat deine Juliane nämlich schon angerufen.«

»Das glaub ich jetzt nicht.«

Er schüttelt immer wieder den Kopf.

»Tomke, es gibt keine andere Frau. Bitte, du musst mir helfen.«

Jetzt ist es Tomke, die sich mit der Antwort Zeit lässt. Gerade eben hat sie ihre Tochter verzweifelt weinen sehen. Wegen Malte, und nun soll sie ihm helfen. Sie sieht zur Seite und in sein übermüdetes Gesicht. Er ist kreuzunglücklich. Tomke gibt sich innerlich einen Ruck. Sie hat im Leben genug Erfahrungen gesammelt, um zu wissen, alles hat zwei Seiten.

»Liebst du Juliane?«

Mit der Frage hat Malte nicht gerechnet. Er lacht laut auf. Es klingt hysterisch. So daneben hat Tomke ihn noch nie erlebt.

»Ich mache das nur aus Liebe zu Juliane und Vanessa, verdammt noch mal!«

Tomke mustert ihn eingehend.

»Du musst schon ein bisschen mehr erklären, wenn ich dir helfen soll.«

Malte ringt mit sich. »Das muss aber streng geheim bleiben.«

Er sucht Tomkes Blick. Ihr wird heiß. Hat Malte sich in dunkle Geschäfte eingelassen? Verhilft Juliane mit der Scheidungsklage Malte zu einer Zelle im Knast?

»Hast du was Krummes gedreht?«

»Nein, nicht wirklich. Aber ich will den Chef nicht in die Pfanne hauen.«

»So Malte, nun mal Butter bei die Fische. Du erzählst jetzt die Geschichte von Anfang an, und zwar so, dass ich sie verstehen kann. Auf deinen Chef Rücksicht zu nehmen, ist jetzt der falsche Zeitpunkt. Nun man zu.«

»Okay«, sagt Malte und zieht sich auf dem Sitz so hoch, dass er mit dem Kopf fast das Wagendach berührt.

»Okay«, sagt er noch einmal, als müsste er sich selbst Mut zusprechen.

»Der Chef hat vor gut drei Monaten vier fette Aufträge reingekriegt. Er hat mich, Werner und Kalle gefragt, ob wir kurzfristig mehr Überstunden machen könnten.

Mehr als sonst. Na ja, da wussten wir Bescheid. Und wir wollten.«

Malte schweigt.

»Ja und weiter?«, bohrt Tomke ungeduldig nach.

»Das sind zwei oder drei Stunden jeden Tag cash auf die Hand.«

»Schwarzarbeit«, stellt Tomke nüchtern fest.

»Ja, aber das hört sich fies an, wie du das sagst.«

»Na ja, die feine englische Art ist es nicht. Mein Vater war Malermeister und war auf die Kollegen, die sogenannte Freundschaftsdienste leisten, ganz schön sauer. Die versauen den anderen die Preise.«

»Mag sein. Aber wir freuen uns, wenn wir eine Zulage mit nach Hause bringen können. Weißt du, was ein Fliesenleger normalerweise verdient? Und der Chef kriegt mit seinem Betrieb auch kaum den Hintern hoch, was er an Steuern abdrücken muss. Wir haben jede Woche nur ein paar Stunden extra gemacht. Hat sich jeder gefreut, und der Chef hat für seinen Traum gespart. Eine Segelyacht. Nur in der letzten Zeit hat er übertrieben. Das Schwimmbad und zwei Vorhallen haben wir zu einem Drittel am Finanzamt vorbei gefliest. Die Chefin sollte auch nichts davon wissen. Ist besser, meinte der Chef. Sie geht gern auf Teevisite, und schwups rutscht ihr bei der Klatscherei ein Wort mehr raus, als sie sagen wollte.

Hat keiner gequatscht. Aber es muss trotzdem eine undichte Stelle gegeben haben. In Oldenburg bei der Steuerfahndung hat uns einer angeschissen. Zum Glück arbeitet ein Segelkumpel vom Chef in der Abteilung. Der hat ihm gesteckt, dass sie eine Hausdurchsuchung bei ihm planen.«

»Wie eine Hausdurchsuchung? Die kommen wegen ein bisschen Schwarzgeld zur Hausdurchsuchung?«

»Ja, was denkst du denn! Und so wenig ist das nicht. Da sind einige Euros zusammengekommen. Der Chef spart seit Jahren. Wir sind zehn Männer im Betrieb. Jeder hat jede Woche ein paar Stunden an den Büchern vorbeigearbeitet.«

Malte macht eine kleine Denkpause. »Das muss ein richtiger Batzen sein. Der Chef hat nach der Warnung eine Panikwelle geschoben. Hat wie verrückt Druck gemacht. Er wollte den Schwimmbadauftrag vom Tisch haben. Und dann sollte erst mal Schluss sein.«

»Und waren die aus Oldenburg schon da?«

»Ja, gestern Nachmittag.«

»Und? Ist alles glattgegangen?«, fragt Tomke so ruhig wie möglich.

»Ja, ist es wohl. Der Chef war zufrieden.«

»Und warum bist du dann heute Nacht nicht nach Hause gekommen?«

»Der Chef«, sagt Malte düster.

»Was ist mit ihm?«

»Wissen wir nicht. Den erkennt man nicht wieder.«

Malte fischt sich aus dem Seitenfach eine Flasche Mineralwasser und trinkt einen Schluck.

Tomke sieht nicht hin und hofft, dass er gleich weiterredet.

»Als die Steuerfuzzis weg waren, war der Chef in Feierlaune. Er hat Werner, Kalle und mich sogar umarmt. Stell dir das mal vor von dem alten Brummbären. Wir sollten ja nicht weggehen, hat er gesagt. Er will mit uns feiern. Er muss nur noch mal kurz was erledigen. Er hat uns mit einer Kiste Jever ins Bootshaus geschickt. Wir also gewartet. Als der Chef wiederkam, da war er ein anderer.«

Malte nimmt noch einen kräftigen Schluck aus der Flasche.

»Wie, ein anderer?«, fragt Tomke stirnrunzelnd.

»Na ja, er war wie tot und gleichzeitig total aufgewühlt. Echt jetzt, Tomke, so habe ich den noch nicht erlebt. Der hat nicht mit Bier angefangen. Der hat sich gleich eine Flasche mit Söpke geschnappt und wie Wasser runtergezogen. Der war uns unheimlich. Ob du es glaubst oder nicht, den konnten wir nicht allein lassen.«

»Und seine Frau?«

»Das war auch so was. Die hat er über Mittag weggeschickt. Weiß ich nicht, wie er ihr das verkauft hat. Aber die sollte auf keinen Fall von der Steuerfahndung Wind bekommen. Die ist erst gegen späten Nachmittag wieder gekommen. Deshalb dachte sie, der Chef hat uns nach Hause geschickt. Was sollte sie sonst denken?«

»Und ihr drei seid bei Nolte geblieben?«

»Nur ich. Werners Frau ist eifersüchtig wie Teufel. Und Kalle war bange. Dem war der Chef zu unheimlich. War er aber auch.«

»Und dir war es nicht unheimlich? Ich meine, hattest du keine Angst, dass Juliane das Falsche denkt?«

Malte schlägt sich mit der flachen Hand an die Stirn.

»Da wäre ich im Leben nicht drauf gekommen. Ich meine, dass Juliane glaubt, ich bin bei einer anderen Frau.«

»Nee, ist ja auch weit hergeholt, wenn der Mann über Nacht wegbleibt und sie anlügt.«

»Ich habe ihr doch gesagt, ich muss einen Auftrag erledigen. Ich konnte ihr nicht sagen, dass ich beim Chef im

Bootshaus bleibe. Außerdem sollte es für Juliane eine Überraschung werden. Ich habe von dem Geld eine Reise gebucht.«

Sein Gesicht entspannt sich ein wenig bei den nächsten Worten. »Algarve. Juliane wollte schon immer zur Mandelblüte. Nächsten Februar fliegen wir.«

Tomke streicht ihm über den Arm.

»Mensch, Malte, dann sieh zu, dass du mit Juliane redest.«

Malte atmet tief durch und greift ergeben nach seinem Handy.

»Nee, Malte. Nicht anrufen. Das musst du von Angesicht zu Angesicht mit ihr klären. Und zwar jetzt gleich.«

»Jetzt gleich? Kommst du mit?«

Tomke muss sich ein Lachen verkneifen. »Nein, auf keinen Fall. Ich dachte, du kennst meine Tochter. Wenn du mit mir im Gepäck da aufläufst, das geht nach hinten los.«

»Aber Vanessa. Sie soll nicht dabei sein. Du weißt doch, wie Juliane gleich abgeht. Wird einen Moment dauern, bis sie sich beruhigt hat.«

Tomke durchströmt ein warmes Gefühl der Zuneigung für ihren Schwiegersohn. Wie hatte sie nur eine Sekunde an ihm zweifeln können. Malte und Fremdgehen. Der nicht.

»Heute haben wir Donnerstag und da hat deine Tochter Ballettunterricht in Wittmund«, erklärt sie ihm ruhig.

»Gleich nach der Schule?«, fragt Malte verdattert.

Tomke lacht. »Mensch, Junge, du musst wirklich ein bisschen mehr bei deiner Familie sein. Du bekommst zu wenig mit. Das macht irgendwann auch keine Mandelblüte wett. Vanessa wird donnerstags von einer anderen Mutter mitgenommen. Das hat Juliane so organisiert.«

Tomke drückt Malte einen Kuss auf die Wange und steigt aus.

»Wird schon schiefgehen«, tröstet sie ihn. »Ihr liebt euch doch.«

Malte lächelt sie schief an und fährt los.

Tomke sieht ihm hinterher. Sie bleibt in der warmen Mittagssonne stehen. Malte wird sich erst einmal eine saftige Predigt einfangen. Das ist mal sicher. Tomke lächelt leise in sich hinein. Juliane ist eine Kämpferin. Sie ist schon stolz auf ihre Tochter. Und sie ist froh, dass Juliane so wenig von der Vergangenheit ihrer Mutter weiß. Tomke würde es nicht auf Julianes Toleranz ankommen lassen wollen. Vielleicht wäre sie dermaßen schockiert, dass sie keinen Kontakt mit ihrer Mutter mehr haben wollte. Das würde Tomke nicht aushalten. Meine Güte, wenn Juliane wüsste. Sie lebt im gleichen Ort wie ihr leiblicher Vater. Nicht mal weit voneinander entfernt. Ob Thomas das weiß? Tomke hat ihn nicht mehr gesehen, seit sie ihn überredet hat, ihr zu helfen. Zweimal hat er sich aus Freundschaft zu ihr bequatschen lassen. Seitdem haben sie keinen Kontakt mehr. Die Freundschaft hat sie ihrem Kinderwunsch geopfert.

Tomke fährt sich übers Haar. Fang bloß nicht an, melodramatisch zu werden, ruft sie sich zur Ordnung. Ihr Magen rebelliert. Sie hat Hunger. Kein Wunder. Sie hat bislang nur Süßes gegessen. Der würzige Geruch von frisch geräuchertem Fisch zieht Tomke in die Nase. Lecker, aber der würde ihr zu schwer liegen. Sie wird sich ein Brötchen mit Bismarckhering gönnen.

Die lange Schlange der Wartenden vor dem Fischstand lässt Tomke auf der Stelle umkehren. Sie wird sich eins bei Reggae-Inken am Strand holen. Auf der anderen Seite des Deiches. Die hat sowieso die leckersten Bismarckbrötchen.

Als Tomke von der Deichkrone auf die Beachbar herunterschaut, weiß sie: Der kleine Spaziergang hat sich gelohnt. In den Strandkörben rund um Inkens Bar tummeln sich zwar einige Gäste, aber am Fischstand sieht es gut für Tomke aus. Sie beschleunigt ihre Schritte. Genervt erkennt sie im Kurtaxenhäuschen Trudi Heiners.

»Moin, Tomke«, grüßt sie erfreut und steht auf. »Noch ein bisschen Sonne hamstern?«

Tomke hat Glück. Bevor Trudi die Gelegenheit für einen Klönschnack nutzen kann, kommen die nächsten Badegäste die Treppe herunter. Trudi zuckt bedauernd mit den Schultern und widmet sich pflichtbewusst der Kurkartenkontrolle. Sie überprüft sogar das eingetragene Datum. Tomke sieht zu, dass sie weiterkommt.

Aus den Lautsprechern an der Bar tönt *Sunshine Reggae*. Der Rhythmus geht, ob man will oder nicht, ins Blut und lässt Tomke in den Hüften weicher gehen.

»Typisch friesisch«, hört sie einen jungen Mann hinter sich witzeln. Tomke grinst in sich hinein. Sie verkneift es sich zu fragen, ob er die Musik oder ihre Hüftbewegungen meint.

Inken steht am Fischstand. Sie macht nicht nur die leckersten Bismarckbrötchen, sie zwingt auch niemandem ein Gespräch auf. Sie grüßt Tomke mit ihrer unverkennbar rauchigen dunklen Stimme, die schon für manchen irritierten Blick gesorgt hat. Dem unausgesprochenen Zweifel: Frau oder Mann?

Tomke verpieselt sich mit ihrem reichlich belegten Brötchen hinter das Badehaus. Die Bank im Windschatten ist frei. Die Rhythmen aus den Boxen wehen nur verhalten herüber und übertönen nicht das Rauschen der Wellen. Die sind ganz nah. Es ist Flut. Tomke beißt herzhaft in das Fischbrötchen. Ein älterer Mann schiebt mit einem Kinderwagen um die Ecke und blickt aufs Meer. Sein Gesicht spiegelt alle Zufriedenheit dieser Welt. Ein glücklicher Opa, denkt Tomke kauend. Was sie für ihn hoffen will. Es könnte auch ein alter Vater sein. Nein, überlegt sie und knabbert die heraushängenden Zwiebelringe ab. Dann würde er nicht so entspannt aussehen.

KAPITEL 10

Dörte und Tomke: Rückblicke

Tomke fährt den Wagen gleich in die Garage. Sie will heute nicht mehr mit dem Auto los. Ihr Handy surrt. Eine Kurznachricht. *Alles in Butter. Bist die Beste, dein Malte :)*

Wie schnell ist das denn gegangen? Sie lächelt in sich hinein. Malte muss sich gegen seine Natur tüchtig durchgesetzt haben. Sonst hätte Juliane ihm nicht zugehört. Gut gemacht, mein Junge, denkt Tomke.

Beschwingt geht sie durch die Garagenverbindung ins Haus. Das Haushaltszimmer, in dem sich die Wäsche anhäuft, ignoriert sie. Die läuft nicht weg. Tomke hat genug Wechselwäsche für die Gästezimmer. Das Wetter ist zu schön, um zu mangeln. Sie wird sich umziehen und in den Garten gehen.

Auf dem Flur fällt ihr Blick auf die angelehnte Tür zur kleinen Stube. Ihre gute Laune bekommt einen Dämpfer. Dörte. Sie wird heute zurück in die Pension kommen. Und sie wird reden wollen. Was heißt wollen? Heute wird sie ihr ein bisschen mehr erzählen müssen. Tomke will verstehen, wo der Hase wirklich im Pfeffer liegt. Geld- oder Liebesnöte. Vielleicht hat Dörte Karl im Schlepptau? Natürlich wäre er willkommen. Aber Tomke würde vorher mit ihm gern noch einmal unter vier Augen sprechen. Sie möchte ihn nicht als Freund verlieren. Sie wüsste keinen, der gekommen wäre und eine Fremde durch die Gegend kutschiert hätte.

Sie hat Dörte versprochen zu kochen. Tomke schaut auf die Uhr. Gleich 16 Uhr. Sie macht die Tür zum Gefrierschrank auf und überprüft ihre Vorräte. Bohneneintopf. Wunderbar. Eines von Dörtes Leibgerichten. Tomke stellt den Behälter zum Auftauen heraus und geht auf die Terrasse. Dort bleibt sie einen Augenblick stehen und lässt sich von der Sonne bescheinen. Juliane und Malte geht es wieder gut. Die Dosis Glück wirkt im Blut und Tomke verdrängt den bevorstehenden Abend. Dörte und Karl wird sie schon irgendwie unter einen Hut bekommen.

Sie betrachtet ihre Geranien. Die vergangenen Regentage haben viele matschige Blüten hinterlassen. Die Margeriten haben auch die ersten Blüten hinter sich und müssen dringend geschnitten werden. Genau nach so einer Puzzelei steht Tomke der Sinn. Sie nimmt sich einen Eimer und die Gartenschere und vertieft sich in die Arbeit.

Es klingelt an der Haustür. Tomke schreckt hoch. Sie hat beim Blumendurchprünen jedes Zeitgefühl verloren. Sie läuft ins Haus und schaut auf die Küchenuhr. Sie muss zweimal hinsehen. Es ist wirklich gleich 18 Uhr. Nicht zu fassen.

Ohne sich die Hände zu waschen, öffnet sie die Tür. Wie erwartet, steht dort kein Überraschungsgast, sondern Dörte. In einem azurblauen Sommerkleid mit weißen Tupfen. Vor ihren Füßen steht ein großer Koffer. Ohne ein Wort zu sagen, greift Dörte ihn und schleppt ihn an Tomke vorbei ins Haus.

»Ist Karl gleich weitergefahren?«, fragt Tomke und bleibt unschlüssig in der Haustür stehen.

Keine Antwort. Tomke tritt vors Haus und sieht Karls roten Kleinbus rückwärts in die Einfahrt setzen. Aber nur kurz, um gleich nach links Richtung Schillig wegzudüsen. Tomke überlegt nicht lange. Sie rennt los und klopft an die Heckscheibe. Karl hält den Wagen an, ohne den Motor auszustellen. Tomke läuft nach vorn und stellt sich vor das Auto.

Karl schüttelt den Kopf und lässt ein Fenster herunter. »Hallo, Tomke. Was soll das denn werden?«

Tina drängelt sich vom Rücksitz durch die Lücke nach vorn und auf Karls Schoß. Sie schaut Tomke aufmerksam entgegen. Karl stellt resigniert den Motor ab und öffnet die Tür. Tina springt sofort raus und läuft begeistert zu Tomke. Die geht in die Hocke und begrüßt die Hündin herzlich. Dabei versucht sie, ihre Rührung zu verbergen. »Kommt doch noch mit rein«, fordert sie Karl auf.

Er antwortet nicht.

»Nun komm. Du willst mir jetzt nicht erzählen, dass du gleich einen wichtigen Termin hast«, sagt Tomke.

Karls Gesichtsfarbe verdunkelt sich ein wenig. Was für ein sensibler Mann, denkt Tomke. Das hätte sie wirklich bedenken müssen. Karl ist keiner für eine Nacht.

»Nein, das will ich dir nicht erzählen«, sagt er. »Aber Tomke, nun mal ehrlich, ich glaube, es ist besser, wenn ich fahre.«

»Du willst mit dem Wohnwagen weiter?« Das fragt Tomke so entsetzt, dass Karl lächeln muss.

»Nein, aber ... deine Freundin ist fix und fertig. Sie braucht dich. Und zwar allein.«

Tomke nickt langsam. Karl hat recht. Zu dritt würden

sie weder über Dörtes Probleme reden können, noch wäre eine Aussprache zwischen ihr und Karl möglich.

»Aber wir sehen uns auch noch. Allein und mit Zeit.« In Tomkes Stimme schwingt leise Angst mit.

»Nicht ganz allein. Ich werde Tina mitbringen«, grinst Karl.

»Immer gerne«, sagt Tomke erleichtert. Vielleicht haben sie doch eine echte Chance, befreundet zu bleiben.

Karl ruft Tina zu sich in den Wagen. Bevor er das Fenster wieder hochfährt, sagt er: »Ihr zwei seid schon ein besonderes Gespann.«

Tomke sieht ihn irritiert an.

»Ich meine dich und Dörte. Ihr seid so verschieden, man würde im Leben nicht drauf kommen, dass ihr Freundinnen seid.«

Er winkt noch einmal und fährt davon.

Ja, wir sind so Freundinnen für sich, denkt Tomke, als sie zurück ins Haus geht. Ganz dicke Freundinnen. Die acht Jahre Sendepause hatten, obwohl sie keine acht Kilometer auseinander wohnen. Die sich in der Zeit nicht mal begegnet sind. Das heißt, Dörte hat sie gesehen. Heimlich beobachtet. Oben am Deich. Und sie ist nicht einmal zu ihr runtergekommen. Wie kann man so stur sein?

Nun mal ehrlich, Tomke Heinrich. Du hast auch keinen Versöhnungsversuch gestartet. Dabei fällt es dir leichter, als Dörte jemanden um Verzeihung zu bitten. Stimmt. Aber Tomke hat sich nicht in der Position der Bittenden gesehen. Sie ist verletzt worden. Sehr sogar. Dörte hat über sie den Stab gebrochen, ohne den Ansatz einer Ahnung, was für ein Leben, was für eine Ehe Tomke führte. Und nachdem Gerold gestorben war, hat sie alle

Energie gebraucht, um ihr Gleichgewicht wieder zu gewinnen. Dann kam eine glückliche Zeit mit Paul. Und in der hat sie Dörte fast vergessen. Das muss sie ehrlich zugeben.

Sie findet Dörte in der Küche. Sie hat eine Flasche Weißwein geöffnet und Gläser auf den Tisch gestellt. Als sie einschenken will, winkt Tomke ab. »Für mich keinen Wein. Der bekommt mir nicht. Hast du schon gegessen?«

Dörte schenkt sich ihr Glas randvoll. »Nein, habe ich nicht. Aber ich habe auch keinen Hunger.«

»Okay, wenn du deine Meinung änderst, ich habe Schnippelbohnen im Angebot.«

Dörte antwortet nicht. Sie trinkt das Glas leer, als bestünde der Inhalt aus Wasser.

»Bei Juliane und Malte ist wieder alles in Butter«, sagt sie, um überhaupt etwas zu sagen.

Dörte sieht kurz auf und ringt sich so was wie ein Lächeln ab. »Na, das ist ja mal wenigstens eine gute Nachricht.«

Sie schnappt die Flasche, schenkt sich nach und trinkt das Glas im gleichen Tempo aus wie das erste. Als sie es zum dritten Mal gefüllt hat, wird das Tomke zu bunt. Sie nimmt die Flasche weg und stellt sie energisch in die Kühlschranktür.

»Was soll das?«, fragt Dörte empört.

»Trinkpause! Dein Bett ist zwar nicht weit, aber zuschütten kannst du dich auch allein. Wenn ich bei dir sitzen bleiben soll, dann musst du mir schon erzählen, was los ist. Ist anscheinend nicht gut gelaufen, dein Termin in Wilhelmshaven. Oder was? Wieso hast du überhaupt Geldprobleme?«

»Wieso? Wieso nicht?«, fragt Dörte patzig zurück. »Denkst du, ich schwimme im Geld?«

»Na ja, nicht gerade schwimmen. Aber ich dachte, du kannst sorgenfrei leben. Dein Vater hat bestimmt für deine Zukunft gesorgt und für dich eine Speckschicht angelegt.«

»Das hat Enrico sicher auch gedacht«, bricht es aus Dörte heraus. Sie fängt an zu weinen. Nicht wie gewohnt mit filmhübschen feuchten Augen. Sie heult dicke Tränen, die am Kinn heruntertropfen. Aus ihrer Nase läuft der Rotz. Das steht in einem rührenden Kontrast zu ihrem eleganten Outfit.

Tomke steht auf und reicht Dörte Papiertaschentücher. Die nimmt eins und vergräbt darin ihr Gesicht. Sie schnäuzt sich so hingebungsvoll die Nase, als wollte sie nie wieder damit aufhören.

»Hast du ihm Geld gegeben?«, fragt Tomke behutsam nach. Obwohl sie die Antwort ahnt. Der Mistkerl wird Dörte ausgenommen haben. Deshalb hat sie finanzielle Probleme. Dörte nickt heftig, ohne aus dem Taschentuch aufzutauchen.

»Ich hoffe mal, du hast was von ihm in der Hand. So eine Art Vertrag mit Unterschrift«, bohrt Tomke weiter. Dörte zuckt nur mit den Achseln und schnaubt das nächste Taschentuch voll.

Tomke schüttelt den Kopf. Keine Antwort ist auch eine Antwort.

»Also nichts Schriftliches. Du hast ihm Geld gegeben, weil er ehrliche Augen hat«, stellt sie nüchtern fest.

Dörte nickt wieder.

»Was hat er dir versprochen? Wollte er dich heiraten?«

Dörte schluchzt und schweigt. Aber für Tomke steht fest, Heinfried Pirschel muss schweres Geschütz aufgefahren haben. Dörte ist nie verschwenderisch mit Geld umgegangen. Sie hat sich immer gerne Klamotten gekauft. Ja. Aber das hat sie entweder im Winter- oder Sommerschlussverkauf getan. Dörte ist nie spontan in eine Boutique gegangen, um sich einen sündhaft teuren Fummel zu kaufen. Sie hat gewartet, bis man das Stück ihrer Begierde im Preis heruntergesetzt hatte.

»Nun sag mal was«, fordert Tomke. »Wollte er dich heiraten?«

Dörte nimmt das Taschentuch von ihrem Gesicht. Sie hat rot geäderte Augen. Tomke atmet tief durch. Genauso sieht sie auch aus, wenn sie geheult hat. Sie reicht tröstend ihre Hände über den Tisch. Zögernd schiebt Dörte ihre darunter.

»Ja, es war die Rede von einer gemeinsamen Zukunft.« Dörtes Lippen zucken verräterisch. Sie schluckt. »Das hört sich alles wie eine billige Komödie an, wenn man es erzählt. Aber im Nachhinein ist man immer schlauer.«

»Da hast du allerdings recht«, gibt Tomke zu.

Dörte zieht ihre Hände zurück, um sich erneut zu schnäuzen. Dann sieht sie Tomke an. »Enrico und ich, wir haben uns am 16. Mai kennengelernt. In diesem Jahr. Er kam zu mir in die Praxis, weil er Nackenverspannungen hatte.«

Dörte macht eine kleine Pause und lächelt bei der Erinnerung. Tomke knetet ihr rechtes Ohrläppchen und versucht den Mund zu halten.

»Enrico war … er hat formvollendete Manieren. Er macht Damen die Tür auf und hilft ihnen in den Mantel.

Jeder Dame, egal wie alt sie ist. Enrico ist faszinierend altmodisch. Und darauf stehe ich. Enri...«

»Einigen wir uns darauf, Enrico Heinfried zu nennen«, bricht es aus Tomke heraus. »Es gibt keinen Grund, hier in der Küche sein Schmalzlockenimage zu pflegen.«

Dörte zuckt zusammen. Sie nickt ergeben.

»Ja, dafür gibt es keinen Grund mehr.«

Sie sammelt sich und erzählt weiter. »Wir haben uns näher kennengelernt und so viele Gemeinsamkeiten an uns entdeckt. Wir konnten wunderbar leicht miteinander reden, aber was noch wichtiger war, wir konnten gemeinsam schweigen. Wir konnten stundenlang auf einer Bank sitzen und über das Meer schauen. Wir haben uns ganz ohne Worte verstanden. Das dachte ich jedenfalls.«

Tomke sieht sie kopfschüttelnd an. Aber in ihren grünen Augen liegt nun viel Wärme. Dörte. Dörte. Sie ist wirklich die Audrey Hepburn des Nordens. Hoffnungslos naiv. Tomke fühlt, wie die alte Zuneigung für Dörte sie bewegt. Diese Zuneigung, für die es keine Begründung gibt. Außer, dass sie einfach da ist.

»Aber irgendwann hat er dich angepumpt, nicht wahr?«, sagt sie sanft.

»Ja.« Dörte knüllt die gebrauchten Taschentücher zusammen, als wolle sie einen riesigen Schneeball formen.

»Aber das war irgendwie kein Anpumpen. Das hat sich alles nach einem Plan angehört.«

Den hatte er ganz sicher, denkt Tomke grollend.

»Enr..., er wollte eine CD mit ganz neuen Songs aufnehmen. Sein Enthusiasmus, sein Wille, ein Comeback zu erleben, haben mich mitgerissen. Ich habe daran geglaubt. Und er hat eine wirklich schöne Stimme.«

»Wieso braucht man Geld für eine CD, wenn man eine so schöne Stimme hat?« Die Zwischenfrage kann sich Tomke beim besten Willen nicht verkneifen.

Dörte sieht sie erstaunt an. Die roten Äderchen in ihren Augen sind fast verschwunden, die Schwellung zurückgegangen. Tomke hätte stundenlang dick verquollen ausgesehen.

»Die Musikbranche ist knallhart«, sagt Dörte.

»Mag sein, aber ich wusste nicht, dass man dafür bezahlen muss, wenn man gut singen kann.«

Tomke strengt sich an, nicht ironisch zu klingen. Heinfried Pirschel kann nicht singen. Konnte er noch nie. Er hat mit seinem dämlichen *Amaretto* damals den Zeitgeist getroffen. Und er hat den italienischen Akzent und den dazugehörenden Augenaufschlag kultiviert. Mit der Nummer tingelt er von Kurzentrum zu Kurzentrum und verzückt die Damenwelt, vor allem die ältere.

»Man muss schon etwas investieren, wenn man in dem Geschäft wieder mitmischen will«, erklärt Dörte leise. »So haben ganz andere angefangen. Zum Beispiel Udo Lindenberg. Er hat seine erste Schallplatte selbst verlegt.«

»Angefangen, Dörte. Angefangen! Heinfried Pirschel steht nicht am Anfang. Er hat seine Glanzzeit lange hinter sich. Sein Repertoire unterhält nur noch die Kukident-Liga. Sonst will kein Mensch mehr sein aufgewärmtes Amaretto-Amore-Gesülze hören.«

»Meine Güte, du bist immer so hart.«

»Nein, ich bin realistisch.«

»Das ist das Gleiche.«

Tomke ist da anderer Meinung, aber darum geht es jetzt nicht.

»Hast du ihn geliebt?«, fragt sie Dörte geradeheraus.

Dörte errötet. »Geliebt«, wiederholt sie gedehnt, als müsse sie den Begriff neu in ihrem Wortschatz aufnehmen. »Liebe ist wohl ein zu großes Wort und auch nicht das richtige für meine Gefühle.«

Tomke nickt. Das ist ein Anfang. Mit der Einstellung kann man arbeiten.

»Er hat mir gutgetan und eine ... eine Perspektive gegeben. Ich habe an seine Ehre und auch an sein Talent als Sänger geglaubt. Und ich konnte mir vorstellen, an seiner Seite zu leben. Ich meine, als seine Frau«, fügt sie hinzu, und dieses Mal wird sie richtig rot.

Tomke sieht sie mitfühlend an. »Ach, Dörte. Das ist jetzt nicht schön, was ich sage. Aber Heinfried Pirschel ist wahrscheinlich nicht mehr und nicht weniger als ein mieser Heiratsschwindler.«

Dörte weicht ihrem Blick aus. »Gibst du mir die Flasche zurück?«

Tomke muss eine Sekunde überlegen, bis sie begreift, was Dörte von ihr will. Der Wein. Und von dem hat Dörte schon einige Gläser intus. Das merkt man ihr gar nicht an.

»Seit wann kannst du so viel Alkohol ab?«

»Adrenalin«, antwortet Dörte sachlich.

»Ach so.«

Tomke steht auf und geht an den Kühlschrank. Sie zögert. Sie würde gern ein Bier trinken, aber sie entscheidet sich dagegen. Sie möchte einen klaren Kopf behalten. Dörte hat ihr nicht alles erzählt. Der Abend wird mit Sicherheit noch lang.

Sie füllt sich ein großes Glas aus dem Wasserhahn, als sachte gegen die angelehnte Küchentür geklopft wird.

Beide Frauen fahren zusammen, als wäre schon Geisterstunde. Sie hatten vergessen, dass sie nicht allein im Haus sind.

»Moment! Ich komme!«, ruft Tomke.

Auf dem Flur steht Herr Wegener aus dem Krabben-Zimmer. Tomke hat ihn heute noch nicht gesehen. Er hat mit seinem Freund die frühmorgendliche Wattenmeerführung gemacht. Er lächelt verlegen.

»Guten Abend, Frau Heinrich, Entschuldigung für die Störung.«

»Macht nichts. Was gibt es denn?«, ermutigt sie ihn.

»Tja, wir haben die Sonne hinter den Wolken unterschätzt. Der Himmel war anfangs bedeckt. Wir haben nicht geglaubt, dass man davon einen Sonnenbrand bekommen kann.«

»Ja, die Reflexion vom Watt unterschätzen viele«, stimmt Tomke ihm freundlich zu.

»Haben Sie vielleicht ein Hausrezept zum Thema Sonnenbrand?«

Tomke sieht ihn genauer an. Seine Gesichtshaut ist gerötet. Aber das ist nicht dramatisch und braucht keine spezielle Behandlung.

»Sie haben sich ja schon gut eingefettet. Das wird mit Sicherheit schön braun«, tröstet sie ihn.

»Es geht nicht um mich.« Er dreht sich um und ruft ins Treppenhaus.

»Nun komm schon runter, damit Frau Heinrich dich sehen kann.«

Herr Weiß kommt langsam die Stufen herunter und Tomke sieht ihm gespannt entgegen. Als er ihr gegenübersteht, versteht sie die Sorge seines Freundes.

»Oh ha! Das kann man als Sonnenbrand durchgehen lassen.«

Das ehemals blasse, schmale Gesicht des jungen Mannes ist krebsrot und angeschwollen, als hätte er auf die Schnelle an Gewicht zugelegt. Nur im Gesicht. Seine Augen wirken durch die Schwellung winzig klein, wie die von Schweinen. Tomkes prüfender Blick ist ihm ganz offensichtlich peinlich. Aber sein Freund hat recht. Da muss etwas getan werden.

»Moment mal«, sagt Tomke. Sie huscht in die Küche. Die Tür schließt sie sofort wieder hinter sich. Sie müssen die unglückliche Dörte nicht sehen. Und die saufende, ergänzt Tomke mit einem Blick auf das randvoll gefüllte Weinglas.

Tomke schnappt sich ein Tetrapack mit Buttermilch und eine Salatschüssel und eilt wieder auf den Flur. Die beiden stehen noch immer am gleichen Fleck und warten.

»Gehen Sie doch in den Frühstücksraum. Ich komme gleich nach.«

Die Männer folgen brav der Aufforderung. Tomke verschwindet im Schlafzimmer. Sie ist eine erfahrene Pensionswirtin und hat sich angewöhnt, die gängigsten Medikamente an Bord zu haben. Fiebersenkende, leichte Schmerzmittel, Hustenlöser, ein paar Sportsalben und Verbände. Seit letztem April hat sie sogar Allergietabletten. Die hat Anne hier vergessen. Anne. Sie schreibt Tomke regelmäßig und Tomke antwortet nur selten. Nicht aus fehlendem Interesse. Schreiben ist eben nicht ihr Medium. Und bei Anne ist sie doppelt gehemmt, einfach drauflos zu schreiben. Anne schreibt ihr immer so schöne Mails. Kunststück. Immerhin ist sie Schriftstellerin. Linda Loretta. Tomke lächelt in sich hinein. Ihre Lieblingsautorin. Und mit der ist sie seit April befreundet.

Tomke ruft sich zur Ordnung. Nicht träumen. Sie muss den verbrannten Knaben verarzten. Allergietabletten helfen auch bei Sonnenbrand. Das hat ihr Silke erklärt, ihre Hausärztin.

Mit den Tabletten, Buttermilch und einem Stapel Geschirrhandtücher marschiert Tomke in den Frühstücksraum. Die Männer haben sich nicht gesetzt und sehen ihr erwartungsvoll entgegen.

»Eine Tablette jetzt gleich. Und trinken Sie so viel Wasser, wie Sie hineinbekommen«, erklärt Tomke. »Die Buttermilch in die Schale gießen. Geschirrhandtuch tränken und möglichst nass auf das Gesicht legen. Die heiße Haut holt sich die Feuchtigkeit aus der Milch. Das hilft, sie zu kühlen. Das Ganze müssen Sie öfter wiederholen, ja. Ich stelle Ihnen noch eine Packung Buttermilch raus und Handtücher sind auch genug hier. Morgen früh muss man Ihre Augen wieder erkennen können. Sonst schicke ich Sie zu Dr. Silke Hansen. Die hat ihre Praxis gleich um die Ecke.«

Tomke verzichtet darauf, sie zu ermahnen, mit der Buttermilch nicht herumzukleckern und Handtücher unterzulegen. Das wäre unnötig. Die beiden Männer sind superordentlich, wenn nicht penibel.

Unterdessen hat Dörte die Flasche Wein geleert. Sie steht in der Tür. »Geh noch nicht zu Bett«, bittet sie. »Ich bin gleich wieder da. Nur eben auf Toilette.«

Tomke sieht ihr hinterher. Absolut aufrechter Gang. Vielleicht zu aufrecht. Der Alkoholpegel scheint ihr doch Konzentration abzufordern. Das tröstet Tomke.

Für einen Augenblick. Denn Dörte kommt mit einer zweiten Flasche Wein im Arm zurück. Tomke atmet schwer durch. Das wird nicht gut gehen. Aber was soll sie machen? Ihr die Flasche wegnehmen? Nein, wir sind nicht im Kindergarten. Sie wird Dörte nur einen Eimer ans Bett stellen. Soll sie sich zukippen, solange sie die Flasche noch allein entkorken kann.

Kann sie. Und dieses Mal schenkt sie sich nur eine manierliche Menge ins Glas.

»Um wie viel Geld geht es eigentlich?«, nimmt Tomke den Gesprächsfaden wieder auf.

»Ich meine, wie viel hat Heinfried Pirschel von dir gekriegt?«

»15.000 Euro.«

»Eine nette Summe. Aber deine Wohnung ist ja wohl mehr wert.«

»Zweimal 15.000 Euro«, antwortet Dörte und hickst.

»Du hast ihm 30.000 gegeben? Einfach so?«

»Nicht einfach so. En…, er hatte einen fein ausgeklügelten Plan. Den hat er mir vorgelegt. Wann die CD aufgenommen wird. Wie die Werbung laufen soll und wie das Geld zurückfließt. Das war einleuchtend. Wirklich. Du weißt, dass ich nicht leichtsinnig mit Geld umgehe. Aber hierbei sah es so aus, als würde ich etwas mitverdienen. Ich habe kurzfristig einen Kredit aufgenommen. In Wilhelmshaven. Hier in Hooksiel war mir das zu peinlich. Ich hasse Schulden. Deshalb wollte ich die 30.000 in Raten innerhalb von sechs Monaten zurückzahlen. Dadurch haben sich die Zinsen in Grenzen gehalten.«

»In sechs Raten? Das sind monatlich 5.000 Euro! Wie wolltest du das denn hinkriegen?«

Dörte setzt sich aufrecht hin. »Nach Enricos Kalkulationen hätte das geklappt. Er hatte bereits einige Auftritte mit den neuen Songs in der Tasche. Lukrative. Sogar in der Aktuellen Schaubude in Hamburg. Die CD ist fertig. Echt. Er hat sie mir vorgespielt. Am Sonntag war das. Da wollte er mir eigentlich die erste Rate zahlen. Von Vorschüssen. Die waren angeblich noch nicht auf seinem Konto. Dabei wusste er, wie eng ich die Abzahlungstermine mit der Sparkasse festgelegt habe.«

Tomke verschränkt ihre Arme vor der Brust und legt ihren Kopf schief.

»Dörte nun mal ehrlich. Weshalb geht es dir nun beschissen? Hast du Liebeskummer oder machen dich die aufgenommenen Schulden fertig?«

Dörte hickst noch einmal und starrt für einen Augenblick ins Leere.

»Wegen allem«, antwortet sie dramatisch. »Weißt du, wie das ist, wenn deine Mutter dir deinen Freund ausspannt?«

»Freund oder Liebhaber?«

»Das spielt doch keine Rolle. Nun sag schon! Hast du eine Ahnung, wie sich das anfühlt?«

»Nein. Habe ich nicht. Das habe ich gestern bereits zugegeben.«

Tomke kann sich ein flüchtiges Grinsen nicht verkneifen.

»Was findest du daran komisch?«, fragt Dörte gereizt.

»Na ja, du kanntest meine Mutter schließlich auch gut. Die war so was von moralisch sattelfest. Die und sich an meinen Freund ranmachen. Echt nicht vorstellbar. Für meine Mutter kam noch nicht einmal vorehelicher Sex in Frage, und bei einer Scheidung wäre für sie die Welt untergegangen.«

Bei den letzten Worten verdüstert sich Tomkes Gesicht zusehends. Sie steht auf und holt sich nun doch eine Flasche Bier aus dem Kühlschrank.

Dörte beobachtet sie irritiert. Sie ist nicht betrunken genug, um Tomkes Stimmungswechsel nicht zu bemerken. »Warum sagst du das mit der Scheidung? Wolltest du, ich meine, wolltet ihr euch scheiden lassen? Du und Gerold?«

»Wollen«, stößt Tomke bitter hervor. »Manchmal geht es nicht nach dem Willen, jedenfalls nicht nach dem eigenen.«

Tomke trinkt ein paar tiefe Schlucke Bier aus der Flasche. »Jedenfalls hätte meine Mutter im Falle einer Scheidung zu Gerold gehalten.«

»Ich habe dich immer um deine Mutter beneidet.«

»Ich weiß. Und ich fand Dagmar ziemlich cool.«

»Ja, Dagmar war cool. Das ist wohl die richtige Bezeichnung«, sagt Dörte sarkastisch.

»Die coole Dagmar, die nicht mit Mama angesprochen werden wollte. Das hätte sie zu alt gemacht. Kein tolles Gefühl für ein Kind, wenn es merkt, seine Mutter will keine Mutter sein. Wenn die beim Einkaufen so tut, als wäre sie deine ältere Schwester.«

Dörte schiebt das Glas Wein beiseite und stützt sich mit den Ellenbogen auf den Tisch ab.

»Und mein Vater hat sich alles von ihr gefallen lassen. Egal, wie beschissen sie ihn behandelt hat, er hat zu ihr gehalten. Ich hätte verstanden, wenn er sie verlassen hätte. Oder rausgeworfen. Das habe ich mir als Kind oft gewünscht. Dagmar wäre zum Teufel gejagt worden und ich hätte für meinen Vater gesorgt. Er hätte endlich seine Ruhe gehabt und wir hätten ein friedliches Leben führen können.«

»Na ja, immerhin hatten deine Eltern zwei Kinder.«

»Auf dem Papier. Nils ... Nils ist nicht von meinem Vater«, stößt Dörte hervor, ohne Tomke anzusehen. Die sitzt wie vom Donner gerührt da und bekommt keinen Ton heraus.

»Ja, du hast das schon richtig verstanden«, sagt Dörte bitter. »Nils ist ein Geschenk von einem ihrer Liebhaber.«

Tomke bekommt endlich Luft. »Woher willst du das wissen? Wahrscheinlich ist das eines der umlaufenden Gerüchte. In Minsen haben sie alle möglichen Geschichten über Dagmar erfunden. Nur weil sie anders war.«

»Das hier ist kein Gerücht. Das habe ich mit meinen eigenen Ohren gehört. Sozusagen aus erster Hand. Als Dagmar schwanger war, hat es den ersten richtigen Streit zwischen meinen Eltern gegeben. Papa war fuchsteufelswild. Und Dagmar hat geheult. Aber sie hat nicht geleugnet. Wie sollte sie auch. Sie hat die Schwangerschaft zu spät bemerkt, sonst würde es Nils nicht geben.«

»Und wieso war dein Vater so sicher, dass das Kind nicht von ihm ist?«

Dörte lacht auf. »Ganz einfach. Weil sie nicht mehr miteinander geschlafen haben.«

»Das weißt du?«

»War bei dem Streit nicht zu überhören. Sie haben sich alles Mögliche an den Kopf geworfen.«

»Und dann?«

»Ist Papa wieder umgekippt. Er hat ihr verziehen und

Nils als seinen Sohn anerkannt. Und Dagmar hat nach Nils' Geburt ihr Leben weitergeführt. Wie zuvor. Ende der Geschichte.«

»Weiß Nils das?«

Dörte schüttelt den Kopf.

Tomke sieht sie bewundernd an. Dörte hat dichtgehalten, obwohl sie sich mit ihrem Bruder nicht gut verstanden hat. Sie hat diesen Trumpf nie ausgespielt.

»Alle Achtung«, sagt Tomke. Sie legt ihre Hände mit den Innenflächen nach oben auf den Tisch. Dörte legt ihre zögernd hinein.

So haben sie früher oft gesessen, wenn sie allein waren. Das war wie eine zärtliche Umarmung. Bis sie ins Teenageralter kamen. Da war ihnen diese intime Berührung peinlich. Eine Scham, als würden sie etwas Verbotenes tun. Und eine diffuse Angst, anders herum gestrickt zu sein, weil sie sich so sehr zueinander hingezogen fühlten.

Tomke muss bei der Erinnerung an diese unbegründete Furcht lächeln. Dörte erwidert es. Ihr Gesicht ist ganz weich.

»Tut mir so leid, dass ich dich allein gelassen habe«, sagt Dörte. »Aber ich konnte nicht über meinen Schatten springen. Es ging nicht in meinen Kopf, dass du einen Liebhaber hast. Obwohl du verheiratet bist. Das hat mich zu sehr an Dagmars Verhalten erinnert und wie sehr sie meinen Vater verletzt hat. Ohne sich zu schämen. Als wäre ihr Verhalten das Normalste von der Welt. Du hast dich auch nicht geschämt und mir von diesem Paul erzählt. Deine Erregung, deine leuchtenden Augen haben mich an meine Kindheit erinnert. Keine schöne Erinnerung. Wenn Dagmar von einem dieser

Liebeswochenenden zurückkam, war sie euphorisiert. Völlig berauscht. Sie hat mich und Nils und auch meinen Vater mit Liebe überschüttet. Sie hat gekocht oder gebacken und hat mit uns gespielt. Ich konnte mich darüber nicht freuen. Es war unangenehm. Wenn wir ihre Leckereien aßen, hatte ich das Gefühl, zu ihrer Komplizin zu werden. Meinen Vater zu verraten. Später, als ich begriff, wieso Dagmar so berauscht von ihren Männern zurückkam, habe ich mich geekelt und mich von ihr nicht mehr anfassen lassen. Und ich war wütend auf meinen Vater. Ich habe nicht verstanden, dass er sie nicht rausgeschmissen hat.«

»Dein Vater ist schon lange tot.«

»Ja, ist er. Und wir leben alle für uns allein. Nils in Süddeutschland, Dagmar ist zurück nach Wilhelmshaven und ich bin nach Hooksiel gezogen. Über die Jahre beginnt man, die Vergangenheit mit weniger Zorn zu sehen. Man wird versöhnlicher. Deshalb bin ich auch auf Dagmar hereingefallen. Sie hat gebettelt und gebettelt. Sie wollte unbedingt bei mir arbeiten. Nur ein paar Stunden. Sie ist keine gelernte Physiotherapeutin und hätte in anderen Praxen kaum eine Chance auf Einstellung gehabt. Dabei ist sie schon recht gut. Das wusste ich – und ich konnte Hilfe gebrauchen. Wir haben uns sogar ganz gut verstanden. Dagmar hatte anscheinend keine Männergeschichten mehr laufen und wir haben uns nicht mehr gestritten. Ich habe angefangen sie ... sie zu mögen.«

Dörte umspannt Tomkes Hände fester und schüttelt den Kopf.

»Ich bin so naiv gewesen und habe ihr Enrico vorgestellt. Ich habe wirklich geglaubt, Dagmar hätte sich geändert. Immerhin ist sie fast 70 Jahre und irgendwann muss doch der Verstand einsetzen. Von wegen. Dagmar ist wie eh und je hormongesteuert. Macht sich an Enrico ran. Das ist widerlich.«

»Schön ist das nicht. Aber es gehören immer zwei dazu. Wenn er mit Dagmar in die …«

Tomke verschluckt den Rest, um Dörte nicht noch mehr zu quälen. »Wenn er auf Dagmar abfährt, da kann man nichts machen. Aber du musst dein Geld von dem Scheißer zurückholen. Weiß Dagmar eigentlich davon?«

Dörte schüttelt stumm den Kopf.

»Dann sollte sie es wissen. Ich kann mir gut vorstellen, dass er sie auch ausnehmen will. Immerhin wird es bei dir zu heiß, du willst dein Geld zurück. Also ab zur nächsten Quelle. Hat Dagmar gut was an der Seite?«

Dörte lacht trocken auf.

»Dagmar und ein Sparkonto. Nein! Ganz im Gegenteil. Dagmar kann nicht mit Geld umgehen. Das ist ja das Problem. Und mein Elternhaus. Hör auf, Tomke. Jeder denkt, dass wir ordentlich geerbt haben. Nur weil mein Vater Oberarzt war. Er hat gut verdient, aber wir waren nicht reich. Dafür hat schon Dagmars Lebensstil gesorgt. Mein Vater hat Schulden hinterlassen. Wir haben das Haus in Minsen nicht freiwillig verkauft. Wir mussten. Dabei war es nicht gerade eine günstige Marktlage für Hausverkäufe. Was soll's. Von dem Erlös konnten wir die Schulden tilgen. Es blieb sogar ein Rest. Den haben Nils und ich uns geteilt. Dagmar wollte unbedingt ihr Pferd behalten. Damit war sie ausgezahlt. Ich habe die Wohnung in Hooksiel gekauft. Sie ist übrigens noch nicht abbezahlt. Aber ich komme gut zurecht. Dagmar lebt von der Witwenrente und über ihre Verhältnisse. Deshalb hat sie ja auch bei mir gearbeitet.«

»Hast du mir nie erzählt, dass ihr das Haus wegen der Schulden verkaufen musstet«, sagt Tomke mit leisem Vorwurf.

Dörte zuckt mit den Schultern. »Fand ich nicht wichtig.«

Sie fängt übergangslos an zu lachen, als wäre ihr ein Schabernack gelungen.

»Enrico weiß das auch nicht. Aber bei Dagmar ist nichts zu holen. Der wird sich wundern.«

Tomke antwortet nicht. Sie trinkt in Ruhe ein paar Schluck Bier.

»Vielleicht geht es nicht um Geld bei den beiden«, sagt sie behutsam.

Dörte sieht sie an wie ein verletztes Reh. Ihre Augen sind dunkelblau. Tomke kann den Blick nicht aushalten.

»Ich meine ja nur«, murmelt sie. »Vorstellen kann ich es mir auch nicht.«

»Das will ich auch nicht«, sagt Dörte angewidert.

Schweigen. Dörte starrt auf die Tischplatte, als würde dort ein hochinteressanter Film zu sehen sein. Tomke dreht die Bierflasche mit beiden Händen im Kreis. Aber sie trinkt nicht.

»Sag mal, Dörte, warst du nun mit Heinfried Pirschel zusammen oder nicht? Ich meine, habt ihr miteinander geschlafen?«

»Was ist daran so interessant?«, fragt Dörte kratzbürstig.

»Na ja, das könnte erklären, was er außer Geld bei Dagmar sucht.«

Dörte schüttelt sich angeekelt. »Geht es immer nur um das Eine? Zwischen uns, das war nicht körperlich. Das hatten wir gar nicht nötig. Enrico hat gesagt, er hätte noch nie so eine Frau wie mich getroffen. Genauso könnte er sich seine Ehefrau vorstellen.«

»So ein Schleimer!«, schimpft Tomke wütend los. »Wie kann der so einen Müll reden – und du fällst da auch noch drauf rein?«

»Warum regst du dich denn so auf?«

»Weil mich so ein Geschwafel auf die Palme bringt. Mann und Frau treffen sich und wissen, sie gehören zusammen und sie werden glücklich sein bis ans Ende ihrer Tage. Da enden Märchen. Sie erzählen uns nicht, wie es weitergeht. Ich würde nie, niemals wieder einen Mann heiraten, bevor ich nicht mit ihm im Bett gewesen bin.«

»Also, Tomke. Wie du das immer so direkt sagst.«

»Hör auf. Du hörst dich echt an wie meine Mutter.«

»Und du hörst dich an wie eine, die ... die nur auf Sex aus ist. Es gibt mehr.«

»Was?«

»Die Anziehungskraft zwischen zwei Menschen, die man nicht erklären kann.«

»Ja, solange man nur von dem Zusammensein träumt. Die Anziehung verpufft, wenn es im Bett so richtig in die Hose gegangen ist.«

Dörte sieht Tomke peinlich berührt an.

»Meine Güte, wenn Beischlaf das Wichtigste ist und nicht klappt, muss man sich eben wieder trennen.«

Tomke wirft Dörte einen giftigen Blick zu.

»Wieder trennen. Wenn man kann. Aber wenn man verheiratet ist, geht das nicht so einfach.«

Dörtes Augenlider flattern nervös, aber sie sagt nichts. Tomke ist so in Rage, dass sie alle Vorsicht vergisst.

»Du fandest meine Mutter ja immer so supertoll. Ich werde dir mal was sagen: Sie als Mutter zu haben war nicht immer ein Geschenk. Sie hat nach strengen Regeln gelebt. Ihren Regeln. Dazu gehörten: Der Mann muss älter als die Frau sein. Die Frau ist Jungfrau bis nach dem ehelichen Segen. Die Frau hat Verständnis für den Mann. Umgekehrt – nicht so wichtig. Die Frau ist schuld, wenn es im Bett nicht klappt.«

Tomke holt tief Luft.

»Ich wollte mit Gerold nur in den Urlaub fahren. Nach Spanien. Da war ich knapp 18 Jahre alt.«

Dörte nickt eingeschüchtert.

»Ach, du nickst. Du weißt also, was danach passiert ist?«

»Ihr – ihr habt geheiratet«, sagt Dörte zaghaft.

»Genau. Und weißt du auch warum?«

Dörte starrt sie an. Sie weiß nicht, was sie antworten soll und hält lieber den Mund.

»Weil meine Mutter das verlangt hat! Heiraten oder keine Urlaubsreise! Sonst wäre ich nie auf die hirnrissige Idee gekommen, Gerold Hals über Kopf zu heiraten.«

Tomke starrt an Dörte vorbei. »Und er wahrscheinlich auch nicht. Aber wir haben geheiratet, weil wir jung und naiv waren. Ich habe den Ernst der Lage überhaupt nicht begriffen. Ich habe mich auf die Feier gefreut, auf ein neues Kleid. Im Mittelpunkt stehen. Wir haben geheiratet, ohne dass wir vorher miteinander im Bett gewesen sind.«

Dörtes Augen weiten sich und ihr Mund bleibt leicht geöffnet stehen. »Ihr habt nicht? Das hätte ich nie gedacht.

So wie ihr immer miteinander geknutscht habt? Da konnte man gar nicht hinsehen. Ihr habt euch ja fast aufgefressen.«

»Tja, das zum Thema Anziehungskraft.«

»Und warum habt ihr nicht?«, traut Dörte sich zu fragen.

»Dreimal darfst du raten. Wie du weißt, hatte ich kein eigenes Zimmer und Sina war eifersüchtig, weil ich früher einen festen Freund hatte als sie. Obwohl ich ein Jahr jünger war. Sie hat nur auf eine Möglichkeit gewartet, mich bei Mama anzuschwärzen. Die wäre mit dem Kochlöffel hochgekommen. Und bei Gerold ging es auch nicht. Er hatte zwar ein eigenes Zimmer, aber das lag direkt neben dem Elternschlafzimmer. Die Wände waren dünn. Man konnte die Eltern nebenan reden oder seinen Vater schnarchen hören. Da wollte Gerold auch nicht aufs Ganze gehen. Das habe ich schön gefunden. Außerdem war ich mit der Knutscherei glücklich und zufrieden.«

Tomke stockt und trinkt einen Schluck Bier.

»Dann waren wir verheiratet. In unserer Hochzeitsnacht ist nichts passiert. Das fand ich normal. Wir haben wild gefeiert, du warst ja dabei. Wir sind erst gegen Morgen ins Bett. Aber irgendwann waren wir ausgeruht. Gerold hat nur einmal wirklich versucht, mit mir zusammen zu sein. Er hat …«, Tomke wirft einen abschätzenden Blick auf Dörte und entscheidet sich Klartext zu reden. »Er hat keinen hochgekriegt. Das wäre auch kein Drama gewesen, aber von dem Moment an hat Gerold mich nicht mehr angefasst und sich auch nicht von mir anfassen lassen. Wir haben uns nicht einmal mehr geküsst.«

»Wie jetzt?«, fragt Dörte, deutlich bemüht, ihre Fassung zu bewahren.

»Wie jetzt, das habe ich auch gedacht«, erwidert Tomke gallig. »Nicht nur gedacht. Ich habe Gerold gefragt, was los ist. Statt mir zu antworten, ist er wütend geworden. Also richtig wütend. Da habe ich geschwiegen. Ich dachte, das wäre nun mein Leben. Ich konnte ja auch mit niemandem darüber reden.«

»Warum nicht mit mir?«, fragt Dörte gekränkt.

»Mit dir? Du hattest auch keine Erfahrung, und außerdem warst du nicht da. Du warst in Kiel auf der Schule für Physiotherapie. Und wenn du in den Ferien zu Hause warst, da waren wir uns irgendwie fremd. Du warst noch immer das junge Mädchen und ich eine unglückliche Frau, die eigentlich auch ein Mädchen war. Was hätte ich erzählen sollen? Gerold schläft nicht mit mir? Warum und wieso habe ich ja selbst nicht verstanden. Einmal habe ich versucht, mit meiner Mutter darüber zu reden. Sie wollte wissen, wann sie Oma wird. Sie hat überhaupt nichts verstanden oder wollte es nicht. Weil es ihr peinlich war. Sie hat mir geraten, besonders nett zu Gerold zu sein. Für sie kam gar nicht die Frage auf, dass es an Gerold liegen könnte. Das habe ich erst verstanden, als ich mit der schwarzen Erika gesprochen habe.«

»Du bist zu der schwarzen Erika gegangen?«, fragt Dörte entgeistert. »Hattest du keinen Schiss?«

»Nein. Erika hat mich gemocht. Warum sollte ich Schiss haben? Die Leute haben ihr Spukgeschichten an den Hals gedichtet. Nur weil sie die Toten gewaschen hat. Sie war eine sehr gute Gemeindeschwester. Sie hat wenig geredet. Dafür wusste sie umso mehr. Ich habe Erika besser kennengelernt, als sie meine Oma gepflegt hat. Als sie tot war, hat Erika sie gewaschen und fein angezogen. Ich durfte dabei sein. Ich habe Erika von Gerold und unserem Problem erzählt und sie ist fast vom Stuhl gefallen. Sie war richtig empört, dass ich so unerfahren in die Ehe geschickt worden bin. Ich habe mich zum ersten Mal verstanden gefühlt und nicht mehr schlecht, weil ich Sex mit meinem Mann wollte. Erika zählte mir drei Möglichkeiten auf. Erstens: Gerold hat Angst vor dem ersten Mal. Zweitens: Er fühlt sich mehr zu Männern hingezogen. Drittens: Gerold ist impotent. Da bin ich fast vom Stuhl gefallen. Ich dachte immer, impotent könnten nur alte Männer sein. Aber Erika hat mit Grabesmiene den Kopf geschüttelt. Ich bin nach Hause und habe ein letztes Mal versucht, Gerold zu verführen. Er hat mich nur beschimpft. Da habe ich aufgegeben.«

»Ein letztes Mal?«, stottert Dörte. »Ja, aber. Ich meine. Du hast ... ihr habt ...«

»Ja, ich habe zwei Kinder. Wundervolle Kinder, die nicht wissen, dass Gerold nicht ihr Vater ist.«

Dörte starrt sie mit offenem Mund an. »Hast du dich künstlich befruchten lassen?«

Tomke muss wider Willen lachen. Die saubere Version passt natürlich gut in Dörtes Vorstellungswelt.

»Nein, so weit war man hier noch nicht. Und ich hätte auch gar nicht gewusst, wo ich da hingehen sollte. Nein, ich bin zu einem Freund gegangen.«

Man sieht Dörte an, dass sie angestrengt nachdenkt. »Du hast mit, du hast mit ihm ... nur um ein Kind zu kriegen?«

»Ja, ich habe. Und glaub mir, das war ein Freundschaftsdienst und kein Fremdgehen für ...«, Tomke zögert. Selbst Dörte möchte sie nicht den Namen verraten. Dabei braucht Dörte nur eins und eins zusammenzählen. Sie kennt Tomke und weiß auch, es gab da nur einen Freund. Thomas vom Volleyball.

»Wenn du und Gerold nie – dann musste er doch wissen, dass Juliane und Torben nicht von ihm sind.«

»Ja, das wusste er. Und ich dachte jahrelang, er würde es sogar genießen, eine Familie zu haben. Er brauchte die körperliche Nähe zu mir nicht und war froh, dass ich ihn in Ruhe gelassen habe. Trotzdem war er nicht allein. Juliane und Torben haben ihn geliebt. Fair für beide Seiten, dachte ich. Fair, wenn auch nicht glücklich. Aber die Zuckerkrankheit hat Gerold verändert. Oder ich habe ihn falsch eingeschätzt. Plötzlich hat er den Konflikt gesucht und wollte allen die Wahrheit sagen. Das hätte alles zerstört, wofür ich gelebt habe. Deshalb …«, Tomke stockt und sieht Dörte an. Die ist blass geworden, aber sie weicht ihrem Blick nicht aus.

»Deshalb muss man manchmal Entscheidungen treffen.«

Sie lächelt Dörte herzlich an. »Und die beste Entscheidung für uns ist, wir hören heute Abend auf, in der Vergangenheit zu graben und gehen ins Bett.«

KAPITEL 11

Träume am Freitagmorgen

Das Gras ist hochgewachsen. Seine Spitzen kitzeln sie im Gesicht. Tomke dreht sich lachend um. Dörte ist dicht hinter ihr. Sie fassen sich an den Händen und laufen weiter, höher, der Deichkrone entgegen, um über das Meer zu blicken. Seit wann ist das Gras am Deich so hoch, denkt Tomke. Hier müssen Schafe rüber, aber schnell. Während sie das denkt, entdeckt sie zwischen den weit auseinanderstehenden Grashalmen Löcher. Sie werden mit jedem Wellenberg tiefer ausgespült. Das Meer frisst sich ein Leck, und der Deich wird an dieser Stelle einstürzen. Das ist nur eine Frage der Zeit.

Vergessen ist das Spiel, die Leichtigkeit. Sie müssen die Menschen in Minsen warnen. Sie rennen zurück zu ihrem Elternhaus. Tomke ruft ihren Vater. Sie findet ihn im Stall. Neben ihm steht Gerold. Er sieht kräftig und gut aus. Wie früher, als er jung war und sein Gesicht noch nicht vom Alkohol aufgedunsen.

»Ihr müsst allen Bescheid sagen«, schreit Tomke aufgelöst. »Der Deich bricht mit dem auflaufenden Wasser! Beeilt euch!«

Die Männer werfen ihr einen verwunderten Blick zu. Dann wenden sie sich gleichmütig wieder ihrer Arbeit zu. Tomke sieht sich hilfesuchend nach Dörte um. Aber die ist verschwunden. Tomke ist allein. Sie muss die Männer von der Gefahr überzeugen. Mutig baut sie sich vor ihnen auf und schreit: »Kommt mit raus! Wir müssen Sandsäcke legen. Sie haben Sturm angesagt.«

Die Männer zögern, kommen nun aber mit nach draußen. Sie schauen zum Deich und legen ihre Hände als Sonnenschutz über die Augen. Sie begutachten den Horizont und schütteln einträchtig die Köpfe. »Tomke, du siehst Gespenster. Wir haben feines Wetter!« Ihr Vater kommt auf sie zu und umfasst ihre Schultern. »Ich bin den Deich gestern erst abgegangen. Der hält.«

Tomke schüttelt wütend seine Hände ab, dabei hätte sie sich am liebsten in seine Arme gestürzt und Schutz gesucht.

Sie schreckt hoch und erkennt für Sekunden die vertrauten Silhouetten ihrer Schlafzimmermöbel. Ich habe geträumt, denkt sie erleichtert, dreht sich um und fällt schon in den nächsten Traum.

Tomke sitzt am Steuer und fährt die Küstenstraße entlang. Wo wollte sie hin? Sie hat das Ziel vergessen. Das macht sie zunehmend unruhig. Sie versucht, sich krampfhaft zu erinnern. Sie hatte etwas Wichtiges zu erledigen. Etwas sehr Wichtiges. Tomke spürt eine Gefahr, die sie nicht einschätzen kann. Dann kommt die Erinnerung wie ein Schlag in die Magengrube. Tomke ist von einem Moment auf den anderen nassgeschwitzt. Sie weiß, wer ihr im Nacken sitzt. Gerolds Leiche liegt im Kofferraum. Wie konnte sie nur herumfahren und kostbare Zeit verplempern? Sie braucht dringend eine passende Grabstelle. Sie muss sich beeilen. Der zartrosa schimmernde Streifen am Horizont kündigt den kommenden Tag an. Und sie kann keine Zuschauer gebrauchen. Aber wohin mit ihm? Plötzlich fühlt sich Tomke beobachtet. Sie will es nicht wissen, und doch dreht sie sich wie unter einem Zwang um. Gerold sitzt auf dem Rücksitz. Sein Gesicht aufgedunsen, wie sie es in Erinnerung hat. Tomke möchte schreien und bekommt keinen Ton heraus. Gerold grinst zynisch. »Das hast du dir fein ausgedacht. Aber du wirst mich nicht los! Niemals! Ich werde es allen erzählen. Juliane und Torben und auch deinem sauberen Thomas. Allen!«

Seine Hand greift nach ihrer Schulter. Tomke kann endlich aufschreien. Von dem Schrei wacht sie auf. Schnellatmend und schweißgebadet. Die Morgendämmerung lässt sie ihr Zimmer erkennen und in der Wirklichkeit landen. Ein Traum. Wieder ist sie unendlich erleichtert. Aber dieses Mal dreht sie sich nicht auf die andere Seite. Sie setzt sich auf die Bettkante. Sie hat Angst, dass noch mehr Träume auf sie warten. Für heute Morgen reicht es ihr. Sie drückt den Wecker aus. Er würde erst in einer halben Stunde klingeln.

Tomke zieht sich ihren Bademantel über und sucht frische Kleidung für den Tag zusammen. Erst mal ins Badezimmer. Auf dem Flur stößt sie fast mit Dörte zusammen. Die sieht auch nicht aus, als hätte sie super geschlafen. Das Haar zersaust mit einem verhuschten Gesichtsausdruck. Sie sehen sich an und umarmen sich.

Tomke schließt kurz die Augen. Dörtes Wärme tut gut. Der Geruch ihres Haares auch. Es riecht wie früher. Wie Kindheit. Wie Geborgensein.

Dörte beginnt mit leichtem Druck, Tomkes Nacken zu massieren. »Na, hast schlecht geträumt, was? Ich habe deinen Schrei gehört«, murmelt sie.

»Hab ich«, gibt Tomke zu und löst sich aus der Umarmung. Sie hofft, ihr Schrei hat keinen ihrer Gäste geweckt.

»Ich habe auch das erste Mal seit langer Zeit viel geträumt«, sagt Dörte. »Ein wildes Durcheinander. Aber ich habe gelesen, das soll ein gutes Zeichen sein. Wenn die Träume zurückkommen, kommt wieder Bewegung ins Leben. Dann kommt etwas ins Rollen.«

Tomke sieht Gerolds grinsende Fratze vor sich und sagt: »Egal, wo es hinführt. Auf meinen letzten Traum hätte ich gut verzichten können.«

»Geh du man zuerst duschen. Ich koch in der Zeit Tee und hole Brötchen und Zeitung rein«, bietet Dörte an. Heute Morgen nimmt Tomke die angebotene Hilfe gern an. Sie verschwindet im Bad und bleibt länger als nötig unter der Dusche stehen. Als könne sie mit dem Wasser die Gespenster wegspülen.

Als sie erfrischt und fertig angezogen aus dem Badzimmer kommt, ist es hell geworden. Tomke bringt den Bademantel in ihr Zimmer und schaut aus dem Fenster. Die Luft ist noch milchig. Aber es wird ein schöner Tag. Der feine Morgennebel wird bald von der höher steigenden Sonne aufgelöst.

Heute reist das Ehepaar Bergmann ab und nachmittags kommen neue Gäste. Das heißt Putzen und Bettenbeziehen. Das hat ihr bislang immer geholfen, wieder auf der Erde zu landen.

Dörte sitzt in der Küche, blättert in der Zeitung und trinkt Tee. Noch immer unfrisiert und im Bademantel. Ein ungewohnter Anblick. Sie sieht mit dem verwuschelten, offenen Haar jung und sehr lebendig aus. Im Grunde kennt Tomke auch nur die junge Dörte. Die erwachsene

Frau hat sie nie kennengelernt. Nachdem Tomke geheiratet hat, haben sie sich nur selten gesehen. Letztendlich trifft keine von beiden eine Schuld, dass so wenig Vertrauen zwischen ihnen war. Tomke trinkt ihren Tee und überlegt. Es muss einen Weg geben, wie Dörte ihr Geld zurückbekommt. Diesen Italo-Verschnitt Enrico hat Tomke sowieso gefressen. Der kann nicht so davonkommen.

»Heinfried Pirschel müsste man direkt an die Eier gehen«, sagt sie aus ihren Gedanken heraus. »Da wo es richtig wehtut.«

Dörte lässt die Zeitung sinken. »Ich will in die Geschichte keine Energie mehr reinbuttern«, sagt sie sanft.

»Was heißt keine Energie reinbuttern? Du willst brav für ihn die Schulden abzahlen, ohne dich zu wehren? Ich denke, das ist einen Kampf wert.«

Dörte faltet die Zeitung sorgfältig zusammen und lehnt sich auf dem Stuhl nach hinten.

»Wehren. Kämpfen. Das ist einfach gesagt, aber wie soll ich das konkret anstellen?«

»Ich komme mit«, bietet Tomke spontan an. »Ich bezeuge, dass ich dabei war, als du ihm das Geld gegeben hast. Lüge gegen Lüge. Was er kann, das können wir auch.«

Dörte schüttelt entschieden den Kopf. »Ich will auf keinen Fall Dagmar über den Weg laufen. Hochverliebt, wie die gerade ist. Dann muss ich mich übergeben. Und sie wird bei ihm sein. Nein, Tomke. Das ist gut von dir gemeint, aber es ist besser für mich, wenn ich die beiden nicht wiedersehe. Ich muss loslassen.«

»30.000 Euro loslassen. Das ist ein Batzen Geld. Da muss eine alte Frau lange für stricken.«

Dörte lächelt. »Du weißt schon, dass das einer der Lieblingssprüche deiner Mutter war.«

Tomke zuckt ergeben mit den Schultern. »Ich leugne ja nicht, dass ich ihre Tochter bin. Aber du bist gerade ganz schön feige.«

»Nein, nur vernünftig. Ich habe nichts in der Hand«, sagt Dörte ernst. »Glaub mir, sonst würde ich etwas unternehmen. Vielleicht fällt mir in den nächsten Tagen eine Möglichkeit ein. Ich meine, ohne dabei Dagmar zu begegnen. Jetzt ist es noch zu frisch, und womöglich fange ich an zu heulen. Ich werde abwarten. Ich habe gestern Glück gehabt. Sie haben den Kredit umgewandelt. Den Abtrag schaffe ich. Wichtiger ist mir mein Führerschein. Darum muss ich mich auch kümmern. Und ansonsten erst einmal Strich drunter.«

Tomke sieht Dörte zweifelnd an. Sie sieht das nicht so, aber sie schweigt.

Dörte steht auf. »Ich dusche und danach bin ich mit Karl zum Frühstück verabredet.«

Tomke sieht sie mit offenem Mund an. »Das ging aber schnell mit euch.«

»Was heißt ging schnell?«, stottert Dörte und wird rot. Sie zögert. Dann fragt sie: »Ihr seid doch nur Freunde, oder? Du und Karl. Mehr nicht.«

Ihre blauen Augen fixieren Tomke eindringlich. Die muss sich zusammenreißen, um die Frage ruhig zu beantworten. Vorgestern Abend ist noch nicht lange her.

»Freundschaft ist genau wie Liebe ein großes Wort. Wir sind erst auf dem Weg, Freunde zu werden. Wir kennen uns erst seit ein paar Monaten.«

Dörte lächelt. »Mit Karl wird man schnell warm. Er ist ein ungewöhnlicher Mann. Mich hat es beeindruckt, dass er mich gestern so ohne Wenn und Aber herumkutschiert hat. Er hat keine einzige Frage gestellt. Mir Peinlichkeiten erspart. Ich habe ihm gesagt, dass ich heute mit Brötchen zum Campingplatz kommen würde. Er soll sich nicht ausgenutzt fühlen.«

Dörte bleibt in der Tür stehen und fügt hinzu: »Außerdem finde ich ihn wirklich sehr sympathisch.«

Tomke sieht ihr noch hinterher, als Dörte längst im Badezimmer verschwunden ist und das Duschwasser läuft.

Dörte wird sich gleich mit Karl und Tina treffen. In seinem Wohnwagen, wo Tomke sich auch wohlgefühlt hat. Eifersucht wäre fehl am Platz, so wie sie sich vorgestern benommen hat. Sie sollte erleichtert sein. Aber sie fühlt sich ausgeschlossen und – sie ist eifersüchtig.

In der ersten Etage geht die Toilettenspülung und weckt Tomke aus ihren düsteren Überlegungen. Ihre Gäste sind aufgewacht und werden demnächst hier unten eintrudeln, um zu frühstücken. Also los.

Tomke schneidet gerade luftgetrocknete Mettwurst in hauchdünne Scheiben, als ihr Handy den Eingang einer Kurznachricht signalisiert. Sie öffnet sie mit dem kleinen Finger.

Es ist Paul. Beim Lesen seines Namens fängt Tomkes Herz sofort an, wie verrückt zu schlagen. *Ich weiß, ich habe kein Recht, das zu schreiben. Aber ich kann nicht anders. Ich vermisse dich so sehr. Paul.*

Tomkes Lippen öffnen sich und werden weich. Formen sich zu einem zärtlichen Lächeln. Im nächsten Augenblick verhärten sich ihre Gesichtszüge. Ich kann nicht anders. Pah. Das hat Paul auch gesagt, als er sich für seine Frau entschieden hat. Er kann nicht anders. Er kann sie nicht verlassen.

Entschlossen löscht sie die Nachricht und Pauls Nummer gleich mit. Das hatte sie vergessen, aber es ist auch seine erste Kontaktaufnahme seit April. Sie wird ihm nicht antworten. Niemals.

Tomke schiebt den Wursttteller beiseite und beginnt eine Honigmelone in mundgerechte Schiffchen zu schneiden. Nein, sie wird nicht antworten. Und sein »ich vermisse dich« kann er sich sonst wohin stecken.

Und doch hat sie Schmetterlinge im Bauch. Paul kann auch nicht so einfach einen Strich ziehen. Er denkt an sie. Tomke sieht im Geiste das Pressefoto von ihm und seiner Frau vor sich. Ein strahlendes, sich zugetanes Paar. Ein glückliches Paar.

Tja, so können Fotoaufnahmen trügen.

KAPITEL 12

Eine heulende Dagmar

Das Hochgefühl hat Tomke über die Frühstückszeit getragen. Das Ehepaar Bergmann hat sich mit einem Geschenk verabschiedet. Einen Kristall, den sie in ihr Trinkwasser legen soll. Er brächte ihr positive Energie. Tomke hat den Stein nachdenklich betrachtet. Es gibt Dinge, an die kann sie nicht glauben.

Der sonnenverbrannte Mann aus dem Krabben-Zimmer hat sich schon wieder ähnlich gesehen. Aber er hat einen wehleidigen Eindruck gemacht und keinen Appetit. Er hätte Fieber, hat sein Freund besorgt verraten. Tomke hat ihn vorsichtshalber zu Silke Hansen geschickt. Silke hat für solche Fälle eine spezielle Creme angemixt. Manche Menschen müssen erst einen Arzt sehen, bevor sie dem Heilungsprozess über den Weg trauen.

Das junge Paar aus dem Seestern-Zimmer war wie immer gut gelaunt und unternehmungslustig. Sie sind gleich nach dem Frühstück zur Fähre gefahren. Sie wollen einen Tag auf Wangerooge verbringen, um das spätsommerliche Wetter zu nutzen.

Nun, so allein im Haus, ist der kurze Rausch durch Pauls Nachricht verflogen. Zurück bleibt die ernüchternde Einsicht, Paul hat in einem schwachen Augenblick ein paar Worte an sie geschrieben. Na und? Ein sentimentaler Gedanke an ihre gemeinsame Zeit. Mehr nicht.

Tomke schnappt sich ihre Putzutensilien. Die hat sie in einem kleinen Kunststoffgefährt in der ersten Etage gelagert. Das Wassernixen-Zimmer muss bis Mittag fertig sein. Zwei Frauen aus Duderstadt haben reserviert. Die nahtlose Ausbuchung in diesem Jahr nimmt Tomke nicht als selbstverständlich hin. Das ist ein echtes Geschenk. Damit war nach drei Jahren Schließung nicht zu rechnen gewesen. Mit dem Gewinn will sie die Terrasse überdachen lassen. Die norddeutschen Abende können Schutz von oben öfter gebrauchen. Das Dach soll so stabil sein, dass sie im übernächsten Jahr darauf einen Balkon für die Gäste in der ersten Etage setzen lassen kann.

Diese Zukunftspläne lenken von ihrem Gefühlskater ab. Ganz nebenbei wirkt sich das positiv auf ihr Putztempo aus.

Nach einer guten Stunde ist sie mit dem Zimmer und auch den anderen beiden Bädern der Gäste durch und nassgeschwitzt. Aber sie fühlt sich besser. Sie wird gleich noch einmal duschen. Vielleicht gönnt sie sich noch einen Spaziergang am Meer. Kann sein, der führt sie am Campingplatz vorbei.

Als Tomke die Treppe hinuntergeht, klingelt das Telefon. Sofort beschleunigt sich Tomkes Herzschlag. Spinn nicht, ruft sie sich zur Ordnung. Paul ruft nicht über Festnetz an. Und was sollte er ihr sagen? Entgegen aller Vernunft hofft sie, seinen Namen auf dem Display zu sehen. Dort ist er noch immer gespeichert. Sie würde natürlich nicht abnehmen. Aber es ist ein unbekannter Anrufer. Wahrscheinlich eine Zimmeranfrage.

»Moin, Pension Tomke Heinrich«, meldet sie sich freundlich.

Keine Antwort. Aber da ist jemand am Apparat. Tomke kann den Atem hören.

»Hallo, wer ist denn da?« Tomke ärgert sich, dass ihre Stimme zittert.

Sie wartet einen Augenblick. Als sich noch immer niemand meldet, legt Tomke hastig auf.

War das Paul? Wollte er ihre Stimme hören? Ihr vielleicht etwas sagen, aber hat sich nicht getraut?

Tomke atmet tief durch. Mach dir nichts vor, Tomke Heinrich. Geh unter die Dusche und reg dich ab. Sie ist schon im Badezimmer, als das Telefon erneut klingelt.

Tomke zögert. Dann rennt sie los. Die gleiche unbekannte Nummer. Was soll das? Groll steigt in ihr auf. Solche Katz- und Mausspiele sind nicht nach ihrem Geschmack. Am liebsten hätte sie in den Hörer gebrüllt: Entweder meldest du dich oder lässt mich in Ruhe! Tomke hält sich zurück. Es ist wahrscheinlich ein neuer Gast und die Verbindung hat beim ersten Mal nicht funktioniert. Tomke ringt sich zu einem professionell freundlichen »Moin, Pension Tomke Heinrich« durch.

Wieder keine Antwort. Aber es ist ein tiefer Seufzer in der Leitung zu hören. Eindeutig von einer Frau.

»Wer ist denn da?«, fragt Tomke ungehalten.

»Dagmar«, kommt die kaum verständliche Antwort.

»Dagmar Friedrichs?«, wiederholt Tomke ungläubig.

»Ja, genau die. Wunderst dich sicher, aber ...« Sie unterbricht sich, um die Nase zu schnäuzen.

Tomke steht da, mit dem Hörer am Ohr und versucht den Anruf einzuordnen. Dagmar Friedrichs ruft sie an. Das erste Mal, seit Tomke, ja seit Tomke zu Hause ausgezogen ist. Das ist über 30 Jahre her. Was soll das? Drückt

Dagmar das schlechte Gewissen ihrer Tochter gegenüber? Dann sollte sie mit Dörte sprechen.

»Ich weiß, das ist eine Zumutung, aber hast du einen Augenblick Zeit?«, fragt Dagmar mit heiserer Stimme.

Tomke ist nicht fähig zu antworten. Der Anruf erscheint ihr wie eine Wiederholung. Vorgestern kam fast der gleiche Hilferuf von Dörte. Fehlt nur noch, dass Dagmar auch bei ihr schlafen will. Erst die Tochter, dann die Mutter. Beide heulend. Sie sollten dringend miteinander reden.

Tomke zögert, aber ihre Neugier siegt.

»Einen Augenblick hätte ich«, sagt sie möglichst distanziert.

»Aber nicht am Telefon. Könnten wir uns treffen? Bitte! Das ist wirklich ein Notfall.«

Irgendwie scheinen sich die Notfälle zu häufen, denkt Tomke.

»Ich habe Gästewechsel«, windet sie sich. »Ein Treffen passt heute schlecht.«

»Ist Dörte bei dir?«, fragt Dagmar hastig.

»Ja, aber sie vormittags unterwegs.«

Tomke hätte sich am liebsten auf die Zunge gebissen. Sie hätte Ja sagen sollen und wäre Dagmar los gewesen. Die will Dörte nicht vor die Flinte laufen. Da ist sie sich sicher.

»Ich bin gleich bei dir. Nur auf eine Stunde. Bis gleich«, stammelt Dagmar, und bevor Tomke ihr Veto einlegen kann, hat sie aufgelegt.

Tomke bleibt wie vom Donner gerührt mit dem Telefon in der Hand stehen. Das glaubt sie jetzt nicht. Wie dreist ist das denn? Soll sie zurückrufen und Dagmar mit deutlichen Worten in die Schranken weisen? Die kann sich doch nicht einfach einladen. Und ob Dörte erst am Mittag zurückkommt, weiß sie nicht. Vielleicht kommt sie früher. Sie wollte mit Karl nur frühstücken. Tomke lässt das Telefon langsam zurück in seine Halterung gleiten. Ja, vielleicht kommt Dörte früher zurück und wird auf ihre Mutter stoßen. Die beiden müssen miteinander reden. Es kann nicht angehen, dass sie sich abwechselnd bei Tomke ausheulen.

Sie beeilt sich und huscht ins Badezimmer unter die Dusche. Im Grunde mag sie Dagmar Friedrichs. Als Jugendliche hat Tomke sie regelrecht angehimmelt. Dagmar war lebensfroh und nicht so verknöchert in ihren Ansichten. Und später, als Tomke in ihrer unglücklichen Ehe gefangen war, konnte sie Dagmars Verhalten besser verstehen. Sie muss eine sehr einsame Frau gewesen sein.

Es ist ein anderer Verdacht, der Tomke davon abhält, Dagmar vorbehaltlos zu mögen.

Tomkes Vater ist nur ein halbes Jahr nach dem Tod seiner Frau gestorben. Tomke hat ihrem Bruder geholfen, aufzuräumen und zu entscheiden, was man aufhebt und unter den Geschwistern verteilt und was man wegwirft. Und auf dem Dachboden hat sie die Malereien ihres Vaters gefunden. Die vielen Bilder, auf denen er Meerjungfrauen in Ölfarben festgehalten hat. Tomke hat die Bilder fassungslos angestarrt. Die Meerjungfrauen ähnelten sich wie ein Ei dem anderen. Sie sahen alle aus wie … Dagmar. Sie waren barbusig, mit blonder Mähne und wunderschön. Um sie herum wehte der Hauch von Melancholie, auf die alle Männer abfahren, weil sie die Möglichkeit bekommen, einmal Ritter zu spielen.

Tomke rubbelt sich gerade das Haar trocken, als es an der Haustür klingelt. Auf dem Weg zur Tür überlegt Tomke, wann sie Dagmar das letzte Mal gesehen hat. Vor sechs Jahren. Auf der Beerdigung ihres Vaters.

Dagmar trägt einen weißen Hosenanzug. Um ihren Kopf hat sie einen hellblauen Chiffonschal geschlungen. Elegant im Stil von Grace Kelly. Ihr Gesicht ist durch eine übergroße Sonnenbrille fast verdeckt.

»Danke, dass du für mich Zeit hast«, haucht sie ihr aus ungeschminkten Lippen zu und huscht an Tomke vorbei ins Haus. So eilig, als vermute sie auf der Deichstraße eine ganze Meute von Paparazzi.

Auf dem Flur bleibt sie abwartend stehen. Tomke hätte sich nicht gewundert, wenn sie gleich weiter ins Wohnzimmer gerauscht wäre, um ihr einen Platz anzubieten.

»Wo können wir ungestört reden?«, fragt Dagmar und sieht sich suchend nach allen Seiten um.

Tomke wird bewusst, Dagmar war noch nie bei ihr im Haus.

»In der kleinen Stube«, sagt Tomke zurückhaltend. Sie öffnet die Tür und lässt Dagmar vor. Die stockt beim Eintreten. Ihr Blick fällt auf den roten Koffer neben dem Sofa.

»Schläft Dörte sogar bei dir?«, fragt sie.

»Ja, sie hat einen Marder im Dachstuhl und kommt nicht zum Schlafen.«

Dagmar seufzt tief. »Wenn das man nur ein Marder wäre.«

Sie dreht sich um und nimmt ihre Sonnenbrille ab. Ihr Gesicht ist vom Heulen verquollen. Die Augen kaum sichtbar.

»Ich habe Tee fertig. Willst du?«, fragt Tomke peinlich berührt. Sie hat Dagmar noch nie in so einem Zustand gesehen.

»Sehr gern«, antwortet die dankbar.

Tomke stellt in der Küche das Tablett zusammen. Über Geschmack und Männer braucht man nicht zu streiten. Auch wenn sie selbst nicht im Entferntesten nachempfinden kann, wie man auf Heinfried Pirschel reinfällt, er hat anscheinend seine Qualitäten. Aber warum ist Dagmar dann so fertig?

Als Tomke mit dem Tablett in die Stube kommt, steht Dagmar vor dem Fenster. Sie weint schon wieder. Tomke schüttelt den Kopf.

»Was lasst ihr euch von Heinfried Pirschel so fertigmachen?«

Dagmar presst ein Taschentuch gegen ihren Mund, um nicht zu schreien.

»So schlimm?«

»Schlimmer«, schluchzt Dagmar.

»Ich will ja nichts sagen«, beginnt Tomke vorsichtig, »aber nach der kurzen Zeit. Du willst mir hoffentlich nicht erzählen, dass er die große Liebe deines Lebens ist.«

Dagmar unterbricht ihr Schluchzen und nimmt das Tuch vom Gesicht.

»Wer redet denn von Liebe?«

Tomke sieht sie verdutzt an. Wer redet hier von Liebe? Stimmt. Dann geht es um Geld.

»Er hat dich auch geschröpft!«, stellt sie trocken fest. »Nach einem Tag. Nicht zu fassen.«

Dagmar sieht sie alarmiert an. »Was heißt auch? Hat er von Dörte etwa …?«

»Ja, hat er. Um 30.000 Euro hat er sie erleichtert, und deine Tochter will ihn noch nicht einmal anzeigen.«

»Das kann ich auch nicht«, schluchzt Dagmar erneut und versteckt sich wieder hinter ihrem Taschentuch.

»Also ihr geht mir beide mit eurem ›Ich kann ihn nicht anzeigen‹ gehörig auf die Nerven«, poltert Tomke aufgebracht los. »Das kann ich nicht mehr hören. Ihr könnt! Ihr müsst sogar. Am besten sogar über die Presse. Ich kann mir sehr gut vorstellen, dass sich dann noch mehr Frauen melden. Merkt ihr's nicht? Das ist genau seine Masche. Heinfried Pirschel setzt darauf, dass ihr aus Scham schweigt.«

Tomke hat sich in Rage geredet. Ohne Kampf klein beigeben, das hat sie schon immer auf die Palme gebracht. Dagmar antwortet nicht. Sie hält weiter ihr Gesicht in ihrem Taschentuch vergraben.

»Erst heult Dörte mir einen vor und ich muss ihr jedes Wort einzeln aus der Nase ziehen. Nun du. Und wenn man einen Vorschlag macht, antwortet ihr immer nur, das geht nicht!«

Dagmar lässt das Taschentuch langsam sinken.

»Wie soll man jemanden anzeigen, wenn es das Geld im Grunde gar nicht gibt?«

Dagmar holt tief Luft. »Es geht um die stolze Summe von 200.000 Euro.«

Tomkes Augenlider flattern nervös. »200.000 Euro? Und die gibt es eigentlich nicht?«

Dagmar blickt sie mit tiefem Ernst an und nickt.

»Hast du eine Bank überfallen?«, versucht Tomke zu scherzen. Obwohl: Nach Scherzen ist ihr nicht zumute. Sie versucht nur, ihr zunehmendes Unbehagen zu überspielen.

Dagmar schüttelt nur traurig den Kopf.

»Lotto?«

Wieder Kopfschütteln.

Tomke spürt, wie sie wütend wird. Gestern hat Dörte hier gesessen und geheult und sie musste in Wilhelmshaven kleine Brötchen backen, damit ihre Schulden in einen abzahlbaren Abtrag verwandelt wurden und Dagmar hätte ihr helfen können. Sie hat Geld gebunkert. Vielleicht schon während ihrer Ehe, damit es nicht ins Erbe fließt.

»Woher hast du so viel Geld und warum schickst du nicht postwendend Heinfried Pirschel die Polizei auf den Hals? Ich erwarte jetzt eine Antwort. Was ist das für Geld?«

Dagmar strafft ihre Schultern.

»Deshalb bin ich hier. Das würde ich dir gerne erzählen.«

»Warum ausgerechnet mir?«

»Weil du die Einzige bist, zu der ich Vertrauen habe. Dörte würde mich gar nicht erst anhören und vielleicht die Gelegenheit nutzen, mich anzuzeigen. Sie hat sich ihr eigenes Bild von mir gemacht, und daran kann ich nicht viel rütteln. Nils wohnt zu weit weg und ist mir noch fremder. Wir sehen uns so gut wie nie. Da kann ich nicht mit so einer Geschichte kommen. Und Hilla ist meine einzige Freundin. Aber die lebt auf einem anderen Stern und ist nicht belastbar.«

Belastbar, denkt Tomke. Hört sich irgendwie nach Lasttier an.

Aber sie lässt Dagmar weitersprechen. Vielleicht gibt es doch eine Möglichkeit, Italo-Heinfried ranzukriegen.

»Vor eine Woche ist Hillas Kater gestorben.«
Tomke hat die Kanne in der Hand, um Tee einzuschenken. Sie stockt in der Handbewegung.
»Keine Tiergeschichten mehr«, knurrt sie.
»Das gehört zu meiner Geschichte. Wenn du sie verstehen willst, ...«
»Okay«, sagt Tomke und schenkt ihnen beiden Tee ein.
»Hilla hat an dem Kater wie eine Klette gehangen. Sie gehört zu den Menschen, die sich von Tieren besser verstanden fühlen als von den eigenen Artgenossen. Und mit dem Kater war sie ihrer Meinung nach seelenverwandt. Der Kater hatte eine Marotte. Er liebte den Wasserskilift. Das war schon verrückt. Hilla hat ihn immer in einer großen Tasche mitgenommen. Wenn wir auf der Terrasse beim Lift saßen, durfte er auf der Bank sitzen und zugucken. Der hat sich nicht gerührt. Nur geguckt. Jedenfalls war Hilla völlig fertig, als er gestorben ist. Sie hatte nur einen Herzenswunsch. Der Kater sollte mit Blick auf den Wasserskilift begraben werden. Aber sie selbst war dazu nicht in der Lage.«
»Manche haben schon Ideen«, murmelt Tomke und trinkt einen Schluck Tee.
»Na ja, Hilla ist wie gesagt meine einzige Freundin und deshalb habe ich die Kater-Beerdigung übernommen. Manche Dinge muss man nicht verstehen, die macht man aus Freundschaft.«
»Das ist wahr«, pflichtet Tomke ihr bei.
»Eine passende Stelle zu finden war gar nicht so einfach. Gleich neben dem Wasserskilift konnte ich ihn schlecht vergraben. Das wäre aufgefallen. Außerdem sind da ständig Hunde mit ihren Spürnasen unterwegs. Dann

ist mir die Liebesinsel im Hookser Meer eingefallen. Ich mag sie und kenne sie gut. Von der nördlichen Spitze aus kann man gerade noch den Wasserskilift sehen. Ich habe mir einen Außenborder geliehen und den Kater abends rübergebracht. Bis dahin verlief alles nach Plan.«

Tomke nickt Dagmar geduldig zu, als fände sie diese Einzelheiten durchaus erwähnenswert.

»Ich hatte einen Spaten dabei, um eine Grube auszuheben. Es sollten ihn ja nicht gleich die Möwen zu fassen kriegen. Ich habe mich auf Arbeit eingestellt, aber die Erde war ganz locker. Da war schon gegraben worden. Vor kurzer Zeit. Nur einen Spatenstich tief lag ein Koffer.«

Tomke sieht sie entsetzt an. »Mein Gott! Leichenteile?«

»Den Gedanken hatte ich auch. Erst wollte ich weglaufen. Aber was mit dem Kater machen? Und irgendwie wollte ich auch wissen, was in dem Koffer ist. Um den Fund bei der Polizei zu melden, genau.«

»Ja, und?« Tomke hält die Spannung nicht mehr aus. »Was war in dem Koffer?«

»Geld. Ordentlich gebündelt. So wie man das in Filmen immer sieht, wenn sie eine Geldübergabe zeigen.«

Tomke setzt sich kerzengerade hin und starrt Dagmar wie eine Erscheinung an.

»Und du hast den Koffer mitgenommen?« Tomke kann es nicht fassen.

Dagmar rutscht auf ihrem Stuhl hin und her.

»So viel schönes Geld. Hättest du das liegen lassen?«

»Weiß nicht, aber hattest du keine Angst, dass dich jemand beobachtet?«

»Zuerst nicht. Da war ich wie im Rausch. Außerdem

hatten wir am Dienstagabend richtiges Schmuddelwetter und ich bin niemandem begegnet.«

»Na ja, wenn du auch niemanden gesehen hast, kann dich jemand beobachtet haben. Und dieser jemand ist jetzt vielleicht richtig sauer auf dich und nicht zimperlich, wenn's um Geld geht.«

Dagmar atmet tief durch. »Genau solche Gedanken kamen mir in der Nacht. Ich konnte kaum schlafen. Am nächsten Morgen bin ich zu Dörte gefahren. Sie war nicht da. Dafür Enrico. Er wollte nur seine Sporttasche holen.«

»Hat er bei Dörte gewohnt?«, fragt Tomke hellhörig. Dann hat ihr Dörte nicht die Wahrheit erzählt.

»Nein, nein. Er hat nur einen Schlüssel und ist im gleichen Sportstudio wie Dörte.«

Dagmar sieht Tomke mit feierlichem Ernst an. »Wenn die beiden zusammengewohnt hätten, also richtig zusammen gewesen, hätte Enrico keine Chance bei mir gehabt. Das musst du mir glauben.«

»Das erzähl' mal lieber deiner Tochter.«

Dagmar fährt sich über ihre Augen. »Ach Dörte. Sie hat ein Riesentheater gemacht, als sie mich am Mittwoch mit Enrico in der Eisdiele gesehen hat. Sie hat sich wie eine betrogene Ehefrau aufgeführt.«

»Und da bist du nicht ins Schleudern gekommen? Immerhin hätten sie ein Paar sein können.«

»Nein, Dörte hat mir manchmal von ihm erzählt. Das hörte sich nicht nach einer richtigen Beziehung an. Außerdem – ich war viel zu verwirrt, um nachzudenken oder Gewissensbisse zu haben. Ich habe noch nie so viel Geld auf einem Haufen gesehen. Das hat mich berauscht, aber gleichzeitig hatte ich Angst, erwischt zu werden.

Und ich habe mich durch Enricos Aufmerksamkeit nicht mehr allein gefühlt und endlich mal wieder als Frau.«

Tomke zieht ihre Stirn in Falten. »Kannst du seinen richtigen Namen nehmen? Ich kann Enrico nicht mehr hören. Sonst wird mir noch schlecht.«

Dagmar nickt erschrocken.

»Ist auch für dich besser«, fügt Tomke sanfter hinzu. »Fördert den Heilungsprozess.«

Dagmar setzt sich gerade hin. »Ich erzähle mal weiter. Er war wie gesagt auf dem Sprung am Mittwochmorgen in Dörtes Wohnung. Obwohl er in Eile war, hat er gesehen, wie aufgelöst ich war und ist auf einen Cappuccino geblieben. Einfach so. Das hatte etwas Ritterliches und ich bin ruhiger geworden. Leider auch unvorsichtig. Ich habe ihn gefragt, ganz hypothetisch, wie er sich verhalten würde, wenn er Geld finden würde. Viel Geld.«

Dagmar wickelt langsam den Schal von ihrem Kopf. Sie trägt ihr Haar streng nach hinten zu einem eleganten Knoten gebunden. Sie ist immer noch eine schöne Frau.

»Viel Geld«, wiederholt Tomke und schnalzt mit der Zunge. »Das war natürlich das Zauberwort, dem konnte Heinfried nicht widerstehen.«

»Nein, das konnte er nicht«, gibt Dagmar leise zu. »Aber in dem Moment war ich dankbar für seine Gegenwart. Ich hätte nicht allein sein können. Und ich habe nicht den geringsten Verdacht geschöpft, als er plötzlich nicht mehr zum Sport wollte und Zeit für mich hatte. Es hat gutgetan. Er hat vorgeschlagen spazieren zu gehen. Ans Meer. Dort könnte ich ihm meine Geschichte von Anfang bis Ende zu erzählen. Danach wäre ich sicher erleichtert.«

Tomke verkneift sich, auf das Erleichtern einzugehen. Dagmar geht es zu beschissen für einen Wortwitz. Sie schenkt ihnen Tee nach und überlegt. Dagmar ist Pirschel erst vorgestern nähergekommen. Und heute ist das Geld schon verschwunden. Der Junge hat schnell gehandelt.
»Wann hast du das Geld gefunden?«
»Dienstagabend.«
»Und wo hast du eigentlich den Kater gelassen?«
»Wo wohl? In der Kuhle von dem Koffer. Ich hatte keine Nerven, noch eine andere Stelle für ihn zu suchen. Außerdem war die Stelle ideal. Ich hatte sie ja vorher ausgesucht.«
»Da wird sich aber einer wundern, wenn er sein Geld holen will.«
Dagmar sieht beschämt nach unten. »Das ist der Grund, aus dem ich Hilla die Geschichte nicht erzählen kann. Sie glaubt, ihr Kater liegt friedlich und vor allem sicher begraben. Sie hat mir total vertraut.«
»Und du hast dem Windhund vertraut«, kommentiert Tomke düster.
»Leider. Es ging alles so schnell.«
»Das kann man wohl sagen.«
Dagmar sieht Tomke wieder an. »Ich habe es genossen. Mit allen Sinnen. Weißt du, wie das ist, so lange allein zu sein? Enr... war zwar jünger als ich, aber er hat es mich nicht spüren lassen. Ich lerne nur noch ältere Verehrer kennen, die entweder eine Krankenschwester suchen oder eine Reisebegleitung. Keine Liebhaber mehr. Zwischen Enrico und mir hat es gefunkt. Ganz unvernünftig und wunderbar. Ich war ausgehungert nach Umarmungen. Wirklichen Umarmungen. Es war, als wären unsere Körper füreinander gemacht. Das war nicht einfach nur Sex.«

Tomke fällt keine Antwort ein. Dagmar tut ihr plötzlich unglaublich leid.

»Gestern Morgen bin ich selig aufgewacht. So glücklich und wunderbar jung und lebendig. Ich hatte keine Angst mehr. Und ich wollte das Geld nicht mehr bei der Polizei abgeben. Ich wollte das Leben genießen. Zusammen mit ihm. Ich lag allein im Bett. Ich doofe Kuh dachte, er macht vielleicht das Frühstück und habe gewartet, dass er mich weckt. Aber ich habe keine Geräusche gehört. Dann habe ich ihn gesucht. Überall in der Wohnung. Er war nicht mehr da. Und irgendwie wusste ich, er ist keine Brötchen holen. Aber ich wollte den Gedanken nicht wahrhaben. Noch nicht. Der Verdacht erschien mir zu ungeheuerlich. Bis ich nachgesehen habe. Der Koffer war wirklich weg. Was mache ich denn jetzt? Das Geld ist weg und vielleicht sucht es irgendein schießwütiger Gangster und ist längst hinter mir her. Ich habe mich gestern nicht aus der Wohnung getraut. Heute habe ich es allein nicht mehr ausgehalten.«

KAPITEL 13

Der ist nichts für dich! Alte und neue Grenzen abstecken

Es klingelt an der Haustür. Tomke steht auf und sieht auf die Uhr. Kurz nach zwölf Uhr. Dörte hat sie einen Schlüssel gegeben. Sollten das schon die neuen Gäste sein? Reichlich früh.

Dagmar ist auch aufgestanden. Sie schlingt sich hektisch den Seidenschal um und setzt sich die Sonnenbrille auf. »Kann ich über die Terrasse nach draußen?«

Tomke schüttelt ungeduldig den Kopf. »Unsinn! Setz dich wieder hin. Du weißt doch überhaupt nicht weiter, und vor Dörte kannst du auf Dauer nicht weglaufen.«

Dagmar lässt sich ergeben in den Sessel zurückfallen. Die Sonnenbrille behält sie auf.

»Du bleibst da sitzen!«, sagt Tomke noch einmal streng, bevor sie das Zimmer verlässt. Sicherheitshalber zieht sie die Tür hinter sich zu. Dagmar und Dörte müssen miteinander reden. Sie sind auf den gleichen Möchtegern-Casanova reingefallen und ausgenommen worden. Das sollte doch eher verbinden und motivieren, gegen ihn etwas zu unternehmen. Tomke sieht nicht ein, dass Heinfried Pirschel ohne Bestrafung, dazu mit viel Geld, davonkommt.

Vor der Haustür steht nicht Dörte. Es sind tatsächlich die nächsten Gäste. Zwei Frauen. Tomke schätzt sie um die 70. In Jeans und Hemdblusen und luftigen Windjacken. Das Haar tragen beide sportlich kurz geschnitten. Ungetönt. Sie sehen sich ähnlich. Vielleicht sind es Schwestern.

»Moin, Tomke Heinrich.«

»Moin«, grüßt die eine zurück. »Ich bin Christa Hagen und das ist Margot Landers. Ihre Gäste aus Duderstadt. Wir sind viel zu früh dran. Entschuldigen Sie bitte. Aber wir hatten mehr Verkehr einkalkuliert. Wir können später wieder kommen, wenn es noch nicht recht ist.«

»Nein, ist schon in Ordnung. Kommen Sie rein, Ihr Zimmer ist fertig.«

Die beiden sehen sich beglückt an und folgen Tomke in die erste Etage.

Als sie ihnen das Wassernixen-Zimmer zeigt, kichern sie, und Margot Landers sagt: »Das passt zu uns. Wir sind wirklich welche.«

Tomke nickt freundlich. »Na dann, viel Spaß an und in der Nordsee.«

Sie gibt ihnen die Zimmerschlüssel. »Frühstück gibt es im Erdgeschoss zwischen acht und zehn. Falls Sie früher frühstücken möchten, sagen Sie mir Bescheid.«

Die beiden winken ab. »Nein, sehr liebenswürdig. Aber für den ersten Morgen reicht uns acht Uhr. Wir wissen aus Erfahrung, wie die Seeluft wirkt. Man kann wunderbar schlafen.«

»Fein«, sagt Tomke. »Sie können im Frühstücksraum Kühlschrank und Kaffeemaschine benutzen. Und jederzeit auf die Terrasse. Wenn Sie noch Fragen haben, ich bin im Haus.«

»Danke. Wir werden erst einmal auspacken. Und danke noch mal, dass wir so früh auf das Zimmer können«, sagt Frau Landers. Oder war es Frau Hagen? Tomke ist nicht ganz bei der Sache, und die beiden sehen sich auf den ersten Blick zum Verwechseln ähnlich. Sie will den Neuankömmlingen gerade erklären, wie und wo sie die Kurtaxe bezahlen, als die Haustür zuklappt. Eine helle Hundestimme schlägt kurz an. Tina! Im nächsten Augenblick Getrappel. Die Terrierhündin schießt die Stufen hoch und begrüßt Tomke stürmisch.

»Tina, meine Liebe. Was machst du denn hier?«

Während sie das fragt, kennt sie bereits die Antwort. Karl wird Dörte zurückgebracht haben. Tomke streichelt Tina nur flüchtig. Sie beeilt sich, nach unten zu kommen, bevor Dagmar und Dörte aufeinandertreffen.

Zu spät. Dörte steht völlig aufgelöst auf dem Flur.

»Was macht *sie* in *meinem* Zimmer?«, fragt sie empört.

»Nun reg dich nicht auf. Sie ist schließlich *deine* Mutter«, sagt Tomke so ruhig wie möglich.

»Frag *sie* doch mal, ob *sie* das weiß!«, schimpft Dörte aufgebracht und laut. Tomke wirft einen beunruhigten Blick ins Treppenhaus. Die Wassernixen müssen nicht gleich zur Ankunft Familienstreitigkeiten mitbekommen. Resolut packt sie Dörte am Oberarm und zieht sie in die kleine Stube. Sie will die Tür gerade schließen, als sie Karl entdeckt. Er steht wie festgewachsen neben der Garderobe. Tina hat zu seinen Füßen brav Platz gemacht.

»Karl, es passt wieder ganz schlecht. Wir reden ein andermal. Du siehst ja, was hier los ist«, entschuldigt sich Tomke und wirft einen vielsagenden Blick Richtung Stube.

Er nickt und will gehen, als Dörte auf den Flur zurückkommt und fleht: »Bitte, bleib hier. Sonst halte ich das nicht aus.«

Karl sieht Tomke fragend an. Sie zuckt resigniert mit den Schultern und lässt ihn und Tina an sich vorbei in die Stube.

Sonst halte ich das hier nicht aus, grummelt Tomke in Gedanken. Und Karl scheint es zu gefallen, Dörtes weißer Ritter zu sein. Männer.

In der kleinen Stube besteht die Luft aus aggressiver Spannung. Nun ist es Tomke ganz recht, zwischen den feindlichen Lagern Karls Verstärkung zu haben.

Dörte hat sich auf das Sofa gesetzt. Die Arme vor der Brust verschränkt. Kerzengerade Rückenhaltung. Karl hat Dagmar flüchtig gegrüßt und ignoriert den freien Platz neben Dörte. Er bleibt am Fenster neben dem Schreibtisch stehen. Tina dicht bei ihm. Die schlaue Hündin hat die dicke Luft längst gerochen und beobachtet wachsam die Reaktionen. Dagmar hat sich in die äußerste rechte Ecke verschanzt, als könnte sie in das Bücherregal krabbeln.

Tomke bleibt in der Mitte des Zimmers stehen und fühlt sich wie eine Dompteuse zwischen nervösen Tigerkatzen.

»Eins möchte ich zuerst einmal klarstellen«, beginnt sie ihren Dressurakt. »Das hier ist *mein* Zimmer. Ihr seid meine Gäste. Also benehmt euch so. Man muss nicht im ganzen Haus jedes Wort mitbekommen. Schon gar kein Gezanke. Das hier ist nämlich eine Pension.«

Tomke holt tief Luft und sieht von Dagmar zu Dörte. »Für euch beide wird es höchste Zeit für eine Aussprache.«

Dörte hebt trotzig ihren Kopf. »Ich habe mit ihr nichts mehr zu besprechen. Der Zug ist endgültig abgefahren. Was zu viel ist, ist zu viel!« Sie ist immer lauter geworden.

Dagmar zuckt bei jedem ihrer Worte zusammen, als würde sie geschlagen.

»Ich gehe besser«, sagt sie leise.

»Besser ist das«, kommt die aufsässige Antwort vom Sofa. »Und du kannst mit Heinfried Pirschel glücklich werden. Meinen Segen habt ihr. Er interessiert mich nicht mehr.«

Ihre himmelblauen Augen suchen Karls Blick. Er schenkt ihr ein aufmunterndes Lächeln. Tomke spürt, wie sie das ärgert, und das ärgert sie wiederum noch mehr. Sie hat keinen Anspruch auf Karl und sollte sich freuen, wenn er sich mit Dörte gut versteht. Tut es aber nicht.

Dagmar greift nach ihrer Handtasche.

»Keiner von euch geht«, schimpft Tomke los. »Meine Güte! Kommt mal runter! Es geht hier nicht um irgendeine Romanze, sondern um Diebstahl und Betrug! Und um viel Geld!«

Nun ist Tomke gegen ihre Absicht lauter geworden. Aber die strengen Worte fühlen sich für sie wie eine Befreiung an. Sie kann wieder frei durchatmen.

Auf die anderen haben sie wie ein Paukenschlag gewirkt. Sie sind verstummt und verharren wie in Stein gemeißelt in ihrer Position. Karl ist der Erste, der sich aus der Erstarrung löst.

»Reden kann man besser im Sitzen. Ich hole noch zwei Stühle.«

Als er auf Tomkes Höhe ist, bleibt er stehen und raunt ihr zu: »Kann ich dich einen Augenblick unter vier Augen sprechen?«

Tomke folgt ihm zögernd bis zur Tür. Dort bleibt sie stehen. Sie weiß nicht, ob es schlau ist, Mutter und Tochter allein zu lassen. Die Entscheidung nimmt ihr Tina ab. Sie postiert sich in der Mitte des Zimmers. So ein schlauer Hund, denkt Tomke, während Karl sie mit sanftem Druck mit sich in die Küche zieht.

»Tomke.« Er sagt das so eindringlich, als wäre ihr Name der einer kostbaren, neu entdeckten Blume. »Zwischen uns beiden, also was da zwischen uns in diesem Sommer entstanden ist, das ist etwas Besonderes.«

Tomke spürt, wie sie rot wird. Auf der einen Seite gefällt ihr die Art seiner Zuwendung. Er hat sie also doch nicht einfach gegen Dörte ausgetauscht. Auf der anderen Seite machen sie seine Worte kribbelig. Worauf will Karl hinaus? Das wird hoffentlich kein Liebesgeständnis. Sie muss Stellung beziehen, und zwar schnell. Sie will Karl auf keinen Fall ein weiteres Mal verletzen. Zwischen ihnen wird nie mehr als Freundschaft möglich sein.

»Hör zu, Karl«, stammelt sie. Weiter kommt sie nicht. Er verschließt ihr behutsam mit der Hand den Mund.

»Nein, du hörst zu«, sagt er und sieht sie bittend an. »Es ist mir sehr wichtig, dass du mich verstehst. Ich neige nicht zu übereilten Schritten und auch nicht ...«, er sucht nach einer treffenden Umschreibung, »ich habe immer geglaubt, das Leben, eben die Realität hat nichts mit Liebesgeschichten aus Filmen gemeinsam.«

Er schluckt heftig. »Aber – ich habe mich wie im Film Hals über Kopf in Dörte verliebt. Wenn ich sie sehe, habe ich die berühmten Schmetterlinge im Bauch, und mein Herz macht richtige Hüpfer. Für dich sind meine Gefühle viel ruhiger und sehr warm. Ich fühle mich wohl in deiner Gegenwart. Ich glaube, das ist Freundschaft. Deshalb hat es wohl auch nicht mit uns geklappt. Vorgestern.«

Jetzt wird Karl rot. »Besser kann ich dir nicht erklären, was mit mir passiert ist. Tomke. Ich möchte dich nicht als Freundin verlieren.«

Er zieht vorsichtig seine Hand von ihren Lippen. Sie bekommt keinen Ton heraus. Karl hat sich in Dörte verliebt. Innerhalb weniger Stunden. Der ruhige, vernünftige Karl. Schwärmt ihr was von Herzhüpfern vor. Wie ein Jungspund. Beneidenswert. Nach so einer intensiven Empfindung sehnt sich Tomke. Warum konnte Karl sich nicht in sie so leidenschaftlich verlieben? Was für eine dumme Frage, schimpft sie sich in Gedanken aus. Dafür gibt es keine Begründung. Und sei ehrlich, Tomke Heinrich. Dein Herz ist noch immer besetzt. Freu dich über die Entwicklung. Karl will Freundschaft. Du kannst dich wieder mit ihm treffen. Ohne Angst. Ohne die ganze Zeit die Grenzen zu überwachen. Das wolltest du doch!

»Das ist mal eine Überraschung«, lächelt Tomke unbeholfen.

»Auch für mich. Das kannst du mir glauben«, gibt Karl zu und hebt ergeben beide Arme. Er sieht sie bittend an.

»Ich möchte dich als Freund auch nicht verlieren«, erlöst ihn Tomke aus der Ungewissheit. »Vorgestern Abend können wir beide aus dem Gedächtnis streichen.«

Karl greift nach Tomkes Hand und küsst sie. »Danke.«

Tomke lässt es gerührt geschehen. »Es geht hier gerade alles drunter und drüber. Ein bisschen viel Chaos. Aber manchmal kommt eben alles auf einmal. Die beiden da drüben sind sich nicht grün, gelinde ausgedrückt. Und Dagmar hat eine Geschichte zu erzählen. Da werdet ihr nicht schlecht staunen. Nimm die Stühle und geh zu ihnen. Ich komme gleich nach.«

Karl nickt eifrig. Man sieht ihm an, wie glücklich er über Tomkes Reaktion ist. Die Fronten sind geklärt und er hat Tomke nicht als Freundin verloren. Er stapelt zwei Stühle aufeinander und trägt sie nach nebenan.

Tomke sieht ihm hinterher. Karl. Wie ein großer Junge. Verliebt und verletzbar. Und das mit fast 60 Jahren. Sie nimmt sich vor, auf ihren Freund aufzupassen. Bevor sie zu den anderen in die Stube geht, wird sie sich Dörte allein zur Brust nehmen. Karl ist über beide Ohren in sie verliebt. Das waren schon viele Männer. Sehr viele. Und Dörte hat, soweit Tomke das in der Vergangenheit mitbekommen hat, mit allen nur gespielt. Bis auf Heinfried Pirschel. Der hat den Spieß anscheinend umgedreht. Dörte hat sich verraten gefühlt und um ihn Tränen vergossen.. Und das war erst gestern. Tomke setzt Teewasser auf, geht in den Flur und ruft: »Dörte! Kannst du mir eben in der Küche helfen?«

Ohne zu antworten, kommt Dörte aus der Stube zu ihr. Als sie das Tablett mit Geschirr sieht, zieht sie ihre hübsche Stirn in Falten.

»Jetzt übertreibst du aber. Ich habe keine Lust, mit Dagmar Tee zu trinken. Was soll das? Familienzusammenführung? Kannst du bei uns vergessen.«

»Nein, da werde ich mich nicht reinstecken. Das müsst ihr allein hinkriegen. Mir geht es um meinen Freund.«

Tomke zieht die Tür zu und sieht Dörte prüfend an. »Karl hat sich in dich verliebt.«

»Hat er das gesagt? Er hat sich in mich verliebt?« Sie wird rot und kann sich ein beglücktes Lächeln nicht verkneifen.

Tomke zieht ihre Augenbrauen zusammen. »Dörte

Friedrichs. Karl ist kein Lückenbüßer, hörst du. Du kannst dich nicht ein paar Tage von ihm trösten lassen, und wenn es dir besser geht, bist du wieder verschwunden. Das lasse ich nicht zu.«

Dörte schüttelt heftig den Kopf. »Nein, so ist das nicht.«

»Wie denn? Gestern hast du hier noch gesessen und um Heinfried Pirschel dicke Tränen geheult.«

»Das war etwas anderes.«

»Was war daran anders? Du warst nicht in Pirschel verliebt?«

»Doch. Ja. Das heißt, das habe ich gedacht. Aber ich war mehr in seine Stimme und seine charmante Art verknallt. Und in seine Zukunftsträume. Es hat Spaß gemacht, mit ihm zusammen zu sein. Ja, du brauchst mich nicht so anzusehen. Er war immer Kavalier. Er hat nie eine Grenze überschritten. Das habe ich für ein gutes Zeichen gehalten. Ich dachte, er wäre anders als die anderen. Bis vorgestern. Der absolute Absturz. Er und Dagmar haben ganz öffentlich wie die Turteltäubchen geschnäbelt. Das war so erniedrigend. Ich kam mir wie eine dumme Gans vor. Meine eigene Mutter hat mich lächerlich gemacht.«

»Nein, Dörte, das hat sie nicht. Deine Mutter ist selbst ein Opfer.«

Dörte schiebt trotzig ihre Unterlippe nach vorn und schweigt.

»Du hast noch nicht meine Frage beantwortet. Wie wichtig ist dir Karl?«

Dörtes Gesichtszüge werden wieder weich. »Das kann ich nicht erklären. Er ist …«, sie sieht Tomke scheu von der Seite an, »aber nicht lachen. Ich kenne Karl kaum, aber ich würde mit ihm sofort bis ans Ende der Welt gehen.

Wenn er wollte. Alles hier aufgeben. Ganz egal. Das ist mir noch nie im Leben passiert. Ich habe immer einen klaren Kopf bewahrt. Auch bei Enrico. Ich habe ihm Geld gegeben. Stimmt. Aber nicht mein Herz. Mit Karl habe ich selbst am wenigsten gerechnet. Gerade jetzt.«

Tomkes Gesicht entspannt sich.

»Das finde ich überhaupt nicht zum Lachen. Manchmal trifft es einen eben wie ein Blitz. Es gibt keine Regeln, wie lange man sich kennen muss, um sich ernsthaft zu verlieben«, sagt sie leise.

Versprich mir, dass du mit Karl nicht deine üblichen Spielchen treibst. Sonst bekommst du nämlich Ärger mit mir.«

»Ich verspreche es«, sagt Dörte feierlich.

»Ich habe auch eine wichtige Frage an dich. Und ich möchte eine ehrliche Antwort von dir. Mit Hand aufs Herz.«

Tomke nickt verhalten. Worauf will Dörte hinaus? Will sie wissen, was vor drei Jahren hier wirklich passiert ist? Das wäre der denkbar schlechteste Zeitpunkt, wenn es dafür überhaupt einen passenden gibt. Und auf die Schnelle, im Stehen in der Küche, geht es schon gar nicht.

»Was empfindest du für Karl?«, fragt Dörte.

Tomke atmet erleichtert aus.

»Ich meine die Frage sehr ernst«, sagt Dörte mit einem drohenden Unterton.

»Bekommst auch eine ernste Antwort. Karl und ich kennen uns seit ein paar Monaten und sind gerade dabei, Freunde zu werden.«

»Zu werden. Also erhoffst du dir mehr. Deshalb nimmst du mich so ins Gebet?«

»Nimm es mir nicht übel, aber ich kann zwischen Freund und Liebhaber unterscheiden. Ich habe ihn sehr gern. Genau wie dich. Mehr nicht und das mit Hand aufs Herz.«

Tomke hält Dörtes prüfenden Blick stand. Den misslungenen Liebesakt wird sie verschweigen, und sie ist sich sicher, Karl auch. Dörte würde es nicht verstehen.

Die lächelt nun. Sie zieht Tomke mit erstaunlich viel Kraft zu sich heran und drückt ihr einen Kuss mitten auf den Mund.

Tomke muss gerührt schlucken und sagt mit rauer Stimme. »Tee ist fertig. Lass uns rübergehen. Gibt noch eine Menge zu bereden.«

KAPITEL 14

Lagebesprechung

Mit dem Reden lassen sie sich allerdings Zeit. Tomke schenkt Tee ein und Dörte verteilt die gefüllten Tassen. Dagmar hat sich auf einen Stuhl gesetzt. Noch immer mit einem gebührenden Sicherheitsabstand zu den anderen. Karl sitzt nun neben Dörte auf dem Sofa und Tomke auf ihrem Schreibtischstuhl. Sie trinken andächtig ihren Tee, als befänden sie sich auf einer Verkostung.

»Willst du nicht deine Geschichte erzählen?« Tomke sieht Dagmar aufmunternd an. Die senkt nur verlegen den Kopf. Ihre Augen hält sie hinter der Sonnenbrille verborgen.

Tomke beginnt, auf ihrem Stuhl ungeduldig zu wippen. Als noch immer keiner den Mund aufmacht, sagt sie: »Okay, dann fange ich mal an. Unser Lokalmatador hat erst Dörte über den Tisch gezogen und heute bei Dagmar 200.000 Euro mitgehen lassen.«

Die Ansage sitzt. Die aufgesetzte Gleichgültigkeit ist bei Dörte verflogen. Sie springt vom Sofa auf und geht einen Schritt auf ihre Mutter zu. »200.000 Euro?«

Statt Dagmar antwortet Tomke. »Ja, du hast ganz richtig verstanden. 200.000 Euro.«

Dörte bleibt einen Augenblick ratlos stehen. Dann lässt sie sich wie in Zeitlupe auf das Sofa zurücksinken. »Ich verstehe das nicht«, stammelt sie. »Woher hast du so viel Geld? Hast du im Lotto gewonnen?«

Dagmar schüttelt wortlos den Kopf.

»Ja, was dann?«, fragt Dörte. »Woher hast du das Geld gebunkert? Vielleicht noch von Papa? Ich glaube das einfach nicht. Du besitzt so eine Stange Geld und jammerst mir die Ohren voll, weil deine Rente nicht reicht. Schämst du dich kein bisschen, bei deiner eigenen Tochter auf 400-Euro-Basis zu arbeiten? Meine Praxis ist mir nicht in den Schoß gefallen! Was spielst du eigentlich für ein Spiel? Und nimm endlich diese dämliche Sonnenbrille ab!«

»Ich spiele gar kein Spiel«, sagt Dagmar leise, aber sie nimmt tatsächlich die dunkle Brille ab. So unverdeckt bietet sie einen mitleiderregenden Anblick. Ein verletzliches blasses Gesicht mit geschwollenen, rotgeweinten Augen. Dörte wendet peinlich berührt ihren Blick ab.

»Oder hast du etwa ...«, Dörte muss schlucken, um weiter sprechen zu können, »ist das Geld gestohlen?«

Die wächserne Blässe auf Dagmars Wangen bekommt einen roten Anstrich.

»Nicht in dem Sinne gestohlen, aber ... Das ist eine längere Geschichte.«

Sie wirft Tomke einen hilfesuchenden Blick zu.

Und die hilft ihr. Sie erzählt so knapp wie möglich von Hillas exzentrischem Kater, der Liebesinsel und dem Koffer voll Geld. Sie umgeht bei dem Bericht die Liebesnacht von Dagmar und Heinfried. Die steht jetzt nicht zur Debatte und würde nur unnötig böses Blut heraufbeschwören. Sie brauchen einen klaren Kopf zum Nachdenken. Als Tomke ihren Bericht beendet hat, sieht Dörte ihre Mutter mit einer Mischung aus Abscheu und

Bewunderung an. »Dass du dich nachts auf die Liebesinsel getraut hast. Mit einer toten Katze.«

Über Dagmars Gesicht huscht ein kleines Lächeln. »Wer sollte auf der Liebesinsel schon sein? Bei dem Wetter schwimmt da niemand hin, und der Kater konnte mir nichts mehr tun.«

»Aber der Koffer. Hattest du keine Angst, ihn zu öffnen? Da hätte sonst was drin sein können.«

»Doch, ich hatte Angst«, gesteht Dagmar. »Ich habe ihn trotzdem geöffnet. Ich konnte nicht widerstehen. Als ich das viele Geld gesehen habe, da – da habe ich ohne groß nachzudenken gehandelt. Aber was hätte ich tun sollen? Wieder Erde auf den Koffer und nebenan ein Grab ausschaufeln?«

»Das wäre eine Möglichkeit gewesen.« Dörte schüttelt verständnislos den Kopf. »Und nun liegt der Kater in dem Loch, in dem der Koffer war. Das ist so ekelig.«

»Eher gefährlich«, mischt sich nun Karl zum ersten Mal ein. »Man kann ja wohl davon ausgehen, dass es sich nicht um ein legales Bankfach handelt.«

»Das stimmt«, sagt Tomke. »Da hat irgendein Ganove gedacht, er hat ein gutes Versteck gefunden.«

»Was heißt schon gut«, schwächt Dagmar ab. »Um das Geld sicher zu verstecken, wurde nicht tief genug gegraben. Und die Stelle war nur spärlich mit Grünzeug abgedeckt.«

»Aber anscheinend ist es eine günstige Stelle, die nicht überflutet wird. Schließlich hast du sie auch für den Kater ausgesucht«, mischt sich Dörte wieder ein.

Dagmar starrt sie an, überlegt und fängt übergangslos an zu weinen. »Vielleicht wollte der Gangster den Koffer nur für kurze Zeit verschwinden lassen. Und nun hat er den Kater gefunden. Und den hat er in seiner Wut ins Wasser geworfen. Wenn der Kater angeschwemmt und gefunden wird – Hilla verzeiht mir das nie.«

»Das hättest du dir wirklich früher überlegen können«, sagt Dörte streng.

»Überlegen«, wehrt sich Dagmar schluchzend. »Ich war nicht mehr in der Lage zum Überlegen. Ich habe das Geld genommen und bin so schnell ich konnte verschwunden. Ich habe nicht nachgedacht. Überhaupt nicht. Nur das Geld gesehen. Schon in der gleichen Nacht habe ich es bereut. Ich habe hin und her überlegt. Sollte ich den Koffer wieder zurückbringen? Dafür hat mir der Mut gefehlt. Zur Polizei? Da hätte ich Hilla mit reinziehen müssen. Ich war im Grunde viel zu verwirrt, um einen klaren Gedanken zu fassen. Deshalb hatte Enrico leichtes Spiel mit mir. Er hat sofort begriffen, wie schlecht es mir ging, und hat mir seine Hilfe angeboten.«

»Tja, geholfen hat er dir wirklich. Über das Geld musst du dir schon mal keine Sorgen mehr machen«, bemerkt Tomke trocken.

Dagmar überhört die Bemerkung. Sie sieht Dörte an und fragt: »Und von dir hat er auch Geld? Hat er dich bestohlen oder hast du ihm was gegeben? Das passt gar nicht zu dir. Du bist immer so vernünftig. Ich meine, ihr seid doch gar nicht zusammen gewesen. Jedenfalls hat Enrico das behauptet.«

Dörte wirft Karl einen scheuen Blick zu. Dann sieht sie ihre Mutter trotzig an.

»Man muss nicht immer mit jemandem im Bett gewesen sein, um ihm zu helfen. Ich mochte seine Lieder. Er hat an sein Comeback geglaubt. Er hat mir überzeugend vorgerechnet, wie das Geld zurückfließen wird. Mit Gewinn. Das war ein Geschäft zwischen uns. Außerdem habe ich ihn schon ein bisschen länger gekannt. Was bei dir wohl kaum der Fall war. Immerhin muss er in deiner Wohnung gewesen sein, um an den Koffer zu kommen.«

Dagmar richtet sich stolz auf. »Ja, nicht nur in der Wohnung. Er war auch in meinem Bett.«

Sie fixiert ihre Tochter mit den Augen. »Und er war gut.«

»Igitt! Zum Glück ist mir diese Vorstellung erspart geblieben!« ruft Dörte angewidert.

»Schluss jetzt!«, wettert Tomke dazwischen. »Mit der Zankerei kommen wir kein Stück weiter.«

»Wohin sollen wir auch kommen?«, fragt Dagmar bitter. »Wir sind die Dummen, und das Geld ist weg.«

Dagmar schnäuzt sich die Nase. »Das Geld und die Hoffnung. Futsch. Ich habe mich verliebt. Schlicht und einfach verliebt und auf ein paar gemeinsame Reisen gehofft. Ohne zu denken, so lange es hält.«

Sie sieht zu Dörte rüber. »Ich war ziemlich einsam in der letzten Zeit. Das ist der wahre Grund, weshalb ich bei dir arbeiten wollte. Ich kann nun einmal nicht gut allein sein. Davon werde ich verrückt. Dass du das kannst, das habe ich immer an dir bewundert. Deine Stärke, dich von niemandem abhängig zu machen, darum habe ich dich beneidet – und ich war auch irgendwie stolz auf deine Eigenständigkeit. Schon immer.«

Dörte schüttelt die Schultern, als müsse sie eine Umarmung abwehren. »Woher willst du wissen, ob ich gerne allein bin? Ich bin anders als du, das stimmt. Das ist aber auch alles, was du über mich weißt.«

Dagmar schweigt betroffen.

»Fakt ist«, übernimmt Tomke wieder das Ruder, »Fakt ist, Heinfried Pirschel hat 230.000 Euro eingesackt und zeigt allen eine lange Nase. Und ihr unternehmt noch nicht einmal etwas dagegen.«

»Was sollen wir denn deiner Meinung nach dagegen unternehmen? Ich kann nicht beweisen, dass ich ihm Geld geliehen habe«, sagt Dörte. »Und Dagmar«, sie misst ihre Mutter mit einem abschätzenden Blick, »hat ja wohl auch nichts in der Hand. Oder soll sie Anzeige erstatten, dass ihr Liebhaber einen Koffer mit Geld gestohlen hat, den sie auf der Liebesinsel gefunden hat? Die Polizei wäre sicher erstaunt, warum sie nicht schon am gleichen Abend gekommen ist.«

»Ich könnte aussagen, ich stand unter Schock und hätte zu Hause erst realisiert, was ich getan habe. Das ist gar nicht so weit an der Wahrheit vorbei. Und heute wollte ich zur Polizei.«

»Nein«, meldet sich nun Karl zu Wort. »Dagmar, ich darf Sie so nennen?«

Sie nickt huldvoll und Karl redet weiter.

»Das ist nun wirklich dünnes Eis. Vielleicht wird man Ihnen noch die Kurzschlusshandlung vor Ort abnehmen. Aber nennen Sie mir einen plausiblen Grund, aus dem Sie nicht von zu Hause aus die Polizei benachrichtigt haben. Sie werden Ihnen womöglich sogar eine Komplizenschaft unterstellen. Vielleicht einen Racheakt.«

»Da hast du wohl recht«, stimmt Tomke ihm zu. »Aber irgendwas müssen wir doch unternehmen. Verflixte Kiste. Es geht nicht an, dass der Kerl ungeschoren davonkommt. Vielleicht können wir ihn mit Telefonterror nervös machen. Habt ihr seine Handynummer?«

Bevor Dörte oder Dagmar antworten können, sagt Karl: »Also, nachdem, was ich bislang von dem Herrn gehört habe, kann ich mir nicht vorstellen, dass er sich von ein paar Sprüchen am Telefon aus der Reserve locken lässt.«

Karl steht auf und reibt mit der rechten Hand sein Kinn. »Mir kommt da gerade eine Idee. Vielleicht ein bisschen verrückt, aber …«

»Wir sind ganz Ohr, keine Bange«, ermutigt ihn Tomke. »Uns sind die Ideen nämlich ausgegangen.«

»Gut, damit sie funktioniert, müsste sich dieser Herr Pirschel noch im Wangerland aufhalten. Was fraglich ist. Mit so viel Geld ist er sicher schon lange auf und davon.«

»Der ist noch in Sengwarden«, antwortet Dörte düster. »Er hat heute einen Auftritt in Esens und morgen einen superwichtigen im Wilhelmshavener Pumpwerk. Er war lange nicht mehr auf der Bühne, und die Chancen wird er sich mit Sicherheit nicht entgehen lassen. Ganz egal, ob er Geld hat oder nicht.«

»Nun rück mal mit deinem Vorschlag heraus«, fordert Tomke Karl auf.

»In meinem Bezirk in Hannover, in dem ich Briefe zugestellt habe, hat sich vor ein paar Jahren ein junger Mann etwas ganz Besonderes ausgedacht. Er hat DIN-A4-Zettel an Straßenlaternen, Mülltonnen und Holzzäune geklebt. Alles, was ihm als Unterlage in den Weg gekommen ist. Er muss die ganze Nacht unterwegs gewesen sein. Am nächsten Morgen war Ricklingen davon übersät. Jedenfalls hatte man das Gefühl. Und man konnte nicht widerstehen, den Text zu lesen. *Achtung! Achtung! Heute hat Ricklingen einen Grund zum Feiern.*

Katharina, in eingeweihten Kreisen als Socke bekannt, wird 18 Jahre alt. Ich wünsche ihr eine tolle Feier und alles Gute. Dein Jo.«

Karl muss bei der Erinnerung lächeln. »Das war romantisch – und viele Ricklinger wussten, wer an dem Tag Grund zum Feiern hatte.«

Stille in der Stube. Die Frauen sehen ihn ratlos an. Karl hüstelt verlegen. Tomke fragt vorsichtig: »Okay, und wie soll uns das weiterhelfen?«

»Na ja, wir könnten auch Zettel verteilen, und wenn wir Glück haben, den rechtmäßigen Besitzer des Koffers aufscheuchen. Text ungefähr so: Ich habe am Dienstag meinen größten Schatz auf der Liebesinsel gefunden. Dafür danke ich dir. Dein Enrico. Oder Heinfried Pirschel.«

Karl schweigt und sieht die Frauen erwartungsvoll an. In deren Gesichtern arbeitet es sichtbar. »Vielleicht doch keine so gute Idee«, sagt Karl. »Damit sie funktioniert, muss der Geldbesitzer wissen, wer Enrico ist, also auch aus der Gegend stammen. Das bezweifle ich.«

Über Tomkes Gesicht huscht ein Lächeln. »Das ist sogar eine absolut geniale Idee!«

Dörte und Dagmar sehen sie skeptisch an.

»Überlegt doch mal«, erklärt Tomke. »Enrico kennt hier jeder. Dafür hat er schon gesorgt. Zur Sicherheit könnte man noch *Amaretto Amore* an den Rand drucken.« Tomke lacht. »Dann weiß jeder Bescheid.«

»Jeder, der hier lebt«, sagt Karl. »Aber wer weiß, woher das Geld stammt?«

»Keine Ahnung. Wichtig ist, wer es versteckt hat. Und derjenige stammt aus dem Wangerland. Muss er. Die Liebesinsel ist ein sehr spezielles Versteck. Dafür muss man sich gut auskennen.«

Tomke ist aufgestanden.

»Wir sollten keine Zeit mit Wenn und Aber verplempern. Eine bessere Idee haben wir nicht, und den Versuch müssen wir wagen. Und zwar gleich heute Nacht. Ich hoffe, ich habe genug Tinte im Drucker.«

KAPITEL 15

Zetteldrucken und Verteilen

»Ich fahr schon mal meinen PC hoch«, sagt Tomke. »Der braucht immer und in der Zeit koche ich uns einen starken Tee.«

Sie bedenkt Karl mit einem freundlichen Blick. »Eine super Idee mit dem Zettelverteilen. Es ist wirklich sehr lieb von dir, dass du hier bleibst und uns hilfst.«

Karl lächelt verlegen und zuckt ergeben mit den Schultern. Als wäre ihm keine andere Wahl geblieben, als den Frauen zu helfen.

Tomke verschwindet in der Küche. Karls Einsatz ist nicht ganz uneigennützig. Das ist ihr durchaus klar. Er macht für Dörte den Ritter. Das ist Tomke hundertmal lieber, als wäre sie weiterhin das Ziel seiner Sehnsucht. Und doch spürt sie eine leise Kränkung. Es verunsichert sie, dass Karl sich so schnell trösten konnte. Was soll sie von Liebesbekundungen und ihrer Wahrhaftigkeit denken?

Aber mehr als dieser Wermutstropfen wiegt für Tomke das Gefühl, etwas unternehmen zu können. Heinfried Pirschel kann nicht einfach so davonkommen. Es ist gut, dass Karl Schwung in die Angelegenheit gebracht hat.

Dörte und Dagmar hätten in ihrer Verwirrung und aus Scham womöglich klein beigegeben. Und genau auf dieses Verhalten setzt Heinfried Pirschel. Der ist so was von sich überzeugt. Sonst würde er nicht im Wangerland bleiben und seelenruhig seine Liedchen trällern. Anscheinend hat sich noch nie eine Frau gerächt. Dass da noch mehr vor Dörte und Dagmar waren, stellt Tomke außer Frage. Sie schüttelt nachdrücklich den Kopf. Nicht auszudenken. Dörte hätte brav den Kredit für ihn abgestottert und Dagmar – die tut ihr auch leid. Sehr sogar. Da hat sie ihrer Freundin einen großen Gefallen getan und sich auf eine abenteuerliche Nacht- und Nebelaktion eingelassen. Dabei ist sie über so viel Geld gestolpert. Wer will sich da ganz freisprechen, in Versuchung zu geraten? Was aber viel schmerzhafter ist, sie hat sich von diesem Italo-Verschnitt verführen lassen. Das Objekt der Begierde ist für Tomke schwer nachzuvollziehen. Wenn sie allein an sein gestelztes Italo-Deutsch-Gefasel denkt, bekommt sie eine Gänsehaut. Allerdings nicht vor Erregung. Aber okay, über Geschmack kann man nicht streiten. Bei Dagmar hat er offene Türen eingerannt und sie hat ihn in ihr Bett gelassen. Wer weiß, wie lange sie dort schon allein geschlafen hat. Und als Liebhaber hat Heinfried Pirschel anscheinend seine Qualitäten. Dagmar war im siebten Himmel. Und nach nur einer Nacht voller Seligkeit kam das böse Erwachen.

Jemand klopft an die offene Küchentür. Tomke fährt aus ihren Gedanken so heftig zusammen, dass sie erschrocken zusammenfährt.

»Oh, ich wollte Sie nicht erschrecken«, entschuldigt sich Frau Landers. Oder ist es Frau Hagen?

»Schon gut«, lächelt Tomke beschwichtigend. »Kann ich helfen?«

»Ja, vielleicht. Wir suchen aktuelle Tidenpläne. Im

Frühstückszimmer haben wir keine unter den Prospekten gefunden.«

»Ich hole Ihnen gleich welche«, sagt Tomke.

»Das wäre nett, wenn es keine Umstände macht.«

»Macht es nicht.« Tomke gießt das kochende Wasser über die Teeblätter und huscht an der Wassernixen-Zimmer-Frau vorbei in die kleine Stube. Dagmar hat sich neben Karl an den Schreibtisch gesetzt. Sie brüten zusammen den Text für ihre Zettelaktion aus. Ihre Köpfe sind dicht zusammen. Sie schauen nicht auf, als Tomke aus dem Bücherregal nach einem Stapel Tidenpläne greift. Einen davon übergibt sie gleich ihrem erfreuten Gast auf dem Flur, die restlichen legt sie ins Frühstückszimmer. Währenddessen sieht sie Karl und Dagmar vor ihrem geistigen Auge. Das Bild beunruhigt sie. Wo ist Dörte eigentlich? Tomke sieht sie auf der Terrasse stehen. Vielleicht besser so. Dörte muss das traute Beisammensein in der Stube nicht mitkriegen. Das würde nur Salz in offene Wunden streuen, und sie kämen bei der Aktion Geldeintreiben und Heinfried-Pirschel-den-Marsch-Blasen keinen Schritt weiter. Tomke macht auf dem Absatz kehrt und marschiert zurück in die Stube.

»Dagmar, kannst du mir nebenan helfen?«, fragt sie. Dagmar schaut hoch und nickt. Sie folgt Tomke bereitwillig in die Küche und sieht sich suchend um.

»Was soll ich tun?«

Statt einer Antwort zieht Tomke sie am Oberarm zu sich an das Fenster und flüstert ihr ins Ohr.

»Wenn du in diesem Leben noch Kontakt zu deiner Tochter haben willst und an ihrem Glück ein bisschen interessiert bist, dann lass die Finger von Karl.«

Dagmar versucht sich empört aus ihrem Griff zu befreien, aber Tomke lässt nicht locker.

»Hör mal, ich kenne dich schon ein paar Tage. Mach jetzt keinen auf verletztes Reh. Es ist ganz einfach: Hände weg von Karl! Er ist kein Trostpflaster. Jedenfalls nicht für dich. Dörte hat sich in ihn verliebt. Und das passiert ihr im Gegensatz zu dir höchstens ein- oder zweimal im Leben!«

Dagmar schiebt ihre Unterlippe hervor. Sie kämpft sichtlich dagegen an, nicht gekränkt zu sein. Sie sieht Tomke an, atmet durch und erwidert überraschend ernsthaft. »Ich verspreche es und – danke für die Warnung.«

Tomke nickt und lässt Dagmar aus der Umklammerung frei. Sie glaubt ihr. Es ist genug passiert. Dagmar wird sich zurückhalten. Es geht gerade um mehr. Vielleicht sogar um eine späte Annäherung an ihre Tochter.

»Du solltest mal anfangen, die Gesellschaft von Frauen zu suchen. Da gibt es genug Möglichkeiten. Ich meine, wenn du nicht gut allein sein kannst«, sagt Tomke leise.

»Du meinst, ich bin zu alt für die Liebe mit einem Mann?«, fragt Dagmar betroffen.

»Nein, dafür ist man wohl nie zu alt. Aber – wenn man so verzweifelt sucht wie du, sieht man den Wald vor Bäumen nicht oder greift regelmäßig ins Klo.«

Tomke trägt das Tablett mit Tee und einem großen Teller mit butterbestrichenen Schwarzbrotscheiben in die Stube. Ihr Schreibtisch ist wieder frei. Karl sitzt mit Dörte auf dem Sofa.

Geht doch, denkt Tomke, und gießt Tee in die Tassen. Als alle versorgt sind, geht Tomke zu ihrem PC. »Habt ihr den Text fertig zum Eintippen?«

»Ja, liegt neben dir«, sagt Karl. »Kannst du meine Schrift lesen oder soll ich ihn dir diktieren?«

Tomke setzt ihre Lesebrille auf und greift nach dem Blatt Papier.

»Geht schon«, sagt sie und beginnt, in die Tastatur zu hacken.

Karl, Dörte und Dagmar sind aufgestanden und haben sich im Halbkreis mit ihren Tassen in der Hand um Tomke versammelt.

»Liebesinsel würde ich dick schreiben«, sagt Dörte. »Damit es gleich ins Auge fällt.«

»Und den größten Schatz gefunden«, nickt Karl. »Schatz und Liebesinsel.«

»Und wie viele Zettel soll ich ausdrucken?«, fragt Tomke, als sie fertig ist.

»Wir sind zu viert«, überlegt Karl. »Fünfzig sollte jeder mindestens verteilen, um Aufmerksamkeit zu erregen. Hast du so viel Papier?«

Tomke schaut zum Drucker. »Habe ich. Sogar mehr. Wir sollten lieber 100 pro Nase rechnen.«

Als die ersten Seiten vom Drucker ausgespuckt werden, steigt bei ihnen das Lampenfieber.

»Wer geht denn mit wem?«, fragt Dörte und wirft Karl einen ermutigenden Blick zu.

Tomke registriert ihn und zuckt bedauernd mit den Schultern.

»Keiner geht mit wem. Wir müssen das möglichst breit verteilen. Wenn wir da heute Nacht mit fertig werden wollen, muss jeder allein los.«

»Allein?«, fragen Dörte und Dagmar entsetzt wie aus einem Mund.

»Ja, allein«, knurrt Tomke. »Ihr kennt euch hier aus und werdet euch wohl kaum verlaufen.«

»Ich muss Tomke recht geben«, mischt sich Karl ein. »Unsere Chance, den Richtigen zu erreichen, steigt, wenn wir die Zettel so weiträumig wie möglich verteilen.«

Tomke holt eine Wangerlandkarte aus dem Regal, schlägt sie auf und bewaffnet sich mit einem Filzstift. »Also. Wer geht wohin?«

»Ich gehe nach Minsen und Förrien«, sagt Dagmar. Über ihr Gesicht huscht ein kleines Lächeln. »Denen wollte ich schon immer mal einen kleinen Streich spielen.«

»Ich müsste in Horumersiel bleiben«, sagt Dörte. »Ich habe keinen Führerschein.«

»Seit wann das denn?«, fragt Dagmar entgeistert und mit echter Empörung in der Stimme. Sie hört sich zum ersten Mal wie eine Mutter an.

Dörte sieht ihre Mutter trotzig an. »Seit wann regst du dich über etwas bei mir auf?«

Sie reckt ihr Kinn. »Sie haben mir den Führerschein abgenommen, weil ich betrunken am Steuer gesessen habe.«

»Du warst betrunken?«, fragt Dagmar, als könnte es sich nur um eine Verwechslung handeln.

»Ja, ich. Nachdem ich dich mit Enrico in der Eisdiele getroffen habe. Mir war so schlecht. Leider hatte ich eine Flasche Schnaps im Auto liegen.«

»Aber du wärst doch gleich zu Hause gewesen. Warum im Auto?«

»Ich habe die Wut keine Sekunde länger ausgehalten.«

Dagmar sieht sie nachdenklich an. »So einen Gefühlsausbruch hätte ich dir nicht zugetraut. Das tut mir leid.«

Die beiden Frauen betrachten sich abschätzend, als sähen sie sich zum ersten Mal. Tomke wartet den winzigen Augenblick der Berührung ab. Als Dörte und Dagmar wieder den Blick voneinander lösen, sagt sie: »Stimmt. Dörte kann nicht fahren. Hatte ich vergessen. Sie bleibt also in Horumersiel.«

Tomke umkringelt den Ort mit dem Filzer und schreibt Dörtes Namen daneben. Das macht sie so gewissenhaft, als müsste sie eine Hundertschaft über das Wangerland verteilen.

»Blieben noch Schillig, Hohenkirchen und ganz wichtig: Sengwarden und Hooksiel bis zum Außenhafen. Kennst du dich in Hooksiel aus, Karl?«

»Ja, ich bin ja nicht erst seit gestern hier, wie du weißt.«

»Gut«, lächelt Tomke zufrieden. »Dann fahre ich nach Schillig, Hohenkirchen und den Schlenker nach Sengwarden nehme ich dazu. Hooksiel und Außenhafen reichen für Karl. Das wird seine Zeit brauchen.«

»Wollen wir gleich los?«, fragt Dörte.

»Nein, das wäre zu früh«, sagt Tomke. »Jetzt sind noch Touristen unterwegs. Die würden nur Fragen stellen, weil sie denken, dass das eine Werbeaktion der Kurverwaltung ist. Oder abreißen. Vielleicht als Souvenir. Ich würde vorschlagen, wir starten erst um Mitternacht.«

»Und was machen wir bis dahin?«

»Abwarten und Tee trinken.«

KAPITEL 16

Karl ist in Gefahr

Kurz nach Mitternacht stehen die vier vor der Pension auf der Deichstraße. Jeder hat einen Jutebeutel von Tomke in die Hand gedrückt bekommen. Inhalt: 100 ausgedruckte Blätter, Paketband, Schere und eine Taschenlampe. Tomke hat sich zwar von dem meisten Nippes in der Wohnung getrennt, aber nützliche Dinge hortet sie immer noch gerne in der Garage. Und die Erfahrung hat ihr recht gegeben. Mit ihren Schätzen hat sie schon manchem Gast aus der Klemme helfen können.

Die vier Nachtarbeiter stehen im Kreis und sehen sich mit verschwörerischen Mienen an. Sie fühlen sich jung und wagemutig. Das feine Kribbeln, der unwiderstehliche Reiz, etwas Verwegenes zu unternehmen, belebt sie.

»Bis später«, sagt Dörte, dreht sich um und marschiert los.

»Warte!«, ruft Karl ihr spontan hinterher. »Nimm Tina mit!«

Dörte bleibt stehen und nimmt die angebotene Begleitung begeistert an.

Als Karl wieder bei Tomke ist, sagt er: »Wenn Tina bei ihr ist, habe ich ein besseres Gefühl.«

Tomke nickt verständnisvoll, obwohl ihr seine Beschützerinstinkte einen kleinen Stich in der Herzgegend verursachen. Sie verabschieden sich und steigen in ihre Autos.

Zehn Minuten später rollt Tomke mit ihrem Wagen in das schlafende Hohenkirchen. Wo soll sie mit den Plakaten anfangen? Sie hält vor der Oldenburger Sparkasse. Sie hat schon einen Fuß auf dem Bürgersteig, da überlegt sie es sich anders und fährt weiter. Es wäre nicht besonders schlau, an diesem Ort anzufangen. Sicher haben sie eine Videoüberwachung im Eingangsbereich.

Sie biegt nach rechts ab und blickt auf das Gemeindehaus. Hier sollte sie auf jeden Fall ein paar Plakate ankleben. Vielleicht wird sogar die lokale Presse auf die Aktion aufmerksam. Das wäre nicht schlecht. Mit klopfendem Herzen steigt Tomke aus und platziert einige Zettel. Die nächtliche Stille der Gebäude macht ihr überdeutlich, etwas Verbotenes zu tun.

Wie berauscht fährt sie weiter und kommt an der Polizeidienststelle vorbei. Nein, bei euch ganz bestimmt nicht, denkt Tomke. Sie wird zur Hauptstraße fahren und dort die Geschäfte abklappern. Das Auto am besten stehen lassen. Zu Fuß ist sie schneller. Sie ist just ausgestiegen, als ihr Handy klingelt. Mit hektischen Bewegungen angelt sie es aus ihrer Umhängetasche. Das Handy ist auf leise gestellt. Aber auf der menschenleeren Straße schallt es beunruhigend weit. Karl ruft an.

»Tomke, hör jetzt genau zu.« Seine Stimme ist kaum zu verstehen.

»Wenn du ein bisschen lauter sprichst, klappt das mit dem Zuhören besser.«

»Kann ich nicht«, flüstert Karl. »Ein Mann hat mich mit Gewalt in seinen Wagen gezerrt. Er ist nur pinkeln. Der kommt gleich wieder.«

Tomkes Herzschlag scheint sich von einer Sekunde

zur anderen verdoppelt zu haben. In ihren Ohren rauscht es. Sie zwingt sich mit heiserer Stimme zu fragen: »Wo bist du?«

»Ich weiß es nicht. Wir halten an einem riesigen Maisfeld. Er denkt, ich bin Enrico. Der Mann ist fuchsteufelswild. Er will sein Geld zurück. Ich werde ihm ...«

Die Leitung wird abrupt unterbrochen. Wahrscheinlich ist der Typ zurückgekommen und Karl musste schnell das Handy verschwinden lassen.

Lieber Gott! Tomke starrt auf das Telefon und dann in den funkelnden Sternenhimmel. Wie kann man Karl mit Enrico verwechseln? Mit dieser Wende hätte Tomke im Leben nicht gerechnet. Also ist der Geldhai doch kein Einheimischer. Wer weiß, in welches Wespennest sie da gestochen haben. Sie muss zur Polizei. Was sonst. Worauf wartet sie? Sie setzt sich wie ferngesteuert hinter das Lenkrad und fährt los. Viel zu schnell.

Über die folgenden Minuten hat sich Tomke später den Kopf zerbrochen. Ohne Erfolg. Es bleibt eine Gedächtnislücke und für sie fremd, als hätte nicht sie das Auto gefahren.

In ihr tobten zu viele Gefühle und das beherrschende davon war: Angst. Sie nahm ihr ihre Gelassenheit und ihre Gabe, klar zu denken und sich auf neue Situationen schnell einzulassen.

Zu der Angst kamen bittere Vorwürfe. In was für einen Verbrecherkreis hatte sie Karl da hineingezogen? Ohne sie würde er friedlich und sicher in seinem Wohnwagen schlafen.

Während Tomke ein verzweifelter Gedanke nach dem anderen überfiel, kam der nächste Anruf. Dieses Mal dachte sie, ihr Herz bleibt stehen. Aber es war Dörte. Sie stand in Horumersiel vor der Bücherinsel und war völlig aufgelöst. Sie konnte Karl nicht erreichen. Wahrscheinlich hatten sie engmaschige Anrufe miteinander vereinbart. Als Tomke ihr sagte, Karl ist geschnappt worden, rastete Dörte völlig aus. Karl in der Hand eines Verbrechers oder einer ganzen Verbrecherbande. Sie verlangte nach Polizeieinsatz, wenn möglich einer ganzen Hundertschaft mit Nachtsichtgeräten in den Hubschraubern.

Vor allem das Wort Polizeieinsatz hallte in Tomkes Kopf schmerzhaft wieder und holte sie aus dem Verdrängungswachschlaf.

Sie erkennt, wo sie gelandet ist. Sie befindet sich bereits am Ortseingang von Horumersiel.

Entsetzt hält sie an. Die jammernde Dörte am Ohr. Wieso ist sie hier? Sie wollte zur Polizeidienststelle Hohenkirchen. Sie muss die Polizei verständigen. Das will sie Dörte sagen. In dem Augenblick verabschiedet sich ihr Handy mit einem unspektakulären Quäkton. Tomke starrt auf das kleine, flache Teil, als handele es sich um ein außerirdisches Artefakt. Verdammt! Das darf doch nicht wahr sein! Der Akku ist leer. Ausgerechnet jetzt. Tomke hat keine Zeit für einen zweiten Schock. Sie wirft das Handy auf den Beifahrersitz und rast weiter. In den Ort hinein und die Goldstraße entlang. Zum Glück hat sich Dörte nicht von der Stelle gerührt. Sie steht mit Tina auf dem Arm vor dem erleuchteten Schaufenster. Als sie Tomke kommen sieht, setzt sie sich in Bewegung. Tomke hat kaum den Wagen zum Stehen gebracht, da reißt Dörte die Beifahrertür auf und steigt ein.

»Los! Fahr weiter!«, schreit sie völlig hysterisch.

»Wohin denn?«

»Wohin wohl? Karl retten!«

»Karl retten«, wiederholt Tomke aufgebracht. »Du spinnst! Das überlassen wir mal hübsch der Polizei. Gib mir dein Handy!«

»Warum?«

Bevor Tomke antworten kann, wird der nächste Wagen mit quietschenden Reifen um die Blumenrabatten des Marktplatzes gelenkt. Es ist Dagmar. Sie bringt den Wagen knapp neben Tomkes zum Stehen.

»Ich habe sie angerufen«, schluchzt Dörte. »Wir müssen jetzt zusammenhalten.«

Dagmar stürmt auf sie zu. »Meine Güte. Wie furchtbar!«, ruft sie atemlos. »Habt ihr schon was von ihm gehört? Was sagt die Polizei? Wie ist der letzte Stand?«

»Hol erst mal Luft«, motzt Tomke sie unfreundlich an. Ihr steht der Schweiß auf der Stirn. Sie hat ein scheißschlechtes Gewissen. Die Polizei ist noch immer nicht informiert. Und das ist ihre Schuld. Mit zitternden Händen greift sie nach Dörtes Handy. Kaum hält sie es in der Hand, beginnt es zu klingeln. Tomke lässt es vor Schreck fast fallen. Karls Name leuchtet auf dem Display. Er lebt. Hastig nimmt Tomke das Gespräch an.

Aber anstatt Karl donnert eine fremde Männerstimme los. »Ist da die Freundin von Enrico?«

Tomke macht ihren Mund ein paar Mal auf und zu, ohne einen Ton herauszubringen.

»Hallo? An Ihrer Stelle würde ich antworten!«, schnauzt der Mann sie an

»Nein, hier ist Tomke Heinrich«, meldet sie sich krächzend. »Der Mann, den Sie gefangen halten, ist nicht Enrico. Er ist …«

»Tomke Heinrich, Frühstückspension, Deichstraße?«, unterbricht sie der Mann überrascht.

Woher weiß der Kerl ihren Namen und ihre Adresse? Tomkes Herz schlägt ihr gefühlt bis zum Hals heraus, aber sie antwortet tapfer: »Ja, genau die bin ich.«

»Ich fasse es nicht. Sag mal, was habt ihr da für einen Scheiß verzapft?«

Tomke ist zu keiner Antwort fähig. Wer ist das? Er spricht mit ihr, als müsste sie ihn kennen.

»Meine Liebe, ich habe ein Hühnchen mit dir zu rupfen. Und zwar sofort«, sagt er wütend.

»Wer – wer sind Sie?«, ringt Tomke sich heiser ab.

»Bruno Nolte bin ich! Und gerade auf 180!«

KAPITEL 17

Nachts in der Pension am Deich

In Tomkes Kopf kreist es erneut. Zum Glück lässt sie dieses Mal ihr Verstand nicht im Stich. Er signalisiert ihr, Alarmstufe Rot ist beendet. Beruhig dich, Tomke Heinrich. Es besteht Klärungsbedarf. Aber beruhig dich.

»Und wo wollen wir uns treffen?«, fragt sie.

»Bei dir in der Pension. Den feinen Schatzsucher bringe ich mit. Bis gleich.«

Ohne eine Antwort abzuwarten, beendet er das Gespräch.

»Was ist mit Karl?«, flüstert Dörte aufgeregt. Sie kann vor Angst kaum sprechen.

»Nun sag schon was«, fordert auch Dagmar vom Rücksitz.

»Wenn ich das man wüsste«, murmelt Tomke und starrt auf die freundlich dekorierte Auslage der Bücherinsel. »Wir fahren zurück in die Pension.«

»Wie zurück?«, stammelt Dörte. »Was ist mit Karl? Wir müssen die Polizei rufen! Gib mir das Handy zurück!«

»Nein, die Polizei brauchen wir nicht zu rufen. Planänderung«, sagt Tomke und massiert mit den Fingerspitzen ihre Stirn. »Wir treffen uns in der Pension mit Karl. Ihm ist nichts passiert.

Ich kenne den Entführer und ihr auch. Das ist Bruno Nolte.«

»Der Fliesenleger aus Bohnenburg?«, ruft Dagmar ungläubig.

»Genau der. Und der hat Karl im Gepäck und hält ihn für Enrico. Wir treffen uns gleich. Nun man zu. Lasst uns losfahren.«

Ohne eine weitere Frage zu stellen, eilt Dagmar zu ihrem Auto. Sie fahren nacheinander los. Wieder einmal zu schnell.

Dörte schüttelt während der Fahrt unaufhörlich den Kopf.

»Ich verstehe das alles nicht.«

»Ich auch nicht«, sagt Tomke. »Aber gleich werden wir mehr wissen.«

Dabei schwant ihr bereits etwas. In ihrem Gedächtnis rattert es. Malte hat gesagt, der Chef war wie verwandelt, als er zurückgekommen ist. Sie konnten ihn nicht allein lassen.

Die Frauen sind gerade in der Pension, als Bruno Nolte seinen Jeep in der Einfahrt parkt. Er springt aus dem Wagen, läuft zur Beifahrertür und zerrt Karl ruppig am Oberarm heraus. Der zeigt keine Gegenwehr und lässt sich wie ein gefasster Verbrecher von Nolte abführen.

Kaum hat Tomke die Haustür geöffnet, reißt Tina sich von Dörte los und baut sich gefährlich knurrend vor Nolte auf. Der sieht genervt auf den kleinen Hund hinunter, aber er lässt Karl los.

»Ich hatte solche Angst«, schluchzt Dörte und schlingt Karl die Arme um den Hals.

»Die kannst du noch immer haben«, poltert Nolte sofort los.

»Mach mir die Gäste nicht wild«, faucht Tomke ihn mit zusammengebissenen Zähnen an. Hier in ihrem Haus fühlt sie sich wieder sicher, und vor Nolte hat sie keine Angst.

»Ab in die kleine Stube! Alle!«

Dagmar zögert. »Ich koche uns einen Tee. Ich denke, wir können ihn gebrauchen.«

Tomke nickt ihr dankbar zu. Das ist mit Sicherheit eine gute Idee. Eine anständige Tasse Tee hilft immer.

Karl und Dörte lassen sich erschöpft nebeneinander auf das Sofa fallen. Tina weicht nicht von Karls Seite. Sie hockt sich ganz nah neben ihn und lehnt sich an seine Beine. Tomke setzt sich auf ihren Schreibtischstuhl. Nur Nolte bleibt breitbeinig mitten im Zimmer stehen.

»Wo ist das Geld?«, fragt er und sieht drohend in die Runde.

»Setz dich hin!«, fordert Tomke ihn auf. »Dagmar bringt uns gleich Tee.«

»Ich bin nicht auf Visite, Tomke Heinrich!«, donnert er weiter. »Und das weißt du ganz genau.«

»Gut. Dann hör mal genau zu. Erst einmal«, sie zeigt auf den eingeschüchterten Karl, »das ist nicht Enrico. Das ist Karl Heinsen aus Hannover.«

»Und warum hat er dann diese dämlichen Zettel verteilt?«

»Siehst du, Bruno. Das hättest du dich gleich fragen sollen. Warum hätte wohl jemand diese Zettel verteilen sollen, der wirklich auf der Liebesinsel dein Geld gefunden hat? Wobei es ja auch nicht ganz *deins* ist, oder?«

Den letzten Satz hat Tomke als Ballon steigen lassen. Und sie hat ins Schwarze getroffen. Nolte stutzt.

Seine Wut wechselt erkennbar in Verunsicherung. Er verschränkt seine Arme vor dem Brustkorb. »Na gut, was wollt ihr von mir? Etwa einen Finderlohn?«

»Setz dich endlich hin! Wir haben dein Geld nicht. Nicht mehr. Und wir sind sehr daran interessiert, es Heinfried Pirschel wieder abzuknöpfen.«

Nun sieht Nolte aus wie ein einziges großes Fragezeichen.

»Wer zum Henker ist Heinfried Pirschel?«

Tomke stöhnt: »Heinfried Pirschel ist Enrico. Das ist sein Künstlername. Meine Güte, du bist echt ein Kulturbanause. Ich sage nur: Amaretto, Amaretto.«

»Ja, habe ich schon mal gehört.«

»Gut, den Hit hat er unter dem Namen Enrico vor 20 Jahren gelandet. Und weil er aus Förrien stammt und in Sengwarden lebt, kennt ihn hier jeder. Dachten wir jedenfalls. Und wir waren sicher, man verwechselt ihn nicht mit einem unschuldigen Mann, der uns nur geholfen hat.«

Nolte knetet seine riesigen Hände und sieht verlegen zu Karl rüber.

»Tut mir leid, wenn ich dich zu hart angefasst habe.«

Karl nickt nur und massiert in Erinnerung an den Erstkontakt mit Nolte sein Kinn. Dagmar kommt mit einem Tablett herein und verteilt Tassen und schenkt Tee ein. Als sie Nolte mit Tee versorgt, überwindet sie sich und fragt mit brüchiger Stimme: »Was haben Sie mit dem Kater gemacht?«

Nolte greift nach der Tasse und sieht Dagmar aufmerksam an. Seine buschigen Augenbrauen ziehen sich zusammen und sehen aus, als wären sie in der Mitte zusammengewachsen.

»Du warst das?«

Sie nickt reumütig.

»Du bist doch Dagmar Friedrichs.«

»Die bin ich, ja«, sagt sie. Sie reckt ihr Kinn, das verdächtig zittert.

»Ich wollte den Kater meiner Freundin beerdigen. Er – er sollte in der Nähe vom Wasserskilift zu liegen kommen. Das hat sich meine Freundin für ihn gewünscht.«

Nolte trinkt einen Schluck Tee. Dabei lässt er sie nicht aus den Augen. »Jetzt tön nicht herum. Erzähl mir lieber die Wahrheit.«

»Ich sage die Wahrheit«, wehrt sich Dagmar. »Meine Freundin hat den Kater geliebt und der die Wasserskifahrer. Als ich für ihn die Grube ausheben wollte, da habe ich den Koffer gefunden. Ich weiß, es war nicht richtig, aber ich habe ihn mitgenommen. Es war so eine große Versuchung. Am nächsten Tag, ach nein, schon in der gleichen Nacht habe ich es bereut. Aber …« Sie bricht ab und senkt ihren Blick.

»Aber was?«, hakt Nolte ungeduldig nach.

»Am nächsten Tag habe ich mich bei Enrico ausgesprochen und er ist mit dem Geld auf und davon.«

Nolte wird blass und muss sich nun doch setzen.

»Auf und davon, sagst du? Der ist mit dem Geld verschwunden? Klar ist der verschwunden.«

»Nein, er hält sich noch in der Nähe auf, weil er unter einem ausgeprägten Größenwahn leidet«, beruhigt ihn Tomke. »Aber das ist im Augenblick nicht wichtig.«

»Wie nicht wichtig?«, wütet Nolte wieder lautstark los. »Wenn ich weiß, wo der sich verkrochen hat, gibt es was auf die Fresse. Ich hole mir mein Geld zurück!«

»So einfach wird das nicht gehen«, sagt Tomke mit Engelsgeduld. »Heinfried Pirschel ist ein Arschloch, aber er ist nicht dumm. Der kennt dich und wird sofort riechen, dass mit dem Geld was nicht stimmt. Das wird er für sich ausnutzen. Er wird so tun, als hätte es das Geld nie gegeben. Der bringt es fertig und ruft die Polizei, wenn du da auftauchst, und zeigt dich wegen Nötigung oder Körperverletzung an. Glaub mir, der ist mit allen Wassern gewaschen.«

Nun fällt Nolte völlig in sich zusammen und hat nichts Bedrohliches mehr an sich. Er wirkt wie ein hilfloser, trauriger Junge, der sein Lieblingstaschenmesser verloren hat.

»Polizei ist wirklich das Letzte, was ich brauchen kann. Habt ihr eine Ahnung, wie lange ich für das Geld gearbeitet habe?«

»Nicht nur du. Deine Leute wohl auch«, kontert Tomke grimmig. »Mein Schwiegersohn hatte zu Hause eine Masse Ärger, weil er so viel unterwegs war.«

»Malte ist ein feiner Junge«, sagt Nolte. »Meine Güte, die sind alle froh, wenn sie mal was auf die Hand ausgezahlt bekommen. Meinen Anteil habe ich gespart. Schon drei Jahre lang. Davon weiß selbst meine Frau nichts.«

»Tja, das haben wir gemerkt«, sagt Tomke. »Ich würde an deiner Stelle bald mal mit ihr reden.«

»Das soll für sie eine Überraschung werden.«

»Diese Art von Überraschung kann nach hinten losgehen. Malte jedenfalls hätte um ein Haar einen Brief vom Scheidungsanwalt auf dem Tisch gehabt.«

Noltes Unterkiefer rutscht nach unten. »Scheidung wegen Mehrarbeit. Da muss man erst mal drauf kommen. Frauensleute!«

Er schüttelt fassungslos den Kopf.

»Was heißt Frauensleute?«, fragt Tomke gereizt. »Wohl eher Eheleute. Man wird nicht gern von seinem Partner vor vollendete Tatsachen gestellt. Ich denke mal, das würde dir auch nicht schmecken.«

Nolte brummelt nur etwas Unverständliches. In Tomke steigt Ärger hoch. Sie muss an die Tränen ihrer Tochter denken – und alles nur wegen der blöden Geheimniskrämerei. Tomke sieht ihn herausfordernd an.

»Irgendwie übersteigt es meine Vorstellungskraft, wie du so viel Geld beiseiteschaffen konntest. Immerhin sind 200.000 Euro keine Kaffeekasse.«

Alle Augenpaare im Zimmer richten sich in aufmerksamer Erwartung auf Nolte.

»Was wollt ihr mir denn jetzt schon wieder unterschieben?«, blafft er abwehrend.

»Nun ja, auf jeden Fall handelt es sich wohl nicht um legal angelegtes Geld«, mischt sich Karl mit neuem Mut ein. Er hat anscheinend das dringende Bedürfnis, nicht als Feigling hier herauszugehen.

Nolte nimmt Karl unter buschigen Augenbrauen ins Visier: »Was machst du beruflich?«

»Ich bin Frühpensionär. Ich war Briefträger.«

Noltes Gesicht glättet sich. Seine Augenbrauen ziehen sich auseinander. So wirkt er weniger düster und gleicht mehr einem Filou.

»Dann hast du vom Leben eines selbstständigen Handwerkers keine Ahnung. Es ist nicht gerade leicht, einen Betrieb über Wasser zu halten. Ich habe acht Mann angestellt. Die arbeiten in der Woche durchschnittlich 40 Stunden. Richtig ordentlich über den Fiskus. Und jeder hat halt so seine Träume, und manche sind deshalb zu ein paar Stunden schwarz in der Woche bereit. Manchmal mehr. Ich komme den Kunden entgegen. Die bekommen eine ordentliche Rechnung und eben noch ein paar Stunden fürs halbe Geld. Das ist nichts Kriminelles, das ist ein gegenseitiges Befruchten.«

»So kann man es auch bezeichnen. Ich denke, das ist eine Sache der Perspektive«, antwortet Karl ruhig. Nolte hört ihn gar nicht. Er ist jetzt in Schwung und setzt seinen Vortrag fort, als stände er vor Gericht und hielte ein Plädoyer für sich selbst.

»Und dann haben wir zwei ganz dicke Aufträge reingekriegt. Swimmingpool für privat. Einen richtig großen. Keine Vogeltränke, das sage ich euch. Da mussten wir zweimal Nachtschicht für einschieben. Das habe ich nur mit drei meiner Männer durchgezogen. Meine drei besten. Malte war dabei, Kalle und Werner. Mehr nicht und die halten dicht. Hundertpro. Aber es muss einen Neidhammel gegeben haben, der davon Wind gekriegt hat. Wie auch immer. Der hat mich bei der Steuer angeschissen. Zum Glück habe ich einen alten Kumpel vom Segeln in Oldenburg sitzen, der hat mich gewarnt. Seine Kollegen wollten Dienstag oder Mittwoch kommen. Deshalb habe ich Montag das Geld vergraben.«

Er dreht sich zu Dagmar herum. »Zwei Nächte war das Geld da nur. Zwei Nächte. Und ausgerechnet in der Zeit musstest du auftauchen und den Kadaver vergraben. Teufel noch mal!«

Dagmar zuckt zusammen und sieht ihn mit schreckgeweiteten Augen an.

»Wo ist der Kater?«

»Na in der Erde. Was sollte ich mit ihm machen? Das arme Vieh konnte sicher nichts dafür, dass mein Geld weg war.«

Dagmar lächelt ihn an, als wäre er der Weihnachtsmann persönlich.

»Bruno Nolte. Sie sind ein guter Mensch.«

Nolte brummelt irgendwas und zieht wieder seine Augenbrauen zusammen.

»Und warum habt ihr die Zettel verteilt?«, will er wissen.

»Wir haben gehofft, dass der Besitzer des Geldes sich Heinfried ordentlich vorknöpft«, erklärt Tomke.

»Na also. Sage ich doch. Einen auf die Fresse und er wird schon verraten, wo der Koffer ist.«

»Wird er nicht, Bruno. Wir haben auf einen echten Kriminellen gehofft. Vor dem sich Heinfried in die Hosen macht. Mit dir wird er spielen, genau wie mit uns.«

»Spielen will der?« Über Noltes Gesicht geht ein Leuchten. Es sieht nicht freundlich aus. »Dann spielen wir doch mal mit ihm. Ihr habt damit ja schon angefangen. Seid ihr sicher, dass er mit dem Geld nicht über alle Berge ist?«

»Ja, ganz sicher. Vielleicht sogar in seiner Wohnung in Sengwarden. Ich weiß es nicht. Aber er hat zwei Auftritte in der Nähe. Gestern Abend in Esens und morgen, nein heute Abend im Pumpwerk in Wilhelmshaven«, sagt Dörte. »Vor allem der Auftritt im Pumpwerk ist für ihn sehr wichtig. Die Chance, in der Öffentlichkeit zu singen, lässt er sich mit oder ohne Geld nicht entgehen. Wahrscheinlich glaubt er wirklich, seine *Italienischen Nächte* werden ein Erfolg.«

»Nerven hat der ja«, gibt Karl zu.

»Schaun wir mal, was die aushalten!«, lacht Nolte grimmig und schlägt sich auf die Schenkel. »Ich habe da eine Idee. In Wilhelmshaven wohnt ein alter Motorradkumpel von mir. Jens. Er hat in der Choppergang das Sagen. Ich bin sicher, der ist zu einem kleinen Freundschaftsdienst bereit.«

»Bist du verrückt geworden, Bruno?«, schimpft Tomke los. »Heinfried soll Schiss bekommen. Aber nicht zu Kleinholz verarbeitet werden.«

Nolte lacht gutmütig. »Ach, Tomke, du hast eine völlig falsche Vorstellung von den Jungens. Die sind harmlos. Sind auch ein paar Frauen dabei. Die lieben es, zusammen zu biken und hinterher haben sie Benzingespräche. Ich habe auch noch meine Maschine. Nur leider keine Zeit mehr.«

»Wenn die so geballt auftreten und ihre Kluft anhaben, wirken die schon sehr einschüchternd«, gibt Dagmar zu.

»Genau so soll das auch auf unseren Troubadour wirken«, nickt Nolte. »Der braucht nicht zu wissen, dass fast alle Familienväter sind und unter der Woche normal arbeiten.«

»Und die würden für dich so eine Show abziehen?«, fragt Tomke noch immer skeptisch.

»Würden sie. Heute ist Samstag. Passt. Außerdem, wenn ich Jens erzähle, wie dieser Pirschel die Frauen abledert, ist der sofort auf unserer Seite. Jens ist ein richtiger Frauenversteher.«

Tomke sieht ihn nachdenklich an. »Na gut. Warum nicht. Probieren wir es.«

»Machen wir. Morgen früh oder heute früh. Aber jetzt

geht es auf drei Uhr. Da kann ich niemanden mehr anrufen.«

»Stimmt«, sagt Tomke. Sie muss spontan ein herzhaftes Gähnen unterdrücken. »Wir werden jetzt alle das einzig Richtige tun und uns ein paar Stunden aufs Ohr legen.«

Bruno Nolte steht auf. »Bis später dann.«

Dagmar sieht hilfesuchend zu Tomke. »Muss ich für die paar Stunden nach Hause fahren?«

Tomke zögert. »Wenn du auf der Besucherliege in meinem Zimmer schlafen kannst, von mir aus bleib hier.«

»Das macht mir nichts aus«, strahlt Dagmar sie dankbar an. »Ich möchte jetzt nicht allein sein.«

»Wann treffen wir uns?«, fragt Karl.

»Nicht vor acht. Ich muss erst meine Gäste versorgen.«

KAPITEL 18

Samstagmorgen

Um halb vier morgens lagen alle in ihren Betten. Tomke war hundemüde und hatte gleichzeitig Angst, nicht schlafen zu können. Sie war viel zu überdreht und hatte literweise Tee getrunken. Dazu die ungewohnte Situation, nicht allein im Zimmer zu sein. Sie konnte Dagmars leisen Atem hören. Aber kaum lag Tomke in der Waagerechten, als sie wider Erwarten in einen traumlosen Schlaf fiel.

Jemand stupst sie an die Schulter. Ihr Name wird gerufen. Widerstrebend öffnet Tomke die schweren Augenlider und sieht Dagmar. Sie steht vor ihrem Bett.

»Dein Wecker hat geklingelt«, sagt sie. »Du bist nicht aufgewacht.«

Tomke rollt sich zur Seite und setzt sich schwerfällig auf die Bettkante. Ihr Kopf schmerzt. Ein unangenehmes Pochen hinter der Stirn. Als hätte sie letzte Nacht ordentlich gebechert. Ihre Augen suchen den Uhrzeiger. Bereits halb sieben. Höchste Eisenbahn.

»Danke«, murmelt Tomke. »Wieso bist du denn schon wieder so munter?«

Dagmar zuckt mit den Schultern. »War nichts zu machen. Ich konnte nicht einschlafen. Da bin ich aufgestanden und habe in der Küche gesessen.«

Tomke stellt sich hin und reckt sich. »Ich muss erst mal einen Tee trinken. Ich kann überhaupt nicht denken.«

»Tee ist fertig«, sagt Dagmar. »Dörte geistert auch schon herum.«

Tomke gähnt herzhaft. Anscheinend ist sie die Einzige, die tief und fest geschlafen hat.

Sie zieht sich ihren Bademantel über und schlurft über den Flur in die Küche. Dort sitzt Dörte bereits auf dem Fensterplatz. Brötchen und Zeitung sind reingeholt. Der Tee steht fertig auf dem Stövchen.

»An den Service gewöhne ich mich langsam«, witzelt Tomke müde und schenkt sich Tee ein.

Dörte lächelt schwach.

»Konntest du auch nicht schlafen?«, fragt Tomke.

»Nicht viel. Aber das ist okay.« Das scheint es wirklich zu sein. Dörte sieht erstaunlich frisch und erholt aus. Dagegen fühlt Tomke sich völlig verkatert und hat die Befürchtung, genauso auszusehen.

»Tut mir leid, ich bin noch nicht ganz unter den Anwesenden. Ich muss eben unter die Dusche. Es hat sich kein Gast für ein frühzeitiges Frühstück angemeldet. Bis acht Uhr kriege ich das mit Duschen hin.«

»Das kriegen *wir* hin. Wir sind zu dritt«, sagt Dagmar beruhigend. »Nun verschwinde schon ins Badezimmer und überschlag dich nicht.«

Tomke geht. Ein warmes Gefühl durchströmt sie. Wann hat sie das letzte Mal jemand ins Bad geschickt? Selbst ihre Mutter hat das nicht getan. Sie hat darauf vertraut, dass Tomke und Sina sich wuschen und die Zähne putzten. Die Schwestern mussten sogar die jüngeren Brüder dabei beaufsichtigen. Und als junge Frau – da hieß es für sie schnell erwachsen werden. Sie musste ihr Leben allein in die Hand nehmen.

Sie hält den Duschstrahl genussvoll über ihren Kopf. So könnte sie ewig stehen bleiben. Das Wasser spült all die Schwere und Müdigkeit von ihr ab und nimmt es mit in den Abfluss.

Als Tomke ihr Gesicht eincremt, muss sie an Bruno Nolte denken. Wie rabiat er mit Karl umgegangen ist. Hoffentlich war es eine gute Idee, ihm und seinen Chopperfreunden grünes Licht für das Geldeintreiben zu geben. Aber was hatten sie für eine Alternative? Um Heinfried Pirschels Pokerface aufzuweichen, muss man ihm anständig einheizen. Das sieht Tomke ein. Und Nolte wird schon nicht zu weit gehen. Er hat Verantwortung. Er hat einen Betrieb und einen Ruf zu verlieren. Tomke nickt sich im Spiegel Mut zu. Wird schon schiefgehen.

Als sie mit neuer Energie aus dem Badezimmer kommt, staunt sie nicht schlecht. Dagmar und Dörte haben, während sie geduscht hat, keine Däumchen gedreht. Sie waren fleißig und haben das Frühstück für die Gäste vorbereitet.

Dagmar eilt mit einem Käseteller über den Flur und sieht Tomke Beifall heischend an. Die Tomaten sind im Ganzen gelassen, dafür der Camembert viel zu klein geschnitten.

»Das ist doch okay?«, vergewissert sich Dagmar, als sie Tomkes skeptischen Blick bemerkt.

»Ja, das ist wirklich nett von euch. Ich bin das nur nicht gewohnt.«

Dagmar nickt zufrieden und flitzt weiter.

In der Küche ist Dörte eifrig damit beschäftigt, filigrane Röschen aus Butter zu zwirbeln.

»Da werden sich meine Gäste aber wundern«, sagt Tomke. »Solche Kunstwerke bekommen sie von mir nicht geboten.«

»Mir macht das heute Morgen Spaß. Setz dich hin. Ich bin gleich fertig.«

Tomke setzt sich und muss lachen.

»Was ist so lustig?«, fragt Dörte irritiert.

»Nichts«, lacht Tomke immer noch. »Ich befürchte nur, dass ich nicht WG-tauglich bin.«

Pünktlich um acht Uhr klingelt es an der Haustür. Dörte ist schneller als Tomke und öffnet. Vor der Tür stehen Karl und Tina. Dörte fällt ihm spontan um den Hals, als hätten sie sich seit Tagen nicht gesehen und vor allem, als würden sie sich schon seit einer Ewigkeit kennen.

Karl wirft Tomke einen verlegenen Blick zu. Der täuscht nicht darüber hinweg, dass ihm Dörtes Gefühlsbekundungen gefallen und glücklich machen.

Tomke grinst ihn freundschaftlich an und wendet sich Tina zu, die brav neben Karl stehen geblieben ist. Sie krault ihr liebevoll den Nacken. »Na meine Liebe, du bist auch müde, was?«

»Schon was von Herrn Nolte gehört?«, fragt Karl und schiebt Dörte sanft von sich.

»Nee, aber ist ja noch früh am Tag. Nun kommt erst mal richtig rein.«

Tomke hat sie gerade in die kleine Stube dirigiert, als ihre Gäste die Treppe runterkommen. Und zwar alle. Wie die Orgelpfeifen. Einer nach dem anderen, als hätten sie sich für einen Auftritt verabredet. Normalerweise wäre Tomke zu der Situationskomik eine passende Bemerkung eingefallen. Heute ist ihr Hirn dazu nicht in der Lage. Sie sieht nur die praktische Seite. Sie kann ihre Gäste in einem Abwasch abfüttern.

Als sie mit Eiern, Kaffee und Tee versorgt sind, verkündet Tomke: »Wenn etwas fehlt, ich bin vorn in der kleinen Stube zu finden. Wir haben eine ... eine kleine Familienkonferenz.«

»Ja, hier oben hat man noch Familiensinn«, lächelt die eine Wassernixen-Frau wohlwollend, und die andere nickt zustimmend.

»Ja, das hat man«, bestätigt Tomke und muss an Bruno Noltes Motorradgang denken.

Um halb neun klingelt das Telefon. Bruno Nolte.

»Moin. Jens ist dabei. War ja klar. Und der Pirschel wird schon beschattet.«

»Wie das?«, fragt Tomke verdattert nach.

»Ganz einfach. Jens hat bei Pirschel angerufen. Der hat abgenommen. Also ist er zu Hause.«

»Bist du sicher, dass es kein Anrufbeantworter war?«

»Bin ich. Jens sagt, der war mächtig ärgerlich über den frühen Anruf.«

»Und wie beschattet ihr ihn?«

»Jens hat einen seiner Jungens vor Pirschels Wohnung in Sengwarden abgestellt, damit er uns nicht entwischt.«

»Und was haben die dann mit ihm vor?«

»Das ist Jens' Sache. Er trommelt gerade seine Truppe zusammen. Aber du kannst beruhigt sein. Jens ist hundertpro. Ich melde mich wieder. Ach so, das hätte ich fast vergessen. Wie viel hat er von Dörte Friedrichs abkassiert?«

»30.000«, antwortet Tomke perplex. »Warum willst du das wissen?«

»Wenn wir schon dabei sind, können wir die Summe gleich aufrunden.«

»Wenn er so viel hat.«
»Das ist sein Problem. Bis dahin.«
»Bis dahin«, sagt Tomke.
Als sie aufgelegt hat, sieht sie in betroffene Gesichter. Sie hatte das Telefon auf Mithören gestellt.
»Ihr habt ja wohl kein Mitleid mit dem Kerl?«, fragt Tomke streng.
»Nein«, sagt Dagmar. »Aber ich hab irgendwie ein flaues Gefühl. Wir haben das Ganze wie einen Auftrag aus der Hand gegeben. Wir wissen überhaupt nicht, wie die vorgehen, und können nur abwarten.«
»Ja, damit geht es mir auch nicht ganz gut«, gibt Tomke zu. »Aber wir haben es dem Richtigen anvertraut. Immerhin gehört Bruno Nolte das meiste Geld und er …«
Jemand klopft an die Tür. Tomke verschluckt die letzten Worte und geht die Tür öffnen. Auf dem Flur steht eines der doppelten Lottchen aus dem Wassernixen-Zimmer. Sie wirkt hochaufgeregt.
»Entschuldigen Sie, aber wir bekommen den Wasserhahn vom Handwaschbecken nicht mehr abgestellt.«
»Oben auf Ihrem Zimmer?«, fragt Tomke gedankenlos, als wären überall im Haus Unmengen von Handwaschbecken verteilt. Ein heftiges Nicken. Tomke will mit ihr nach oben gehen, als Karl sie am Arm festhält.
»Bleib hier. Lass mich das mal machen.«
Tina ist sofort Gewehr bei Fuß. Ob müde oder nicht. Seit gestern Nacht lässt sie ihr Herrchen nicht mehr aus den Augen.
Kurze Zeit später kommen die beiden wieder runter.
»Das geht nicht ohne Werkzeug«, sagt Karl. »Hast du eine Wasserpumpenzange?«

»Hab ich«, sagt Tomke und holt ihm eine gut sortierte Kiste mit Werkzeug aus der Garage. Als sie besorgt mit nach oben gehen will, schüttelt Karl den Kopf. »Bleib du ruhig unten.«

Tomke versteht. Anscheinend traut Karl nicht dem Frieden zwischen Dagmar und Dörte. Aber Tomke geht nicht zurück in die kleine Stube, sondern in den Frühstücksraum. Das Aufräumen will sie sich nicht auch noch abnehmen lassen und Bewegung tut jetzt gut.

Sie steckt sich eine Scheibe Salami in den Mund. Ihr Magen knurrt dabei geräuschvoll und Tomke merkt jetzt erst, wie hungrig sie ist. Dörte und Dagmar haben sicher auch Hunger.

»Wollt ihr mit mir frühstücken oder habt ihr schon?«, ruft Tomke über den Flur. Die beiden haben Hunger.

Im Wohnzimmer hat Tomke noch nie gefrühstückt. Das ist das Terrain ihrer Gäste. Aber heute ist alles ein wenig anders, und in der Küche ist es zu eng für drei Personen. Und gleich wird Karl als vierter dazukommen.

»Ich hoffe so sehr, dass Bruno Nolte sein Geld zurückbekommt«, sagt Dagmar. »Wenn es Wiederholungen gäbe, würde ich das Geld an Ort und Stelle liegen lassen und Enrico hätte sich nie für mich interessiert. Eine Demütigung weniger in meinem Leben.«

»Tja, zurückdrehen gilt nicht«, murmelt Tomke mit vollem Mund.

»Nein, das gilt nicht«, bestätigt Dagmar. Sie sieht Dörte scheu von der Seite an. »Wenn das gehen würde, dann … dann würde ich einiges anders machen. Ich meine mit dir und Nils und mit mir selbst.«

Dörte drückt energisch Camembertscheiben auf ihre Brötchenhälfte. Ohne aufzusehen, fragt sie schnippisch: »Seit wann bist du denn zu der Erkenntnis gekommen?«

»Schon länger. Seit ich Zeit zum Nachdenken hatte. Ich bin nicht nur älter, sondern auch ein kleines bisschen weiser geworden bin.«

»Das hat man gemerkt. Enrico hat keine 24 Stunden gebraucht, um dich ins Bett zu kriegen. Und du bist fast 70.«

Dagmar zuckt sichtlich zusammen. »Du hast dich auch Hals über Kopf in Karl verliebt. Da könnte ich dir ›Bäumchen, wechsle dich‹ vorwerfen. Tue ich aber nicht, weil ich das Leben kenne.«

»Vielen Dank, du Lebensweise. Aber das mit Karl ist etwas *ganz* anderes!«, wehrt Dörte entrüstet ab. »Außerdem waren wir nicht … haben wir nicht … Es geht bei uns nicht um Sex.«

Dagmar lächelt wehmütig.

»So hätte ich meiner Mutter mit 17 geantwortet. Da habe ich an die große Liebe geglaubt. An viel Romantik. Eben ein Gefühl für die Ewigkeit, ganz einmalig. Ich war Schwesternschülerin, und der Krankenhausbetrieb war für mich ein einziges Abenteuer. Die Atmosphäre hat mich völlig fasziniert. Die Schwestern waren Vorbilder und die Ärzte habe ich angehimmelt. Ja, angehimmelt, weil sie in meinen Augen alles wussten und konnten. Dein Vater hat unseren Kurs in Anatomie und Krankheitslehre unterrichtet. Er war für mich der sprichwörtliche Gott in Weiß. Ich habe ihm meine Bewunderung ungeniert gezeigt. Und das hat auf ihn gewirkt. Er fing wirklich an, sich für mich zu interessieren. Das konnte ich kaum glauben. Dieser kluge, wunderbare Mann machte mir den Hof. Ich habe auf einer Wolke geschwebt und wäre mit Eike bis ans Ende der Welt gegangen, wenn er gewollt hätte. Ich war so naiv und voll Vertrauen, ich habe nicht mal an Verhütung gedacht. Ich habe alles Eike überlassen und bin auf Anhieb schwanger geworden.«

»Ich finde, das reicht! Mehr Details möchte ich nicht hören, und ich finde es unfair, Papa im Nachhinein die Schuld in die Schuhe zu schieben. Ich bin kein Wunschkind. Das ist keine Neuigkeit für mich.«

»Ach, Dörte. Ich will nicht streiten und Eike nichts in die Schuhe schieben. Ich ... ich wünsche mir, dass du mich ein klein bisschen besser verstehst.«

Dörte atmet tief durch und schweigt, aber Dagmar erzählt weiter.

»Wir haben geheiratet und dann kam das böse Erwachen. Für uns beide. Wir haben einen Traum gehabt und nicht gesehen, wer der andere wirklich war. Eike war über 20 Jahre älter als ich. Er war Witwer. Er hat seine erste Frau sehr geliebt und hat darunter gelitten, dass Brigitte in einem Internat lebte. Aber ich konnte ihm nicht helfen. Ich war ein junges Mädchen. In meinem Kopf herrschte ein riesiges Durcheinander. Ich war nur vier Jahre älter als Brigitte, und sie hat mich vom ersten Augenblick an abgelehnt. Wenn Eike nicht dabei war, auch ganz offen bekriegt. Sie wollte im Internat bleiben. Ich denke, um ihren Vater zu bestrafen. Du kamst auf die Welt, und ich war sehr viel allein. Mit dir. Glaub mir, mit einem Baby kann man sehr einsam sein. Eike hat den halben Monat über Bereitschaftsdienste geschoben. Als Oberarzt hätte er nach Hause fahren können, aber er blieb über Nacht in Wilhelmshaven. Angeblich, weil Minsen für Rufdienste zu weit entfernt wäre. Ich glaube, er ist vor der verfahrenen Situation geflohen. Das hat es nicht leichter gemacht. Ich habe mir anderweitig Trost und Zuwendung gesucht. Klamottenkauf. Mein Pferd und irgendwann andere Männer. Es war keiner dabei, der wirklich mich wollte. Es waren lediglich Bettgeschichten. Das habe ich immer erst hinterher begriffen, wenn ich wieder mal abgelegt wurde.«

Dagmar sieht Dörte liebevoll an. »Ich hatte, ich habe zwei wundervolle Kinder. Aber damals konntet ihr mir nicht den Halt geben, den ich gesucht habe. Den können Kinder nie geben. Damit halst man ihnen eine Verantwortung auf, mit der sie nichts zu tun haben.«

Dörte streicht sich eine Strähne aus der Stirn.

»Hört sich nicht lustig an, deine Vergangenheit. Aber das ist auch meine, und die war …«

Dörte kämpft sichtlich damit, ihre Gefühle in Worte zu fassen. Vergeblich. Sie zuckt nur abwehrend mit den Schultern, als wolle sie eine imaginäre Last abschütteln. »Was erwartest du von mir? Dass ich mit 51 Jahren anfange, Mama zu dir zu sagen?«

»Nein, das fände ich albern. Das will ich nicht, aber, ach ich weiß selbst nicht«, Dagmar bricht hilflos ab. Sie kann ihre Tochter nicht um Liebe anbetteln. Das wäre umgekehrte Welt. Eltern lieben ihre Kinder. Selbstlos. Hat sie Dörte geliebt? Ja. Das hat sie. Aber ihre Liebe war zu oft von ihrem eigenen Chaos verschüttet. Sie war nicht die Mutter, die Halt und Trost spenden konnte. Und doch hat sie ihre Kinder geliebt. Wie soll sie das Dörte begreiflich machen? Jeder Ansatz einer Erklärung klingt im Nachhinein verlogen. Eine alte Frau, die nicht allein sein will, wird sentimental. Vielleicht ist es auch so.

»Wo habt ihr euch denn versteckt?«, ruft Karl vom Flur aus.

»Wir sind im Frühstücksraum!«, antwortet Tomke. Sie sieht Dagmar mitfühlend an. Die Chance für eine Annäherung ist erst mal vertan.

Karl stellt den Werkzeugkasten ab und verkündet stolz: »Das Alphateam hat den Auftrag erledigt. Der Wasserhahn ist wieder dicht.«

»Super, danke«, sagt Tomke.

Karl schaut von einer zur anderen. »Alles in Ordnung? Ist was passiert?«

Dörte zögert, dann räuspert sie sich. »Wir haben über die Zukunft gesprochen. Ich habe Dagmar gerade angeboten, weiterhin ein paar Stunden in der Praxis zu arbeiten.«

Gegen elf Uhr ertönt von draußen ein gewaltiges Röhren und Knattern. Die Deichstraße scheint regelrecht zu beben. Dörte, Dagmar, Tomke, Karl und natürlich Tina rennen zum Fenster. Soweit sie gucken können, sehen sie knatternde Maschinen. Auf ihnen sitzen Männer in schwarzem Leder. Sie tragen mattglänzende Helme mit heruntergelassenen Visieren. Jens' Choppergang!

Ein Mann steigt ab und befreit sich von seinem Helm. Das ist Bruno Nolte! Und er hat einen Koffer dabei.

Er verabschiedet sich von dem Fahrer mit *Give me five*. Die Bikertruppe lässt ihre Motoren aufheulen. Dann schwirren sie wie ein Schwarm Hornissen geschlossen davon. Bruno Nolte kommt mit schnellen Schritten ins Haus.

Genau wie letzte Nacht bleibt er breitbeinig im Zimmer stehen. Nur dieses Mal ohne Drohgebärden. Nein, er strahlt über das ganze Gesicht.

Triumphierend hält er den Koffer in die Höhe und singt lauthals: »Beinhart wie'n Rockä!«

Er lacht. »Tja, Tomke Heinrich. Heute darfst du mir einen Tee anbieten. Und wenn du ein Brötchen für mich hast, wäre nicht schlecht. Ich habe noch nichts im Magen. Ich war zu aufgeregt.«

»Setz dich«, sagt Tomke. »Ich hole eben frischen Aufschnitt aus der Küche. Aber fang nicht an zu erzählen, bevor ich zurück bin.«

Bruno Nolte schmiert sich ein Brötchen und belegt es dick mit Jagdwurst. Zwei Scheiben landen gleich in seinem Mund.

»Da gibt es im Grunde nicht viel zu erzählen«, sagt er mit vollem Mund. »Das Geld ist da. Seht ihr ja.«

»Nee, nee, Bruno Nolte, so kommst du nicht davon. Wir wollen alles hören. Von Anfang an«, fordert Tomke. Die anderen nicken zustimmend.

»Das ist wirklich eine kurze Geschichte. Jens war fast enttäuscht, wie einfach das über die Bühne ging.«

Er sieht in die Runde und grinst genüsslich: »Also gut, von Anfang an. Pete hat vor Pirschels Wohnung Schmiere gestanden. Das habe ich euch schon am Telefon erzählt. Jens' Truppe hat sich vor Sengwarden gesammelt und gewartet. Sie hätten im Ort zu viel Aufsehen erregt. Außerdem sollte Pirschel auf keinen Fall vorher Lunte riechen. Gegen halb zehn ist der rausgekommen und zu seinem Wagen gegangen. Schätze mal, er konnte nach dem frühen Störanruf nicht wieder einschlafen. Jedenfalls ist er Richtung Hooksiel losgefahren – und Pete hat Jens Bescheid gegeben. Die sind gleich losgedüst, haben ihn überholt und eingekreist. Pirschel hatte natürlich keinen Schimmer und vermutete einen Überfall. Er hat in Panik nach seinem Handy gegriffen, aber Jens hat ihn angeschrien: ›Denk nicht mal dran! Keine Polizei! Sonst bist du ein toter Mann!‹ Pirschel hat das Handy wie eine heiße Kartoffel fallen lassen, und Jens hat sich neben ihn ins Auto gesetzt. Sie mussten sich beeilen, von der befahrenen Straße zu kommen, sonst hätte jemand anders die Bullerei informiert. Sie haben Pirschel rechts ab ins Gewerbegebiet dirigiert. An der Löschbrücke war zu der Uhrzeit noch nichts los, und dort haben sie sich den Knaben zur Brust genommen. Ganz echt, ich hätte auch Muffe gehabt, wenn ich die Biker nicht gekannt hätte. Pirschel hat fast geflennt und immer wieder gefragt, was sie von ihm wollen. Jens hat es ihm erklärt: ›Pass auf! Wir hier, wir sind die Netten. Aber unser Freund, dem das Geld gehört, das du dir unter den Nagel gerissen hast, der ist leider richtig … richtig böse.‹

Obwohl dem Pirschel die Düse eins zu hunderttausend ging, hat er noch einen Versuch gewagt, sich rauszuwinden.

›Was für Geld? Ich habe keine Ahnung‹, hat er gejammert.

›Mach keinen auf doof. Das kommt ganz schlecht bei uns an. Wir meinen das Geld, das deine Braut unserem Freund geklaut hat. Und die Nummer mit der toten Katze, die hat unser Freund euch besonders übel genommen. Der ist nämlich ein bisschen abergläubisch.‹ Da ist Pirschel zusammengebrochen und hat das Geld rausgerückt. Und wo war das? Ha, da kommt ihr nie im Leben drauf. Der Blödmann hat es im Auto spazieren gefahren. Jens hat sich von den Jungens den Koffer bringen lassen, akribisch die Scheine nachgezählt und war mit dem Ergebnis nicht zufrieden. Sie haben Pirschel wieder am Schlafittchen gepackt und geschüttelt: ›Man Alter, willst du uns verarschen?‹

›Nein, will ich ganz bestimmt nicht‹, hat er gewinselt.

›Und was hast du mit dem Rest gemacht? In dem Koffer waren 230.000 Euro!‹

›Nein, da waren genau 200.000 drin. Ehrenwort. Ich habe noch nicht einen einzigen Schein rausgenommen. Ich schwöre.‹

›Okay, schaun wir mal, was dein Schwur wert ist. Unter Wasser versteht sich. Wir können dir einen speziellen Tauchkurs gegen Gedächtnislücken anbieten. Wasser haben wir ja in der Nähe.‹

Da hat Pirschel die Hosen gestrichen voll gehabt und den Rest rausgerückt. Ja, da braucht ihr nicht eure Kinnlade kippen lassen. Ich habe euch doch gesagt, das war ein Kinderspiel mit dem Weichei.‹«

»Wie jetzt? Heinfried Pirschel konnte auf die Schnelle zusätzlich 30.000 Euro lockermachen?«, fragt Tomke ungläubig.

»Nee, nicht auf die Schnelle. Jens und Klaus sind mit ihm zurück in seine Wohnung gefahren.«

»Der hat so viel Bares zu Hause gehamstert?«, unterbricht ihn dieses Mal Dagmar.

»Nein. Nun lasst mich mal ausreden. Ich sage doch, nicht auf die Schnelle. Ist sozusagen ein kleiner Ratenvertrag unter der Hand. Pirschel hat auf seinem Rechner den

Kontostand gezeigt. Kapitalsparen. Ist genügend drauf, sage ich euch. Sind immer gut gegangen, seine Betrügereien. Deshalb war er auch so sicher. Zu sicher. Ihr kennt das ja mit dem Krug und wann er bricht.«

»Ja, kennen wir. Nun erzähl mal weiter«, fordert Tomke ihn auf.

»5.000 Euro hat er gleich überwiesen. Der Rest folgt am Montag. Für so einen Betrag muss man persönlich zur Sparkasse. Und heute haben wir Samstag.«

»Und auf welches Konto hat er überwiesen? Dein Jens wird ihm ja kaum seine Kontonummer verraten haben.« Tomke sieht Nolte stirnrunzelnd an.

»Nee, das hat er nicht. Klaus ist Rechtsanwalt und hat genügend Anderkonten.«

»Und dass er Montag zur Kasse geht, kann man ihm glauben?«, fragt nun Karl skeptisch.

»Kann man. Der überweist. Jens hat mit ihm eine Abmachung. Er hat ihm erneuten Besuch angedroht. Ganz egal, wo er sich verkriecht, und sei es im Polizeigewahrsam. Danach könnte der schöne Enrico höchstens noch im Radio auftreten.«

Bruno Nolte steckt sich lachend die letzte Scheibe Jagdwurst in den Mund.

»Ich glaube das nicht«, flüstert Dörte kaum hörbar. »Enrico hatte genug Geld und ich habe für ihn einen Kredit aufgenommen. Er war so ... echt. Er kam so überzeugend als abgebrannter Künstler rüber. Wie konnte er mir das antun? Ich habe meine Existenz für ihn aufs Spiel gesetzt.«

»Ja, das ist hundsgemein«, gibt Bruno Nolte ihr mit tiefem Ernst recht. »Und ich befürchte, du warst nicht die einzige Frau, die er ausgenommen hat. Das war seine Masche. Deshalb geht er auch nicht zur Polizei. Der wird brav zahlen und die Füße stillhalten. Es ist ein Jammer, dass wir die anderen Frauen nicht ausfindig machen können. Ich meine, um ihnen ihr Geld zurückzugeben. Aber damit hätten wir unsere Bikergeschichte überzogen und Pirschel würde eins und eins zusammenzählen. Der soll ordentlich Schiss behalten, bezahlen, seine Koffer packen und auswandern.«

Nolte trinkt bedächtig seine Tasse leer. Dann kratzt er sich nachdenklich am Hinterkopf. »Wo wir gerade darüber sprechen, ich meine über Frauen und Betrug und Koffer packen. Mit meiner besseren Hälfte werde ich besser gleich mal reden.«

ENDE

Dörte steht mit ihrem Koffer in der Haustür. Sie stellt ihn ab und umarmt Tomke innig.

»Danke. Ohne dich wäre ich gestorben. Und ohne dich hätte ich niemals Karl kennengelernt. Bis bald. Sehr bald.«

Tomke atmet den vertrauten Geruch ihres Shampoos ein.

»Ja, bis bald«, sagt sie.

»Ich würde gern erst in meine Wohnung gehen und ein bisschen allein sein«, sagt Dörte zu Karl. »Ich brauche dringend Schlaf.«

»Schätze mal, du brauchst auch einen Fahrer«, lächelt Karl und öffnet einladend die Beifahrertür.

Tomke und Dagmar bleiben am Gartentor stehen und sehen den dreien hinterher.

»Glaubst du an Zufälle?«, fragt Tomke nachdenklich.

»Eigentlich nicht«, gibt Dagmar zu.

»Ich auch nicht. Deshalb war es kein Fehler, dass ich Mittwoch«, Tomke zögert und wirft Dagmar einen prüfenden Blick von der Seite zu, »mit Karl fast im Bett gelandet bin.«

Dagmar lächelt still in sich hinein. Sie lächelt, als würde sie genau Bescheid wissen und vor allem, als würde sie alles verstehen.

»Das ist ziemlich schiefgegangen«, erzählt Tomke lockerer weiter. »Und danach war uns klar, wir geben kein Liebespaar ab. Wir haben unsere Grenzen abgesteckt. Einen Tag später lernt Karl Dörte kennen und verliebt sich Hals über Kopf. Wenn der – der Mittwochabendunfall nicht gewesen wäre, hätte er keine Augen für sie gehabt.«

»Bist du traurig deswegen?«, fragt Dagmar leise.

»Nein, sehr glücklich mittlerweile. Im ersten Augenblick war ich irritiert. Vielleicht ein wenig gekränkt. Aber nicht von Herzen. Das war nur Eitelkeit. Nein, ich freue mich für die beiden. Niemand hätte was davon gehabt, wenn ich noch dazwischen gestanden hätte. Karl und ich, wir sind Freunde.«

»Und ich habe ausnahmsweise auch etwas richtig gemacht, ohne es zu wissen«, spinnt Dagmar den Faden weiter. »Wenn ich kein Geld gehabt hätte, wäre Enrico nicht zu mir übergelaufen und Dörte hätte nicht mitgekriegt, wie mies der drauf ist. Oder zu spät. Er war ja schon auf dem Absprung. Das Geld hatte er. Mehr war nicht zu holen. Aber es wäre zu spät für Dörte und Karl gewesen. Sie hätten sich verpasst.«

»Dörte wird das irgendwann einsehen. Sie hat ihre Ansichten und ist stur wie ein Esel. Sie braucht immer sehr viel Zeit zum Überdenken. Ich sage nur: acht Jahre Sendepause. Karl ist die absolute Ausnahme in ihrem Leben. Und vielleicht sieht sie durch die Liebe einiges anders. Versöhnt sich mit der Vergangenheit. Ein bisschen. Und wird erwachsener. Immerhin hat sie dir weiterhin Arbeit angeboten. Das ist bei Dörte ein Ritterschlag.«

Dagmar kichert beglückt. Dann wird sie ernst und sieht Tomke nachdenklich an.

»Ich hätte Lust, dich öfter mal zu treffen. Nicht aus Angst vor dem Alleinsein. Ich mag dich. Schon immer.«

»Ich dich auch«, gibt Tomke fast schüchtern zu. Sie

zögert. Um Dagmar näher an sich herankommen zu lassen, muss sie ihr eine wichtige Frage stellen.

»Aber?«, fragt Dagmar, die ihr Zögern spürt. »Was steht dem im Weg?«

»Ein blöder Verdacht, der in meinem Kopf herumspukt.«

»Ich kann keine Gedanken lesen. Was für ein Verdacht ist das?«

Tomke schluckt, bevor sie weiterspricht.

»Ich möchte dich nicht kränken, aber – aber hast du – hast du mit meinem Vater ein Verhältnis gehabt?«

Dagmar sieht sie verblüfft an. Dann lacht sie herzlich. »Nein«, antwortet sie schlicht und einfach.

»Nein?«

»Nein! Dein Vater hätte deine Mutter nie betrogen. Sie war seine Frau und er hat sie geliebt. Mich hat er gern gehabt. Ja. Das war etwas ganz Besonderes für mich. Ein Mann, der mir herzliche Zuneigung entgegenbrachte, der mich bewunderte, ohne mit mir ins Bett zu wollen. Für ihn war ich das schönste Seewiefken, das er jemals gesehen hatte. Ich habe seine ehrliche Begeisterung sehr genossen.«

Tomke nimmt Dagmar erleichtert in den Arm.

»Komm noch mal mit ins Haus. Ich möchte dir gern ein paar wunderschöne Bilder zeigen.«

TOMKES TEEKUCHEN

2 Eier
180 g Zucker
2 Becher Schmand
1 Päckchen Vanillinzucker
1 Prise Salz
400 g Mehl
1 ½ Päckchen Backpulver

Die Zutaten vermischen. Ergibt einen sehr zähen Teig.

Einen großzügigen Schuss 40 % Rum untermischen und den Teig auf ein mit Backpapier ausgelegtes Kuchenblech streichen.

Darüber 200 g Mandelblätter und ca. 80 g Zucker streuen.

Im vorgeheizten Backofen bei 160° Umluft ca. 20–30 Min. backen.

Das Blech aus dem Ofen nehmen und 2 Becher flüssige süße Sahne über dem heißen Kuchen verteilen. Sie zieht nach ein paar Minuten ein.

Guten Appetit ☺

EPILOG

Die Wangerlandsage vom Minsener Seewiefken
»Dar is'n olt Seggär bi us to Lann, dat vör lang' Tiden de Lü van't Ollog 'n Seewief fangen hebt, dat s'ni wä'r na't Water ninlaten wullen, so väl se ook bidden und bädeln de'...«
Die Leute von Minser Ollog hatten eine Meerjungfrau gefangen und wollten von ihr ein Heilmittel gegen alle Gebrechen erpressen. Die Meerjungfrau bettelte und flehte um die Freiheit, aber es half nichts, sie wurde weiter gequält.

Da rief die Meerjungfrau: »Kölln oder Dill, ik segg jo nich, wo't got för is, un wenn ji mi ok fillt.« (Kümmel oder Dill, ich sage euch nicht, wozu sie gut sind, selbst wenn ihr mich häutet.)

Niemand verstand den Sinn dieser Worte, aber in dem Moment entglitt die Meerjungfrau wie ein Aal den Händen der Fänger. Man erzählt, dass sie daraufhin schneller als ein Pfeil zurück zum Salzwasser glitt und sich noch einmal umdrehte, als sie sicher im Wasser war.

Wortlos blickte sie über das Land, tauchte ihre weiße Hand in das Salzwasser und spritzte etwas davon zurück über Dünen und Deich. Dann schlug das Wasser über ihrem blaugrünen Haar zusammen. Wind und Wellen blieben still und ruhig, als wäre nichts geschehen.

Am nächsten Morgen jedoch war das vormals grüne Land von Ollog weiß. Abertausende von Möwen hatten sich auf dem Land niedergesetzt. Die Leute dachten sich nichts dabei, denn die Sonne war wie immer aufgegangen und es rührte sich kein Lüftchen.

Als die Bewohner sich in der Kirche aufhielten, brach ein fürchterlicher Sturm los. Die hereinbrechenden Wellen verschlangen das Dorf und das Land. Die wenigen Menschen, die sich retten konnten, bauten das heutige Minsen.

Es entstand das Sprichwort: »Dat geit ut ast' be'n to Minsen«

Hochdeutsch: »Das geht aus wie das Beten zu Minsen«

DANKSAGUNG

Es zieht mich jedes Jahr mehrmals ins Wangerland und ich fühle mich mittlerweile dort wie zu Hause. Fast – denn ohne Insidertipps von Einheimischen komme ich nicht aus. Mario Rabenstein machte mich auf die kleine Naturschutzinsel im Hookser Meer aufmerksam. Die Liebesinsel. Danke auch an Claudia Rabenstein, die für regionale Fragen immer ein offenes Ohr hat.

Danke an Domi Lösche (Frühstückspension Minsen) und ihre Nachbarn. Sie haben mir eine Vorstellung von Minsen aus den Sechzigern gegeben.

Das gemeinsame Plotten in den Dünen an der Schillighörn mit Alex, Volker und Walter hat großen Spaß gemacht.

Als die Geschichte eingetippt war, hat mir wie immer Annette Petersen aus dem Wilden Westen mit ihren kritisch-kreativen Randbemerkungen sehr geholfen. Danke.

Für den letzten, liebevollen Schliff ein dickes Danke an meine Lektorin Claudia Senghaas, Tomke Heinrichs Taufpatin.

*Weitere Romane finden Sie auf den
folgenden Seiten und im Internet:
www.gmeiner-verlag.de*

Sigrid Hunold-Reime
Die Pension am Deich
978-3-8392-1274-5

»Begleiten Sie drei grundverschiedene Frauen auf der Suche nach ihrem ganz persönlichen Glück.«

Tomke ist wieder allein. Paul hat sich nun doch für seine Frau entschieden. Frustriert stürzt sich Tomke in die Arbeit in ihrer Frühstückspension, doch am liebsten würde sie auf ihre Homepage schreiben »Paare unerwünscht, Singles bevorzugt.« Zu ihren Gästen gehört die verträumte Liebesromanautorin Anne, die gedrängt wird, endlich realitätsnahe Geschichten zu schreiben. Außerdem ist da Monika, perfekt organisierte Ehefrau und Mutter von Zwillingen. Als ihre Kinder sich entschließen fernab der Heimat zu studieren, fehlt Monika eine Aufgabe und auch in ihrer Ehe beginnt es zu kriseln …

Wir machen's spannend

Sigrid Hunold-Reime
Hab keine Angst, mein Mädchen
978-3-8392-1347-6

»Mit humorvollen Untertönen und authentischen Interviews!«

Michelle kommt nicht über den Tod ihrer Schwester hinweg und überlässt nichts mehr dem Zufall. Sie plant ihr Leben bis hin zur Partnerwahl und der Geburt der zwei Kinder. Um sie zur Besinnung zu bringen, verzaubert sie die Freundin ihrer Mutter: Im Körper einer alten Frau wird sie zur Ruhe gezwungen. Aber der Zauber hat seine Tücken. Michelle landet in einem Pflegeheim für Demenzkranke. Dort lernt sie die 82-jährige Magdalene kennen. Die will den Mörder ihres Mannes stellen. Michelle flüchtet mit ihr …

Wir machen's spannend

Sigrid Hunold-Reime
Janssenhaus
978-3-8392-1123-6

»So facettenreich wie das Leben!«
Nordwest-Zeitung

Emma von Odenwald, 31-jährige Köchin aus Hannover und immer noch Single, fühlt sich gegenüber ihren erfolgreichen, glücklich verheirateten Eltern als Versagerin. Auch äußerlich hat sie mit ihnen keinerlei Ähnlichkeit. »Manchmal denke ich, dass ich ihnen ins Nest gelegt worden bin!«

Wie Recht Emma mit ihrer Vermutung hat, bringt kurze Zeit später ein Gentest zu Tage. Als sie ihre Eltern damit konfrontiert, nennen diese ihr widerstrebend eine Adresse in Ostfriesland und gestehen, dass es keine legale Adoption war. Emma macht sich auf die Suche nach ihrer Herkunft und stößt dabei auf ein Meer aus Lügen und Verstrickungen …

Wir machen's spannend

Sigrid Hunold-Reime
Schattenmorellen
978-3-8392-1021-5

»Spannend!« *HNA*

Die 71-jährige Martha will frühmorgens die reifen Schattenmorellen in ihrem Garten im Cuxhavener Stadtteil Stickenbüttel ernten. Sie wird von einem Gewitter überrascht und fällt vom Baum. Mit gebrochenem Arm und einer Gehirnerschütterung wird Martha ins Krankenhaus eingeliefert. An den Unfall kann sie sich nicht mehr erinnern. Dafür umso besser an eine schicksalhafte Sommernacht vor 54 Jahren. Damals wütete auch ein Gewitter und es gab unter der Schattenmorelle einen Toten. Im Krankenhaus trifft sie die 48-jährige Eva, die als junges Mädchen ihre Nachbarin war. Für beide Frauen wird der Krankenhausaufenthalt eine harte Auseinandersetzung mit der Vergangenheit. Dabei übersehen sie fast die tödlichen Gefahren der Gegenwart …

Wir machen's spannend

Sigrid Hunold-Reime
Frühstückspension
978-3-89977-771-0

»Immer wieder blitzt intelligenter Humor durch.«
Nordwest-Zeitung

Ein milder Tag Ende November. Nach dreißig Jahren Ehe verlässt Teresa Garbers Hals über Kopf ihren Mann Reinhard und Hannover.

Auf dem Weg an die Nordseeküste hat sie in der Nähe von Wilhelmshaven einen schweren Unfall. Sie kommt mit einem Schock davon und sucht sich ein Zimmer mit Frühstück. Das findet sie bei der gleichaltrigen Tomke Heinrich in Horumersiel. Die lebhafte Frau hat offenbar ein Geheimnis zu verbergen. Doch an ihrer Seite hat Teresa endlich den nötigen Abstand und Mut für ein neues Leben. Und leider bald auch eine Leiche zu viel …

Wir machen's spannend

Elli Sand
Crème Brûlée
978-3-8392-1572-2

»Die junge Tagelöhnerin Joëlle wird von ihrer großen Liebe verraten und rächt sich grausam.«

Vor der Franco-Diktatur nach Südfrankreich geflohen, kämpft die junge Joëlle um den Weinguterben Victor, der sie umwirbt, verführt – und schließlich eine reiche Erbin heiratet. Sie verliert ihr ungeborenes Kind und rächt sich grausam an seiner Familie. In England erkämpft sie sich nach entbehrungsreichen Jahren Wohlstand und Ansehen. Bei einem Heimatbesuch in Südfrankreich trifft sie auf ihre alte Hassliebe. Ein verheerendes Hochwasser verhindert jedoch jegliches Entkommen …

Wir machen's spannend

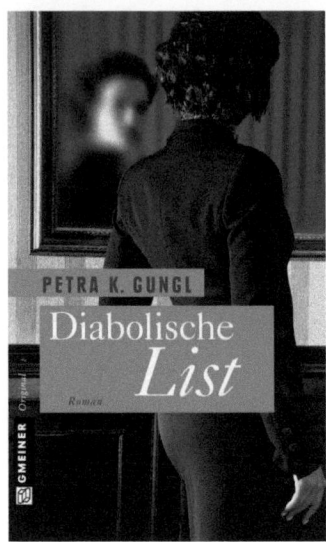

Petra K. Gungl
Diabolische List
978-3-8392-1567-8

»Karmische Feindschaften, grausamer Mord und eine unsterbliche Liebe«

Mit teuflischer List werden am Wiener Institut für künstliche Befruchtung Menschen ermordet, um den systematischen Missbrauch von In-vitro-Embryonen zu vertuschen. Die Juristin Agnes Feder gerät bei ihren Nachforschungen selbst in Gefahr. Als mystische Träume Agnes' Erinnerung an ein vergangenes Leben wachrufen, erkennt sie die Verstrickungen ihrer beiden Existenzen. Die einstigen Feinde bedrohen sie erneut und die junge Frau muss sich den Mördern aus dem früheren Leben stellen …

Wir machen's spannend

Katrin Rodeit
Gefährlicher Rausch
978-3-8392-1571-5

»Nichts ist, wie es scheint. Und der Kriminalkommissar Mark Heilig treibt Jule Flemming fast in den Wahnsinn …«

Privatdetektivin Jule Flemming soll ermitteln, wer der Tochter des Bürgermeisteranwärters die Vergewaltigungsdroge GHB ins Getränk gemischt hat. Doch sie stößt auf eine Mauer des Schweigens. Wer verbirgt was? Nichts scheint zu sein, wie es ist, und Jule wird selbst Opfer eines feigen Anschlages. Was verbirgt der Kriminalkommissar Mark Heilig? Dann verschwindet der Hauptverdächtige. Und plötzlich nimmt alles an Fahrt auf, aber in eine ganz andere Richtung …

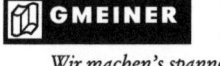

Wir machen's spannend

Sonja Liebsch
Wadenbeißer
978-3-8392-1570-8

»Maxi ist wieder da – chaotisch, witzig, charmant! Und jetzt mischt auch noch ihre Schwester mit!«

Maxi staunt nicht schlecht, als eines Tages ihre exzentrische Schwester Sybille samt Hund vor der Tür steht. Die Kölner Kosmopolitin sucht nach ihrer Trennung ausgerechnet in der schwäbischen Provinz Unterschlupf. Und das genau zum falschen Zeitpunkt, denn Maxi startet nach der Familienpause gerade beruflich durch. Als sie sich jedoch in einer TV-Talkshow kritisch zum Thema Vereinbarkeit von Beruf und Familie äußert, bringt sie sich und ihre Familie in ernste Schwierigkeiten.

Wir machen's spannend

Sylvia Schopf
Zeit für Rache
978-3-8392-1573-9

»Aus einer Vermisstenmeldung entwickelt sich ein mysteriöser Kriminalfall für die Frankfurter Ermittler Voss und Ewers.«

Mitten in den Vorbereitungen zu einer Ausstellung im Weltkulturen Museum verschwindet die attraktive Ausstellungsleiterin Ilena Willecke-Berghaus spurlos. Bald ist klar: Hinter den Kulissen des Museums brodelt es heftig ebenso wie im Privatleben der Vermissten. Welche Rolle spielt Charlotte Behring, Afrikafachfrau des Museums und ehemalige Studienkollegin? Die Ermittlungen führen die Kommissare Christian Voss und Marina Ewers vom Frankfurter Museumsufer bis ins westafrikanische Burkina Faso.

Wir machen's spannend

Unser Lesermagazin
2 x jährlich das Neueste aus der Gmeiner-Bibliothek

24 x 35 cm, 40 S., farbig; inkl. Büchermagazin »nicht nur« für Frauen und HistoJournal

Das KrimiJournal erhalten Sie in Ihrer Buchhandlung oder unter www.gmeiner-verlag.de

GmeinerNewsletter
Neues aus der Welt der Gmeiner-Romane

Haben Sie schon unsere GmeinerNewsletter abonniert?

Monatlich erhalten Sie per E-Mail aktuelle Informationen aus der Welt der Krimis, der historischen Romane und der Frauenromane: Buchtipps, Berichte über Autoren und ihre Arbeit, Veranstaltungshinweise, neue Literaturseiten im Internet und interessante Neuigkeiten.

Die Anmeldung zu den GmeinerNewslettern ist ganz einfach. Direkt auf der Homepage des Gmeiner-Verlags (www.gmeiner-verlag.de) finden Sie das entsprechende Anmeldeformular.

Ihre Meinung ist gefragt!
Mitmachen und gewinnen

Wir möchten Ihnen mit unseren Romanen immer beste Unterhaltung bieten. Sie können uns dabei unterstützen, indem Sie uns Ihre Meinung zu den Gmeiner-Romanen sagen! Senden Sie eine E-Mail an gewinnspiel@gmeiner-verlag.de und teilen Sie uns mit, welches Buch Sie gelesen haben und wie es Ihnen gefallen hat. Alle Einsendungen nehmen automatisch am großen Jahresgewinnspiel mit attraktiven Buchpreisen teil.

Wir machen's spannend